Lieblings LEICHE
TOD AUF DEM GOLFPLATZ

EIN COSIKRIMI VON ANDREA BECKER

Bibliografische Information der Deutschen Nationalbibliothek:

Die Deutsche Nationalbibliothek verzeichnet diese Publikation in der Deutschen Nationalbibliografie; detaillierte bibliografische Daten sind im Internet über http://dnb.dnb.de abrufbar.

© 2019 Andrea Becker

www.becker-books.com

Lektorat: Hans-Peter Roentgen

Cover: Kurt & Andrea Becker

Herstellung und Verlag: BoD – Books on Demand, Norderstedt

Bilder: Andrea Becker, 123rf

ISBN: 978 374 125 1283

1.

Der Detektiv schwamm im Golfteich.

»Hey Mann, kommen Sie da raus!« Der Greenkeeper lief auf das Ufer zu und zog sein Handy aus der Tasche.

»Chef? Komm schnell zu Grün 12. Da schwimmt einer.«

Ohne zu zögern, sprang er ins kalte Wasser, immer noch das Handy am Ohr. »Verflucht ist das kalt. Beeil dich.«

Er packte den treibenden Körper und wollte ihn umdrehen, aber der war steif wie ein Brett.

»Brauchst dich doch nicht zu beeilen.«

Trotzdem stand der Chef des Platzes Sekunden später, schnaufend und mit entsetzt aufgerissenen Augen, am Ufer. »Oh Gott! Wer ist das? Eins unserer Mitglieder?«

»Ich glaub, das ist Walther.« Der Greenkeeper tippte den Leichnam an, der Richtung Ufer dümpelte, wo eine hysterische Ente versuchte, ihn zu verscheuchen, bevor er ihr Nest demolierte.

»Hör auf, das ist doch keine Luftmatratze. Komm, ich helf dir, ihn rauszuziehen.«

»Auf keinen Fall! Wir müssen die Polizei rufen. Kuckst du nie Tatort?«

»Wieso Polizei? Ist der erschossen worden? Siehst du irgendwas?«

Der Greenkeeper kletterte aus dem Wasser und setzte sich schlotternd ins Gras. »Nein, aber das macht man so.«

»Quatsch, wir rufen einen Arzt, das reicht. Walther war nicht mehr der Jüngste, der hat bestimmt einen Herzkasper bekommen. Übermorgen ist das Sommerturnier, da kann ich keine schlechte Presse gebrauchen. Und abgesperrte Teiche schon gar nicht.« Kurzerhand zog er seine Schuhe aus und stieg langsam selbst in den schlammigen Tümpel. Vorsichtig versuchte er, nicht auf einen der zahllosen versenkten Bälle zu treten. Dann packte er die Leiche am aufgeblähten Polohemd, zerrte sie ans Ufer und mit aller Kraft auf den Rasen neben die Golftasche, die dort stand.

»Toll gemacht Chef. Jetzt haste alle Spuren verwischt.«

Schließlich kam eine Ärztin aus der Nachbarschaft, die doch noch die Polizei dazurief.

»Ist hier eine Herde Büffel durchs Wasserloch getrampelt?« Der Kommissar sah den Chef strafend an, der verlegen den Blick senkte.

»Siehste!« Der Greenkeeper grinste triumphierend.

Die Ärztin fand nur eine Prellung am Kopf. »Mit Sicherheit ein Unfall. Hat einfach Pech gehabt, der Gute, dass er hier alleine war. Aber bei dem Wetter gestern kein Wunder.«

Die Polizisten fanden auch keine weiteren Hinweise und so blieb es bei Tod durch Unfall.

Die Leiche wurde diskret mit einem kleinen Elektrofahrzeug zum wartenden Bestatter gefahren. Man konnte nun in Ruhe trauern, den Rasen um den Teich herum erneuern und weiterspielen.

Mathilda schlurfte zur Küchenzeile und füllte den Wasserkocher. Da der Besuch der Hausbar nur Kopfschmerzen, aber keine Lösung gebracht hätte, kochte sie sich einen starken Tee. Jeder ihrer nachdrücklichen Versuche, den Ermittlern zu erklären, dass ihr Chef niemals allein gespielt hätte, war ungehört geblieben. Sie musste ihr Leben jetzt neu ordnen und sich einen anderen Job suchen. Nachdenklich ließ sie den Blick über das Durcheinander in der Wohnung gleiten und fing an aufzuräumen. Die Hochglanz-Zeitschriften, die das englische Königshaus samt

Bewohnern zum Thema hatten, wanderten in den Korb ihrer besten Freundin und Mitbewohnerin Ulla. Die Magazine von Greenpeace sowie ‚Tattoo life' kamen in ihren. Alles über Tierschutz und vegetarische Küche in einen dritten gemeinsamen.

Sie goss die zahllosen Zimmerpflanzen, die auf jeder freien Fläche standen. Dann bürstete sie die Katzen- und Hundehaare vom Sofa und wischte Staub auf den freigelegten Fachwerkbalken, die erahnen ließen, wie klein die Zimmer früher waren, bevor das Haus komplett renoviert und von Ulla mit englischen Antiquitäten in ein großzügiges Schmuckstück verwandelt worden war.

Seufzend scrollte sie durch die Stellenanzeigen. Persönliche Assistentin, rechte Hand, gute Seele, Sekretärin, alles Stellen, auf die sie sich jetzt bewerben musste. Steuerbüro benötigt repräsentative Empfangsdame. Unbewusst zog sie den Ärmel ihren Shirts über das Blauwal-Tattoo auf ihrem Unterarm. Bauunternehmer sucht persönliche Assistentin. Staubiger als ein Sack Zement. Da knisterte nichts, da waren keine Geheimnisse, keine Rätsel, es klang so spannend wie Angeln im Toten Meer.

Nicht zu vergleichen mit der Arbeit in der kleinen Detektei in den letzten sieben Jahren. Ihr kamen die Tränen bei dem Gedanken, dass das jetzt vorbei war.

Walther, ihr verstorbener Chef, hatte hauptsächlich untreue Ehemänner und -frauen beobachtet, Angestellte beim Schwarzarbeiten oder bei Ausflügen fotografiert. Er hatte verschwundene Jugendliche gesucht und nach verstecktem Vermögen gefahndet, zahlungsunwillige Väter gefunden und sogar mal dafür gesorgt, dass eine Klientin »zufällig« dem angehimmelten Sänger einer Boy-Band begegnete. Das sorgte nicht nur für genug Anekdoten, um auf jedem Mädelsabend gern gesehen zu sein. Mathilda war neugieriger als ein Waschbär. Ein neuer Fall fühlte sich an wie ein verpacktes Geschenk.

Sie saugte alle Informationen auf, machte sich eigene Notizen, stellte Überlegungen an und diskutierte mit ihrer besten Freundin Ulla darüber.

Und nach jedem erwischten Betrüger zog sie ihren Brieföffner aus der Schublade und schnitzte leise lächelnd eine kleine Kerbe in ihren Schreibtisch.

Lustlos tippte sie die erste Nummer, um einen Vorstellungstermin zu vereinbaren, und malte den Gesichtern im Apothekenkalender schwarze Zahnlücken. Das Porträt Queen Elisabeth II. blickte aus seinem Goldrahmen freundlich von der cremefarbenen Wand auf sie hinab. Mit diesem guten Beispiel vor Augen zwang sie sich ein Lächeln auf ihre Lippen. Ein Lächeln wird am Telefon gehört.

Nach fünf vergeblichen Versuchen gab sie auf. Angeblich waren alle Stellen bereits besetzt. Zwischen den Zeilen hörte sie aber heraus, dass zwei Sätze von ihr reichten, um zu der Überzeugung zu kommen, dass sie nicht die Richtige für den Betrieb war.

»Ich kann das nicht.« Mathilda sah dem vor ihr liegenden Kater eindringlich in die grünen Augen. Sie sah dort ihr winziges Spiegelbild und beschloss, dass das Haarknäuel auf ihrem Kopf schon viel zu lange rot war. Für die bevorstehende Beerdigung würde es einem dem Anlass angemessenen Schwarz mit fließendem Übergang in Nachtblau weichen müssen. Sie überlegte, ob sie sich ein Tattoo zu Walthers Andenken stechen lassen sollte, aber das hatte noch ein bisschen Zeit.

»Hörst du, Eddi, das geht nicht. Ich kann nicht irgendwelchen Steuerheinzen die Akten hinterhertragen, wenn ich nicht weiß, wer ihn auf dem Gewissen hat. Verstehst du das? Das bin ich ihm schuldig! Ihm und mir!« Der Kater gähnte, streckte die Pfoten mit ausgefahrenen Krallen aus und begann sich gründlich die Brust zu putzen.

Als Eddi den Schlüssel im Schloss der Haustür hörte, war er plötzlich hellwach und starrte in den Flur.

„Bewirb dich nirgendwo mit Kundenkontakt. Du siehst beängstigend aus." Ulla stellte ihre Handtasche ab, ließ den hechelnden Corgi Charles von der Leine und schleuderte ihre Pumps unter die Garderobe.

Charles rannte, so schnell ihn seine kurzen Beine trugen, zu dem zerkratzten Chesterfieldsofa, um vor den beiden Katzen das bequemste Kissen zu erwischen. Obwohl aus der Zucht der englischen Queen stammend und so teuer wie ein Mittelklassewagen, stand er in der Rangordnung des Hauses auf unterster Stufe. Noch unter den Mäusen im Keller. Und kilometerweit unter den beiden griechischen Straßenkatern Ben und Eddi, die ihm lässig den Platz streitig machten. Egal welchen er wählte.

Ulla schälte sich im Flur aus dem mintfarbenen Kostüm, verstaute den farblich passenden Hut auf der Ablage und zog eine Leggins an. Dann warf sie sich auf das Sofa, genau neben die Katze, die den Hund verscheucht hatte. Sie griff nach einem Weinglas, das halb gefüllt auf dem Tisch stand, untersuchte es mit fachkundigem Blick auf tote Fliegen und nippte vorsichtig.

»Und? Was hat er gesagt?« Mathilda nestelte an ihrem Lippenpiercing.

»Er hat mich gefragt, ob ich zu viele schlechte Krimis lese. Ohne handfesten Beweis, mit einem Polizeibericht, in dem steht, dass es ein Unfall war, und nur weil ich jemanden kenne, der etwas vermutet, war ich auch nicht besonders überzeugend. Kein Chefredakteur der Welt hätte einer Recherche zugestimmt, selbst ein ehemaliger Lover nicht. Tut mir leid. Ich hab wirklich alle Register gezogen und mit Reizen nicht gegeizt.« Lasziv senkte sie die Augenlider und schürzte die rubinroten Lippen. Sie sah aus wie ein lüsterner Puttenengel im fortgeschrittenen Alter.

Mathildas Kopf sank auf die Tischplatte. »Und jetzt? Es muss doch jemand was tun! Ich hab alles versucht bei der Polizei, die wollen einfach nicht.«

»Tja.« Ulla sah sie nur an und schwieg.

»Was heißt denn tja? Ich? Du meinst, ich soll den Mörder suchen? Wie denn? Ich hab noch nicht mal einen richtigen

Computer. Die Klapperkiste hier taugt nur zum Briefeschreiben und Solitär spielen. Außerdem weißt du genau, dass ich das nicht kann.«

Ulla schwieg.

»Ich hab's probiert und bin untauglich für den Job, ok? Der letzte Versuch endete im Krankenhaus. Zum Glück! Es hätte auch schlimmer ausgehen können.«

»Du hast einmal ins Klo gepackt. Ja. Das ist drei Jahre her. Aufgeben ist aber keine Lösung. Das erträgst du doch gar nicht. Oder du wirst schwermütig. Und dann kann ich nicht mehr mit dir zusammen wohnen. Ich müsste dich einschläfern lassen, so leid es mir tut.«

Mathilda zögerte und rief im Computer erneut die Stellenanzeigen auf. Akten tragen oder Mörder suchen? Entschlossen zerriss sie die bereits ausgedruckten Anzeigen zu Konfetti. »Weißt du was? Du hast recht! Ich frag mal seinen Neffen, ob er mir für eine Weile noch das Büro überlässt. Ich brauch die Ausrüstung, die alten Daten.«

„Kennst du den Neffen?"

„Nur von den monatlichen Überweisungen an die faule Zecke. Aber mehr Verwandtschaft hatte Walther nicht. Also wird er auch noch alles erben."

„Was denn für monatliche Überweisungen?" Ulla zog eine schwarz gefärbte, schmal gezupfte Augenbraue hoch und untersuchte den Inhalt einer Pralinenschachtel, die sie auf dem Wohnzimmertisch gefunden hatte.

„Ja, der hat's wohl nicht so richtig mit dem Arbeiten, da hat der liebe Onkel immer was rüberwachsen lassen, damit der Knabe sich nicht die Hände schmutzig machen musste."

Sie seufzte und klappte den Laptop zu.

Ulla kicherte und begann nach einem ausgeklügelten Plan, die Pralinen zu vernichten. »Pass aber auf, wenn du den Neffen besuchst.« Sie schluckte und wurde plötzlich ernst. »Meistens sind es doch die Angehörigen, die die Verwandtschaft um die Ecke bringt. Wann ist die Beerdigung? Morgen? Wir werden ihn beobachten. Vielleicht verrät er sich ja irgendwie. Ich komm auf jeden Fall mal mit. Dann kann ich auch meine neue schwarze Jacke tragen, bevor sie mir zu klein wird.«

2.

Regen klopfte einen unangemessen schnellen Rhythmus gegen die Buntglasscheiben der Kapelle, durch die die getragenen Töne einer Orgel schwebten. Die Luft war schwer von Weihrauch und Lilien, die in früheren Zeiten den Geruch der ungekühlten Leichen überdecken sollten und jetzt für Kopfschmerzen bei der Trauergemeinde sorgten. Flackernde Kerzen beleuchteten das schwarz umflorte Foto von Walther, wie er im Tennisdress lachend an seinem Porsche lehnte.

Mathilda trug ihre einzige dunkle Hose ohne Löcher und ein schwarzes T-Shirt einer Metal-Band auf links gedreht, damit man das Motiv nicht sah. Darüber einen viel zu großen Cardigan von Ulla, um die Nähte zu verdecken.

Als es in dem kleinen Raum immer enger wurde, ging sie wieder vor die Tür. Auf dem überdachten Platz standen Gruppen und Grüppchen zusammen und lauschten von dort dem Trauerredner. Mathilda nicht, sie hatte ihre eigenen Erinnerungen an Walther. Er war sieben Jahre nicht nur ihr Chef, sondern eine feste Größe in ihrem Leben gewesen. Er hatte sie respektiert, seine Ermittlungsergebnisse mit ihr geteilt und ihr Stoff für ihre Sucht geliefert. Die Sucht nach Rätseln und Fällen, er war ihr Dealer für Entdeckung und aufgedeckten Betrug. Er hatte ihre grenzenlose Neugier immer wieder angeheizt und dann gestillt. Dafür hatte sie ihn verehrt. Nicht ein einziges Rätsel blieb ungelöst. Zum Glück, denn ungelöste Rätsel waren für Mathilda so unerträglich wie Mückenstiche unter Gipsverbänden.

Ihre Trauer wurde nur gestört von der ständig quatschenden Ulla, die abwechselnd Katzenhaare von ihrer Jacke zupfte und die vorfahrenden Fahrzeuge kommentierte, die Trauerkleidung der Frauen begutachtete und Überlegungen zu den Diäten und Entbehrungen anstellte, damit man in so was reinpasste.

Walthers Freunde und Kunden kamen aus den wohlhabendsten Kreisen und so wurde seine Bestattung zu einem Pflichttermin für alle, die den gleichen Stallgeruch mitbrachten. Floristen trugen überdimensionierte Kränze und Grabgebinde heran. Und auf den mit Botox still gelegten Gesichtern der Frauen suchte hier und da eine Träne ihren Weg um die aufgepolsterten Wangenknochen herum hin zu den Lippen, die aussahen, als ob ein Bienenschwarm hineingestochen hätte.

Der Duft teurer Parfums lag in der Luft und versuchte, sich gegen den der weißen Lilien der Kränze und des Weihrauchs durchzusetzen, verlor aber. Die meisten Männer zogen sich mit kleinen Schirmen immer wieder hinter Statuen und unter die tropfenden Bäume zurück, um zu telefonieren. Ihre sorgenvollen Gesichter verrieten nicht, ob sie Walthers Ableben bedauerten oder eine Wirtschaftskrise befürchteten, die sie jetzt nur wegen seines Todes nicht abwenden konnten.

Als die Trauerfeier vorbei war und alle hilflos draußen herumstanden, da niemand zum Kondolieren da war, kam ein Mann auf sie zugeschlendert. Helle Augen im etwas teigigen Gesicht verrieten den Weinkenner, die schlanke, durchtrainierte Figur mit dem federnden Gang eines Ausdauersportlers wurde verdeckt von einem gut sitzenden Anzug, den er mit lässiger Eleganz trug. Er lächelte Mathilda an. »Frau Rosenbaum? Sie waren Walthers Mitarbeiterin, oder? Mein Beileid. Sie wissen doch, wer ich bin?«

Mathilda schüttelte erstaunt den Kopf und putzte sich geräuschvoll die Nase. Jetzt bemerkte sie auch sein dezentes Rasierwasser. »Waren Sie ein Klient? Vor meiner Zeit?«

»Gott bewahre, nein, ich brauche keinen Detektiv. Ich heiße Roger. Roger Schubert. Ich war ein Schulfreund von Walther. Hat er Ihnen nie von mir erzählt? Wir haben einiges zusammen erlebt.« Wie er „einiges" betonte, klang geheimnisvoll und gleichzeitig nach Abenteuer. Mathilda schüttelte erneut den Kopf und er drehte sich zu Ulla. »Und Sie sind?« Eine seiner Augenbrauen zuckte einen Millimeter hoch und ein kurzes Lächeln blitzte auf seinen Lippen auf. »Kennen wir uns nicht schon?« Er reckte das Kinn mit einem kleinen Grübchen vor.

Ulla hatte ihn angestarrt, als ob er ein Geist wäre, der soeben einem der umliegenden Gräber entstiegen war. Ein attraktiver Geist, dessen durchdringende saphirblauen Augen von der etwas verlebten Erscheinung sehr effektiv ablenkten. Jetzt senkte sie ungewohnt verlegen den Blick und strich sich eine Haarsträhne aus dem Gesicht.

»Ulla Fechler. Ja, wir haben uns schon mal gesehen. Sie sind der Architekt, der den Wettbewerb für das neue Kurhaus gewonnen hatte. Mein verstorbener Gatte und ich saßen seinerzeit in der Jury.« Sie lächelte ungefähr doppelt so breit, wie es dem Anlass angemessen war, bis Mathilda sie unsanft in die Rippen stieß.

»Ah, das Kurhaus. Ja es geht voran. Aber Architekt? Ich weiß nicht, das klingt so technisch. Ich verwirkliche Wohnträume und schaffe Kreativ-Oasen. Wollen Sie ein paar Geheimnisse dazu erfahren? Sie könnten mich in meinem Büro besuchen und etwas über den neuesten Stand der Dinge hören.«

Er reichte ihr eine Visitenkarte, die Ulla entgegennahm wie eine Hostie vom Papst persönlich. »Machen Sie mit meiner Assistentin einen Termin aus, ich würde mich freuen.«

Er hinterließ die Illusion eines Augenzwinkerns und ging mit leichten Schritten zu den anderen Trauergästen. Zurück blieb eine sprachlose Ulla.

Mathilda hatte währenddessen weiter die Schar der Gäste gescannt. Einige erkannte sie von Fotos, die Walther bei Überwachungen gemacht hatte. Alle kannten sich. Es hätte sie nicht gewundert, wenn auch alle um nur wenige Ecken herum miteinander verwandt gewesen wären.

3.

Beim anschließenden Empfang im Golfclub war die Sekretärin samt Begleitung nicht mehr erwünscht. Ulla hätte zwar das Vermögen besessen, um dazuzugehören, aber sie war nur eingeheiratet. Man wollte unter sich sein, wenn Grün 12 zu Ehren des Ertrunkenen in Walther-Schulz-Grün umbenannt wurde.

Enttäuscht saßen die Freundinnen zusammen in ihrem Lieblingscafé und konnten sich nicht zwischen Buttercremetorte und Nussecken entscheiden. Mathilda wäre gern mitgegangen, um mehr über die Leute zu erfahren, Ulla um sich noch mal an den Architekten heranzumachen, der sie sehr begeistert hatte. Nicht nur mit seinem Angebot, ihr etwas Spannendes zu erzählen.

»Das war ja mal ein Sahneschnittchen. Hast du die Augen gesehen? Hammer! Ist mir beim letzten Mal gar nicht aufgefallen. Stand wohl zu weit weg. Na ja, und Hermann, Gott hab ihn selig, duldete auch nicht, dass ich in seiner Gegenwart die Augen fremder Männer bemerkte.«

»Ulla!«

»Ja?«

»Das war eine Beerdigung und keine Tinder-Party. Hast du die Zecke entdeckt? Hast du irgendwas anderes gesehen als den Häusle-Bauer?«

»Nein, ich mein, nein, ich hab keine Zecke bemerkt. Und auch sonst hat sich niemand auffällig benommen, also keiner, der sich im Hintergrund hinter Grabsteinen versteckte oder so.«

»Wie, niemand trug ein Schild um den Hals, auf dem »Mörder« stand? Na jetzt aber ...«

»Hey, sei nicht so biestig. Ich hab mir die schon alle genau angeschaut. Bist du sicher, dass das Walthers Freunde waren? Die wünscht man ja selbst seinen Feinden nicht." Ulla nahm die Kuchenteller entgegen.

„Was weiß ich, er hat mit denen Tennis und Golf gespielt, ist mit denen Segeln gegangen und ist mit der einen oder anderen Tussi eine Zeit lang ins Bett gestiegen. Von einer der Ehemann hatte ihn sogar mal beauftragt, seine Frau zu beschatten, weil er dachte, sie hätte einen Liebhaber."

Ulla kicherte. „Das klingt doch schon wieder cool." Nachdenklich schob sie sich ein Stück Torte in den Mund. „Der arme Walther. Meinst du, er war glücklich?"

Mathilda zuckte die Schultern. „Er war ein Kerl. Die machen sich da, glaub ich, keine Gedanken, solang sie genug Kohle und Frauen haben. Bei mir hat er sich jedenfalls nie beschwert."

»Roger ist da bestimmt anders.« Nach einem mörderischen Blick von Mathilda riss sie sich zusammen. »War außer der Zecke Familie da?«

»Nein, es gibt keine. Sein Bruder und dessen Frau haben irgendeine Bergbesteigung vor Jahren nicht überlebt. Er hatte nur den Neffen.« Sie stand auf und zahlte. »Ich geh jetzt ins Büro, den Schlüssel hab ich ja noch. Je eher ich anfang, desto besser. Bei CSI heißt es doch immer, dass die Spur sonst kalt wird. Vielleicht kann ich ja die aktuellen Daten kopieren und ein paar Back-ups mitgehen lassen. Als Sicherheit, wenn ich das Büro nicht weiter benutzen darf.«

»Mach das. Ich muss noch Scones backen und die Flagge rauslegen. Morgen hat Prince William Geburtstag. Auch so ein Sahneschnittchen, aber den hat ja die Kate bekommen. Denk dran, der Club kommt am Nachmittag zum Feiern.«

Mathilda würde niemals den Club vergessen. Sechs Damen jenseits der Wechseljahre, dem britischen Königshaus treuer ergeben als die Palastwache und äußerst einfallsreich was das

Ausleben dieser Obsession betraf. Das Minimum würde morgen die Flagge des Hauses Windsor im Vorgarten sein und das wiederholte Absingen der englischen Hymne, was mit zunehmendem Whiskey-Pegel der Sängerinnen dafür sorgen würde, dass die Katzen die Benutzung ihres Klos verweigerten.

4.

Sie fuhr mit einem Kloß im Hals und einem Ziegelstein im Magen zu ihrem alten Arbeitsplatz. Ein zurückgesetzter Gründerzeitbau mit einer blühenden Kastanie vor der Tür und einem dezenten Schild am Eingang.

Viel zu schnell fand sie einen Parkplatz genau vor der Tür. Sie kämpfte die erneut aufsteigenden Tränen nieder, als sie die Eingangstür aufschloss und über die mit dunklem Teppich belegten Stufen ein Stockwerk nach oben stieg.

Die Flurtür stand offen. Einbrecher? Adrenalin schlug zu, wie ein Holzhammer und sie näherte sich hoch konzentriert dem kleinen Eingangsbereich mit Garderobe. Wenn es ein Einbrecher war, dann schien er es nicht für nötig zu halten, leise zu sein. Sie hörte Husten und Rascheln, das Klappern von Schubladen und das vertraute Quietschen der Aktenschranktür.

Auf Zehenspitzen schlich sie vom Flur zu einer der beiden offenstehenden Türen, die in einen großzügigen, mit dunklem Parkett ausgelegten Raum führte, an dessen gegenüberliegender Seite deckenhohe Fenster hinaus auf einen Park gingen.

Ein Schreibtisch, an dem angeblich Kaiser Wilhelm seine Abdankung unterschrieben hatte, stand quer im Raum. Die Wände waren vollgestellt mit Regalen und Aktenschränken, nur unterbrochen von großformatigen Bildern von den Schwanzflossen der unterschiedlichsten Wale.

Eine rundliche Gestalt in einem schwarzen Anzug machte sich an eben jenem Schreibtisch zu schaffen.

»Hey! Was wird das?«

Die Person gab ein ersticktes Geräusch von sich und ließ dabei einen Stapel Briefe fallen. Augen, groß und rund wie die eines korpulenten Rehs, das zu füllig war, um vor dem herannahenden Lastwagen zu fliehen, starrten sie an. »Oh Herr, was haben Sie mich erschreckt! Sind Sie die Reinigungskraft?"

»Nein, das hier ist mein Büro. Und wer sind Sie, wenn ich fragen darf? Wie sind Sie hier reingekommen?«

»Ich ... ich bin Sam. Samuel Schulz, Walther war mein Onkel. Ich hab einen Schlüssel.« Der Neffe hielt ein Schlüsselbund hoch, das Mathilda als Walthers erkannte und gewann zusehends an Sicherheit. Durch eine betont lässige Körperhaltung versuchte er, seine Würde wiederherzustellen, die durch den ersten Schreck gelitten hatte.

Mathilda schnaufte geringschätzig. Das war die Zecke. Natürlich. »Ich hab Sie nicht auf der Beerdigung gesehen.«

»Ich hatte heute Morgen einen Kreislaufzusammenbruch und geh später hin. Mein Onkel wird mir das verzeihen.« Rote Flecken bildeten sich auf seinen milchweißen Wangen. Er öffnete den obersten Knopf des grauen Hemdes und lockerte die Krawatte.

Die beiden standen voreinander und eine peinliche Stille breitete sich aus. Keiner sagte etwas, keiner machte Anstalten zu gehen oder etwas zu tun.

Schließlich räusperte sich Sam. »Sie wollten sicherlich ihre persönlichen Sachen holen. Bitte sehr. Hier ist ein Karton.«

Mathilda holte tief Luft. Sie hatte ihn hier nicht erwartet und fühlte sich unvorbereitet. Aber das wäre morgen nicht besser.

»Ich wollte sowieso mit Ihnen reden. Haben Sie einen Moment Zeit?« Sie musste dringend auf Freundlichkeit, Bitte, Danke und Lächeln umstellen.

»Geht es um ausstehende Gelder, Überstunden und so? Keine Sorgen. Ich übergebe alles dem Steuerberater, der regelt das schon.«

»Nein, darum geht es nicht. Ich habe eine Frage. Eine Bitte ... eine ... also setzen wir uns doch kurz.«

In Walthers Büro stand ein Besprechungstisch. Sie öffnete die Schiebetür, die die beiden Räume voneinander trennte. Das Zimmer ihres verstorbenen Chefs war mit modernen Möbeln in Grau, Chrom und Glas ausgestattet.

Mathilda ließ sich auf einem der schwingenden Stühle nieder und entspannte ihre Gesichtszüge. Das freundliche Lächeln tat ihr langsam weh.

»Also, das ist so. Ich ... ich hab da so eine Vermutung, nein, ich bin mir sicher, dass Ihr Onkel keinen Unfall hatte.« Das war schon mal ein Anfang.

Sam sah sie mit großen Augen an. »Wie kommen Sie darauf?«

»Na Sie kennen ihn doch. Er hatte es nicht gemocht, allein zu spielen. Außerdem hab ich mittags noch gehört, wie er zu jemandem am Telefon sagte ‚Dann bis gleich vor dem Clubhaus'. Er war verabredet, ich bin mir ganz sicher. Wo waren Sie eigentlich an dem Tag?«

Sam schluckte. »Als Onkel Walther starb? Ich hatte an dem Tag meine jährliche Darmspiegelung. Warum fragen Sie? Also ... Sie verdächtigen mich ja wohl nicht?«

Ja sicher, dachte Mathilda. »Natürlich nicht. Ich hoffte nur, Sie wären vielleicht auch dort gewesen und hätten etwas gesehen.« Das war lahm.

»Ach tatsächlich? Kein Problem, die nächsten Verwandten sind es ja meistens. Nein, glauben Sie mir, ich habe nur Nachteile durch seinen Tod. Nicht finanziell. Doch auch, aber ich will etwas anderes sagen. Ich ... ich habe ihn geliebt, wissen Sie. Er hat mich akzeptiert, wie ich war. Mit all meinen Schwächen.«

Das schien ja eine Stärke von Walther Schulz gewesen zu sein. Sam machte eine kurze Pause. »Und ich glaube, Sie haben recht. Wenn meine Gesundheit es zulässt, spiel ich auch ein bisschen Golf. Kein Mensch würde versuchen einen Ball aus einem Wasserhindernis zu holen, schon gar nicht bei einem Solospiel. Onkel Walther trug immer Schuhe von Lottusse. Die hätte er sich niemals an einer Uferböschung ruiniert. Und er sagte mir mittags, als wir telefonierten, dass er abends zum Spiel verabredet sei. Und ... und der Schläger, der bei ihm gefunden wurde, war auch nicht seiner. Ich hab ihn von der Polizei bekommen. Wissen Sie, wir spielen nur mit handgeschmiedeten. Und der war von Lidl. Nichts gegen Discounter ... Doch mit dem Gerät hätte man den Ball niemals ... ach was rede ich.« Er schwieg und lächelte verlegen.

Mathilda war überrascht und regelrecht erfreut. »Das ist ja toll! Ich meine, das ist natürlich immer noch tragisch und traurig. Dann wollen Sie auch seinen Mörder suchen! Ich auch! Es ist unerträglich, nicht zu wissen, was passiert ist. Das lässt mir keine Ruhe!« Sie sprang auf, mit geballten Fäusten und wollte zu ihrem Computer laufen.

Sam nickte verhalten. »Ja natürlich, ich hab mich bereits darum gekümmert. Die Detektei Luns will mir das Büro abkaufen, mitsamt den Daten, der Ausrüstung und den Möbeln. Dafür werden sie den Fall übernehmen. Herr Luns hat mir zwar keine Hoffnungen gemacht, doch er wird es probieren.«

Mathilda sackte zurück auf ihren Stuhl. »Was? Moment mal. Walther ist seit gerade mal eineinhalb Wochen tot. Das ging aber verdammt schnell.«

»Ja Luns hat sich vor ein paar Tagen bei mir gemeldet.« Sam tupfte sich Schweiß von der Stirn, obwohl die frühsommerliche Luft noch angenehm kühl war.

»Luns will die Kundendaten abgreifen und sonst nichts. Der hat doch gar kein Interesse daran, was zu unternehmen. Außerdem sagte Walther immer, dass das der unfähigste Laden im Umkreis von 500 Kilometern ist. Bitte, so wird das nichts. Haben Sie schon unterschrieben?«

»Nein, ich wollte erst mal eine Inventarliste machen. Es erscheint mir so pietätlos so schnell seinen Besitz zu veräußern, aber Luns drängt. Er sagt, sonst hätten wir noch weniger Chancen den Täter zu überführen.«

»Ach Unsinn, Luns will so bald wie möglich kaufen, damit ihm kein anderer zuvorkommt. Hören Sie, lassen Sie sich nicht drängen! Ich hab eine bessere Idee! Lassen Sie mich nach Walthers Mörder suchen! Bitte! Das bin ich Walther schuldig, er hat so viel für mich getan und ich muss das einfach aufklären!«

Sam stutzte. »Sie? Haben Sie denn die Befähigung dazu?«

»Ja natürlich, ich war sieben Jahre seine Assistentin. Er hat mir alles erzählt, alles beigebracht. Es gab keine Geheimnisse zwischen uns, ich mein, keine Berufsgeheimnisse.« Mathilda sah ihn flehend an. »Ich hab ohne das Büro kaum Chancen. Ich brauch den Computer, die Akten, die Daten, die Ausrüstung. Wenigstens für ein paar Wochen.«

Sam rang mit sich. Er ging vor dem Fenster auf und ab, blätterte in einem Papierstapel auf dem Tisch und richtete die Stifte an der Tischkante aus. »Nein, wir sollten das den Profis überlassen. Nichts für ungut.«

Mathilda versuchte, den inneren Vulkan am Ausbruch zu hindern. »Ich bin mehr Profi als dieser Stümper Luns und wissen Sie, warum ich Erfolg haben werde und der nicht? Weil ich ein persönliches Interesse habe. Weil es mir um Walther geht und nicht um meinen Profit. Weil ich Ihrem Onkel sieben tolle Jahre verdanke, weil er der Grund war, dass ich jeden gottverdammten Morgen gern zur Arbeit gegangen bin. Ich hab mich gefreut, wenn er ins Büro kam. Er war ehrlich zu mir wie kaum ein Mann vor ihm. Ich hab zu ihm aufgeschaut und er nie auf mich herab. Er wird mir fehlen und mein Abschied von ihm soll mein letzter Job für ihn sein.« Sie rang nach Luft und um Fassung.

Sam hatte ihr mit offenem Mund zugehört und schluckte jetzt. »Ich werde es mir überlegen und Sie benachrichtigen.«

Mathilda fühlte sich plötzlich erschöpft und leer. »Ich will nur noch mein Zeug holen.« Sie zögerte kurz. »Und meine persönlichen Emails vom Computer kopieren.«

Entschlossen ging sie auf ihren Schreibtisch zu, ließ sich auf den vertrauten Stuhl sinken, glich automatisch sein Wackeln aus und riss energisch die Schubladen auf.

»Ja natürlich. Aber bitte nur die.«
»Was soll das denn heißen?«
»Na ja, ich mein ja nur. Falls Sie vorhaben die Kundendaten mitzunehmen.«

Mathilda schnappte nach Luft und eine steile Falte bildete sich zwischen ihren Augenbrauen! Was für eine unverschämte Unterstellung!

5.

„Der Knabe scheint ja ein helles Lämpchen zu sein." Ulla lackierte hingebungsvoll ihre Fingernägel bordeauxrot, während Mathilda nachdenklich ihre kurzkaute.

„So hell nu auch wieder nicht, sonst wär er nicht auf Luns reingefallen. Meinst du, er lässt mich suchen?"

„Wenn es ihm ernst ist mit der Sucherei ja, wenn nicht, dann will er nur sein Gewissen beruhigen und erben. Was nicht verwerflich ist. Jedenfalls kannst du im Moment nur abwarten und das Abendessen machen. Du bist dran." Sie lächelte versonnen in sich hinein. „Morgen Nachmittag treffe ich Roger. Meinst du, ich sollte noch mal den Ansatz nachfärben?"

Mathilda schaute prüfend auf den grau-beigen Scheitel. „Besser wär das. Sieht ein bisschen aus wie bei Camilla." Sie wusste, dass Ulla, alles ertragen konnte, aber nicht so auszusehen wie die ungeliebte Herzogin von Cornwall, Nachfolgerin der legendären Prinzessin Diana. Selbst in ihrem Testament hatte sie verfügt, in welchem Farbton ihre Haare vor ihrer Aufbahrung ein letztes Mal gefärbt werden sollten, damit sie nicht denen Camillas ähnelten.

„Sie können suchen. Aber ich hab ein paar Bedingungen."

Mathilda saß im Bett, hustete ein paar Katzenhaare aus und orientierte sich blinzelnd. Ihr Wecker zeigte sechs Uhr dreißig an. „Was soll ich suchen? Wer sind ... Herr Schulz? Sind Sie das?"

„Wenn Sie den Mörder meines Onkels finden wollen, müssen Sie aber ein bisschen früher aufstehen. Können wir uns in einer Stunde im Büro treffen? Dann besprechen wir alles Weitere."

Mathilda stimmte zu, um ihn loszuwerden. Um nicht wieder einzuschlafen, schleppte sie sich unter die Dusche und verbrannte sich in der Küche die Zunge an Ullas Kaffee.

Die kam wenige Minuten später energiegeladen mit dem keuchenden Charles an der Leine von der Gassirunde in die Küche. Während der Hund sich vor den Wassernapf legte und trank, schob sein Frauchen ihrer Mitbewohnerin die bestens Scones mit Orangenmarmelade außerhalb des Commonwealth in den Mund, um sie mit Startenergie zu versorgen. „So früh auf den Beinen? Hattest du einen Albtraum?"

„Ja so ähnlich. Die Zecke hat angerufen. Ich darf Walthers Mörder suchen."

„Heureka. So viel Begeisterung sah man das letzte Mal bei dir, als Eddi dir ins Bett gekotzt hat. Was ist los? Das wolltest du doch."

„Er sprach von Bedingungen. Und ich soll demnächst früh aufstehen. Ich hab da ein ganz schlechtes Gefühl."

Ulla schob ihr einen weiteren Scone auf den Teller. „Jetzt warte mal ab und hör dir an, was er zu sagen hat. So schlimm wird es schon nicht."

Als Mathilda das Büro betrat, fand sie Sam hinter Walthers Schreibtisch auf dessen ledernem ausladenden Bürostuhl thronend. Davor stand ein Küchenstuhl, auf dem sie sich jetzt niederließ.

„Guten Morgen nochmal, ich hoffe, ich hab nicht allzu früh gestört." Sam lächelte Mathilda unschuldig an, wippte ein wenig auf und ab und legte die Fingerspitzen aneinander. „Ich bin zu einem Entschluss gelangt. Sie haben mich gestern mit Ihrer Rede, warum Sie den Mord an meinem Onkel aufklären wollen, tief berührt.

Sie können das Büro, die Ausrüstung und die Daten verwenden. Allerdings, und das ist meine Bedingung, werde ich mich an der Suche beteiligen. Wie sagt der Dalai Lama so treffend? Besuche einmal im Jahr einen Ort, den du noch nicht kennst. Ich will mich trotzdem nicht so sehr an der Front aufhalten, wie Sie, aber beratend im Hintergrund bereitstehen, sozusagen als Sparringspartner. Das heißt, wir werden uns gegenseitig unsere Erkenntnisse berichten, die Fortschritte dokumentieren und uns über weitere Schritte informieren. Ich hab ein paar Bücher über das Berufsprofil des Detektivs bestellt und einen Online-Kurs belegt. Das sollte uns weiterhelfen. Was sagen Sie?"

Mathilda hatte das Gefühl, von einem Baseballschläger mit Schokoglasur getroffen worden zu sein. Einerseits war sie glücklich, aber die Aussicht mit diesem Menschen zusammenarbeiten zu müssen, verursachte ihr massive Kopfschmerzen.

„Ich werde mich bemühen, Ihnen Onkel Walther zu ersetzen."

Das war zu viel. „Ok, dann lassen Sie uns Folgendes festhalten." Mathilda rang um Fassung. „Ich benutze das alles hier und Sie sitzen hier, bedienen das Telefon und halten die Ergebnisse schriftlich fest. Soweit, so gut. Sie werden mich aber nicht beraten! Und Sie werden mir niemals Walther ersetzen! Und Sie sind NICHT mein Chef!"

Sie stand auf und ging zu dem chromglänzenden Kaffee Vollautomaten, den Walther dem Büro am letzten Weihnachtsfest spendiert hatte. Ein zuckergesättigter Espresso würde sie jetzt ablenken.

„Ach seien Sie doch so lieb, und machen mir einen Cappuccino mit laktosefreier Milch. Die steht im Kühlschrank." Sam lächelte so entwaffnend, dass ihr keine passende Erwiderung einfiel. Die kurze Anwandlung, heimlich hineinzuspucken unterdrückend, stellte sie die Tassen wortlos auf den Schreibtisch und setzte sich wieder. Interessante Zeiten kamen auf sie zu.

„Sie haben natürlich recht, ich kann Walther nicht ersetzen. Ich meinte auch mehr emotional. Aber lassen wir das. Fangen wir doch einfach an und sehen wohin uns die Reise führt."

Mathilda nahm sich fest vor, sich nicht von dem freundlich-naiven Lächeln und der warmen Stimme einwickeln zu lassen. Seine positive Ausstrahlung, die der eines frisch gepuderten Babys glich und die weiche Gemütlichkeit seiner gesamten Erscheinung, täuschten sie nicht darüber hinweg, dass darauf ein scharfsinniger Kopf ruhte.

Walther hatte zu Lebzeiten Einfaltspinsel verabscheut und die geistigen Gaben seines Neffen rückhaltlos bewundert. Das durfte Mathilda nie vergessen. Auch Tiger schnurren und haben ein weiches Fell.

„Ich fang dann mal an." Sie stand auf und wollte in ihr Büro gehen.

„Warten Sie. Wir sollten erst mal eine Liste von Personen machen, mit denen mein Onkel zu tun hatte. Das geht doch hier am Besprechungstisch am besten! Ich hab da mal was vorbereitet." Er ging zu dem Tisch, auf dem neben mehreren großen Pappen, kleine Zettel, Klebestreifen und verschiedenfarbige Filzstifte bereitlagen.

„Hier kleben wir die Verdächtigen auf, hier die, die nicht in Frage kommen, und hier die Merkmale des möglichen Täters. Oder der Täterin. Das hängen wir dann an die Wand und können es jederzeit ergänzen." Sam tänzelte um den Tisch und drückte ihr einen Block mit selbstklebenden Notizzetteln in die Hand. Erwartungsfroh schaute er sie an. Ein Hund hätte jetzt mit dem Schwanz gewedelt. Ein Gedanke, den Mathilda sofort zur Seite schob. Schweigend schrieb sie „Sam Schulz" auf einen Zettel und klebte ihn zu den Verdächtigen.

Sam nahm ihn und hing ihn lächelnd zu den Unverdächtigen. Aus seinem Jackett zog er ein Attest. „Ich finde es gut, wie sorgfältig Sie sind. Das ist zielführend. Wo befanden Sie sich denn zur Tatzeit?"

Mathildas Blutdruck stieg schlagartig auf das Doppelte. „Ich? Sie wollen ja wohl nicht ... Ich war zu Hause! Und meine Mitbewohnerin ist meine Zeugin!"

Sam schrieb ihren Namen auf einen Zettel und klebte ihn neben seinen. „Gut, dann wäre das schon mal geklärt. Wonach suchen wir? Nach jemandem der sportlich ist und kräftig genug, um einen Mann unter Wasser zu drücken. Er ist zumindest so kultiviert, dass er mit auf den Golfplatz genommen werden kann. Aber er spielt nicht oft, da er einen billigen Schläger benutzt. Damit fallen, glaub ich, sämtliche Golfclub-Mitglieder aus. Mit dem Eisen hätte sich niemand von denen auf den Platz getraut. Außerdem fand zu der Zeit eine Clubvollversammlung mitsamt Greenkeepern und dem Marshall statt. Ich hatte Einsicht in das Protokoll der Sitzung."

„Mitsamt was bitte?"

„Marshall. Eine überaus wichtige Persönlichkeit des Clubs, der immer auf dem Grün anwesend sein muss, um nach dem Rechten zu sehen. Und die Greenkeeper. Sie streicheln die Seele des Rasens, pflegen ihn und kennen jeden einzelnen Halm."

„Natürlich. Der Platzwart und die Gärtner also. Was ist mit Freundinnen? Verschmähte Liebe, Eifersucht, Betrug? In sein Privatleben hatte ich nicht so viel Einblick. Sie?" Mathilda sah ihn neugierig an.

„Da war unlängst nicht viel los. Das Alter hatte wohl seinen Tribut gefordert, wenn Sie wissen, was ich meine. Die letzten beiden Geliebten haben ihn verlassen. In fremden Revieren wilderte er schon seit Längerem nicht mehr. Trotzdem könnten wir uns heute Nachmittag mit zwei Damen aus seinem Bekanntenkreis treffen, die wirklich alles aus dem privaten Umfeld der wohlhabenden Kreise wissen. Und alles meint tatsächlich alles.«

Das deckte sich mit Mathildas Beobachtung, die befürchtet hatte, dass Walther ihr was verheimlichte. „Gut, das machen wir. Die Tennispartnerinnen?"

„Ex-Freundinnen soweit ich weiß. Die Damen werden uns sicherlich auch darüber aufklären, keine Sorge. Ehrlich gesagt, glaube ich aber nicht, dass eine Frau in Frage kommt. Was wird denn passiert sein? Der Mörder wird Walther die Böschung hinuntergestoßen und dann unter Wasser gedrückt haben.

Mein Onkel war trotz seines Alters noch sehr athletisch. Dazu brauchte man enorm viel Kraft. Irgendwie keine frauentypische Herangehensweise."

„Frauentypische Herangehensweise? Wollen Sie damit sagen, dass es einen Unterschied gibt, wie Frauen und Männer jemanden um die Ecke bringen? Warum haben Sie mich dann gefragt, wo ich war?"

„Der Vollständigkeit halber. Aber in der Tat. Ich hab ein bisschen recherchiert. Frauen morden körperlich distanzierter, nicht im Affekt, sie planen besser. Männer handeln aggressiver und direkter. Also können wir wohl eher von einem Mann ausgehen. Irgendwo müssen wir ja anfangen. Wir erstellen ein Profil vom wahrscheinlichsten Täter und wenn wir damit keinen Erfolg haben, erweitern wir den Täterkreis Schritt für Schritt. So wären Sie doch sicher auch vorgegangen, oder?"

„Ja. Natürlich. Sagen Sie mal, was haben Sie eigentlich sonst noch gelernt? So als Beruf mein ich." Mathilda sah ihn offen und freundlich an.

Sam war irritiert. „Ähm, warum fragen Sie das? Stimmt was nicht?"

„Alles gut, aber wenn wir schon zusammen arbeiten, wüsste ich gern, auf was für Fähigkeiten ich zurückgreifen kann. Sie haben Medizin studiert, könnten also notfalls Erste Hilfe leisten. Das ist doch schon mal was."

Sam malte Kringel auf die Schreibtischunterlage, die immer kleiner wurden. „Ich habe Medizin studiert, ja. Aber das hat mich krank gemacht. All die Keime, die Leichen, ich hab befürchtet, sämtliche Krankheiten zu bekommen, von denen ich gelesen habe. Ich hab bei jedem Toten im Anatomie-Kurs daran denken müssen, wie es ist, selbst auf dem kalten Tisch zu liegen und aufgeschnitten zu werden. Das nennt sich reaktive Hypochondrie in Fachkreisen. Darunter leiden Studenten öfter mal, vergeht dann wieder, bei mir aber nicht. Onkel Walther meinte schließlich, das sei wohl nicht meine wahre Berufung und ich

sollte lieber aufhören, bevor ich mich in ein Skalpell stürze."
Seine Oberlippe glänzte feucht und die Bleistiftspitze brach ab.

„Aber ein Pflaster aufkleben geht noch. Keine Sorge. Und sollten Sie mit einer Schusswunde heimkommen, entfern ich die Kugel und vernäh die Wunde mit so feinen Stichen, dass es aussieht wie ein Gobelin."

6.

Sie betraten das Clubhaus zur Kaffeezeit, wo sie bereits von den Damen im makellosen Tennisdress erwartet wurden. Die beiden musterten Mathilda mindestens so abfällig, wie umgekehrt, vergaßen sie aber schnell wieder. Die Freude, Sam zu sehen, überwog doch offensichtlich. Sie fielen ihm um den Hals, tätschelten ihn und riefen sofort nach der Bedienung.

„Sammilein, du siehst ja so fertig aus! Nimmt dich das immer noch so mit? Wir sind ja auch ganz unter Schock. Wer kann denn so was nur getan haben? Gerade Walther! Er war doch ein Engel in Person. Wofür der alles gespendet hat und seine Umgangsformen! Immer vom Feinsten, immer zuvorkommend, selbst wenn man getrennte Wege ging, wenn du weißt, was ich meine. Was willst du denn haben? Kaffee mit Sojamilch?"

Und so ging es weiter. Mathilda schaltete innerlich ab und sah nur noch rot geschminkte Münder mit Lippenstiftkrümeln in den Falten, die wie bei zwei Goldfischen auf und zu gingen. Die Backen wurden, wie von Hamstern im Herbst, prall mit Nahrung vollgestopft, sobald die jeweils andere redete. Die schwarz gefärbten Häupter wurden entrüstet geschüttelt, Augen mit silbrigem Lidschatten zwinkerten verschwörerisch und juwelengeschmückte Hände legten sich vertraulich auf Sams Arm. Nur das gelegentliche schrille Lachen drang bei ihr durch und tat ihr in den Ohren weh.

Sie bestellte sich eine Cola, als der Kellner erneut auftauchte, während die Damen Sam dazu nötigten, einen Aperol Spritz mit ihnen zu trinken.

Der Alkohol löste noch mehr die Zungen, es gab überhaupt keine Redepausen mehr und Mathildas Kopf pochte vor Schmerzen. Für Walther. Dieser Gedanke hielt sie aufrecht auf dem Sitz.

Als sie nach zwei Stunden im Auto saßen, Mathilda hinter dem Steuer, da Sam nicht mehr nüchtern war, pochte hinter ihrer Stirn ein fieser Zwerg mit einem Holzhammer von innen gegen ihre Schädeldecke.

„Wie haben Sie das ausgehalten? Haben Sie irgendwas von dem verstanden, was die sagten?" Sie atmete tief durch und startete den Wagen.

„Selbstverständlich. Sind die nicht allerliebst, die zwei?" Sam schnallte sich an.

Mathilda sah ihn entsetzt an, sie war sich nicht sicher, ob er das erst meinte oder ironisch.

„Was haben die denn gesagt?"

Er sah sie stirnrunzelnd an. „Sie saßen daneben. Schon vergessen?"

„Ich hab nicht zuhören können. Ohrbluten."

Sam sah sie mit zusammengekniffenen Augen von der Seite an, anschließend wieder nach vorne. „Tja, dann wissen wir schon mal, wo Ihre Stärken nicht liegen."

„Was soll das denn heißen?"

„Sie hören nicht zu. Aber sei es drum. Dafür haben Sie ja mich. Die Damen haben mir von sage und schreibe allen vergangenen Partnerinnen meines Onkels den Beziehungsstatus erläutert. Außerdem den Istzustand von vor zwei Wochen. Mögliche Feinde, Abneigungen, Konkurrenz, Rivalen, Streit, Unstimmigkeiten ..."

„Ist ja gut. Und?"

„Nichts davon. Also den Kreis können wir völlig ausschließen." Sam sah zufrieden aus dem Fenster.

„Völlig? Nur weil die beiden alten Schachteln das getratscht haben?"

„Die beiden Damen sind bestens informiert, glauben Sie mir das. Die halten Ihnen ein Taschentuch hin, bevor Sie niesen."

„Und dann? Klingt doch alles ziemlich vernünftig." Ulla räumte die englischen Fähnchen und das Teeservice mit den altrosa Rosen in die Küche. Unter dem Tisch saßen Ben und Eddi und leckten die letzten Krümel vom Teppich, während Charles mit tropfender Schnauze aus sicherer Entfernung darauf wartete, dass sie ihm ein Bröckchen übrigließen.

„Natürlich ist das vernünftig. Das ist strukturiert, das ist klug, das ist ... ach verdammt. Ich hab mir das anders vorgestellt. Das dauert doch alles viel zu lang! Dieses Gelaber von den beiden Fregatten hat doch überhaupt nichts gebracht." Mathilda stocherte mit einem Fähnchen in einem Muffin herum und sorgte dafür, dass die Krümel unter dem Tisch nicht weniger wurden.

Ulla schwankte leicht, als sie die Spülmaschine einräumte. „Doch schon, ihr habt eine Menge Verdächtiger ausschließen können. Aber wie geht es weiter? Mein Gott, hör doch mal auf zu meckern und erzähl, was jetzt passiert."

„Hauptsächlich kümmern wir uns ab jetzt um Walthers Kunden. Wir vermuten, dass einer dazwischen ist, der ihn auf dem Gewissen hat. Rache oder Angst vor Entdeckung, also irgendeiner, der mal richtige Probleme hatte, als Walther ihn bei was erwischte oder einer der aktuellen Fälle, der was zu verlieren hat."

„Klingt immer noch vernünftig. Und was soll da zu lange dauern?" Ulla ließ sich auf das Sofa fallen, zog Charles zu sich und fütterte ihn mit einem halben Wurstbrot. Der Hund war im Himmel, auch wenn der Blick der Katzen Prügel versprach. War ja nicht seine Schuld, die Stulle wurde ihm ja regelrecht ins Maul geschoben.

„Sag mal, auf wessen Seite stehst du eigentlich?" Mathilda war sichtlich angefressen.

„Auf Walthers." Ulla war von Pimm's No.1 auf trockenen Rotwein umgestiegen, stand mühsam wieder vom Sofa auf, und erhob ihr Glas. „The Queen and His Royal Highness Prince William Arthur Philip Louis, Duke of Cambridge, Earl of Strathearn and Baron Carrickfergus. Live long and prosper. Cheers." Nach dem Toast ließ sie sich mit einem satten Rülpser wieder fallen.

7.

Als Sam das Büro betrat, war Mathilda schon seit einer halben Stunde da, saß hinter Walthers Schreibtisch und druckte die Akten der aktuellen Fälle aus. Der Raum der Sekretärin war geschlossen. Lässig deutete sie auf den Küchenstuhl und begann aufzuzählen, wer ihrer Ansicht nach in Frage kam und wer nicht.

„Hier, die drei müssen wir unter die Lupe nehmen. Ich hab's gleich. Machen Sie uns doch so lang Kaffee." Mathilda schaute ihn noch nicht mal an, sondern drehte sich, ohne aufzustehen, zu dem surrenden Drucker und füllte Papier nach. Sie brauchte einen Moment, um ihre Gesichtszüge unter Kontrolle zu bringen.

„Tut mir leid, ich bin mit der Bedienung der Maschine nicht vertraut."

„Ist nicht schwer, ich hab die Bedienungsanleitung direkt daneben gelegt. Espresso bitte. Mit drei Löffeln Zucker."

Sam gab sich geschlagen und begann umständlich an der Maschine zu hantieren. Mathilda ließ sich davon nicht erweichen. Als er sich an heißem Dampf verbrühte, empfahl sie kaltes Wasser und für die ausgelaufene Milch den Spüllappen. Sie hätte lieber verzichtet, als nachzugeben. Es ging um mehr.

Endlich hatte der Drucker alle Unterlagen ausgespuckt, Sam den Kaffee auf den Tisch gestellt, seine Hand verbunden und Mathilda Walthers Notizbuch aus der Schublade gezaubert.

„Erstens: Niklas Kage. Er wurde vor 3 Monaten im Auftrag seiner Ehefrau beschattet, da sie glaubte, er gehe fremd.

Walther fand heraus, dass Kage ein Spieler ist. Nach einer Glückssträhne gab er seinen Job als Dachdecker auf und versucht sich als Profispieler. Er verlor den Gewinn und die kleine Erbschaft seiner Gattin. Nach Walthers Bericht verließ sie ihn und Kage gab ihm die Schuld. Er drohte ihm am Telefon, ihn umzubringen, wenn er die Gelegenheit dazu hat. War ziemlich übel, aber seit ungefähr drei Wochen ist Ruhe.

Zweitens: Waldemar Hollunder: Angestellter eines Bauunternehmens. Er ist für die Logistik zuständig, teilt Arbeiter, Maschinen und Material den verschiedenen Baustellen zu, gibt die Bestellungen auf. Seit einigen Monaten ist er unzuverlässiger, kommt nicht, macht gravierende Fehler, wird handgreiflich usw. Sein Chef ließ ihn von Walther überwachen.

Der Fall ist kurz vor dem Abschluss. Walther hat schon herausgefunden, dass Hollunder nebenbei ein Konkurrenzunternehmen aufbaut, Kunden abwirbt und versucht, den Chef in die Pleite zu treiben. Er ist skrupellos und gewalttätig. Hat sich für das Projekt hoch verschuldet.

Der ist mein Hauptverdächtiger. Wenn der rausbekommen hat, dass Walther ihm auf der Spur war, würde ich meinen Hintern darauf verwetten, dass er es war.

Drittens: Benjamin Peterson, 25. Eine besorgte Mama, die ihren Sohn überwachen lässt, um zu sehen, ob er auch brav studiert. Der Auftrag ist zu neu, um was Genaueres sagen zu können, scheint aber ein merkwürdiger Typ zu sein. Ich hab jedenfalls von Walther noch nicht viel darüber gehört, aber hier in seinen Aufzeichnungen steht, dass er bei der Mafia gelandet ist oder so was Ähnlichem.

Alle anderen haben kein Motiv für einen Mord. Die Mehrzahl der bespitzelten Ehemänner arbeitet einfach nur lang oder geht mit Kumpels einen trinken. Die, die von Walther beim Fremdgehen erwischt wurden, haben sich mithilfe großzügiger Geschenke mit ihren Frauen wieder vertragen. Die meisten häufig kranken Mitarbeiter sind tatsächlich so überarbeitet, dass sie kurz vor einem Burn-out stehen.

Die bespitzelten Ehefrauen gehen shoppen, Tennis spielen, Kuchen essen und anschließend auskotzen. Ein paar trinken zu viel. Und wenn mal ein Tennislehrer oder Pool Boy herhalten musste, dann wurden sie durch was Jüngeres ersetzt oder verprügelt. Keine von denen hätte jemanden umgebracht, außer sich selbst."

Sam zog die Augenbrauen hoch und räusperte sich. „Ich bin beeindruckt, gute Zusammenstellung."

Mathilda nickte gesetzt.

„Jetzt müssen wir noch festhalten, wonach Sie genau suchen. Also nach den billigen Schlägern, aber auch Hinweise auf das Motiv. Gerade bei Peterson sollten Sie versuchen, herauszubekommen, was Onkel Walther mit Mafia oder so gemeint hat."

Mathilda verdrehte die Augen und warf ihre Zettel auf den Tisch. „Nix is, jetzt wird nichts mehr festgehalten, jetzt fang ich mal an. Sonst quatschen wir uns noch Moos an die Füße. Zuerst Kage. Ich such sein Auto und kleb einen Sender darunter, damit wir immer wissen, wo er ist und wo er spielt. Dann sehen wir, ob er irgendwann mal auf dem Parkplatz vom Golfplatz parkt. Danach ist Peterson dran. Bei dem muss ich die Webcam austauschen."

„Das geht nicht! Diese Sender sind verboten. Und was denn für Webcams? Ich würde Ihnen gern mit auf den Weg geben, was die Fachliteratur dazu sagt ..."

Mathilda griff in die Schublade von Walters Schreibtisch und holte einige der münzgroßen Sender und eine kleine Kamera heraus . „Nein, das geben Sie mir nicht mit auf den Weg, sonst ist der Weg nämlich dunkel und der Tag vorbei. Die Webcams werden in der Nähe der jeweiligen Haustür versteckt. Mit einer Gesichtserkennungssoftware melden sie ans Handy, wenn der Kandidat das Haus verlässt. Ich habe lange genug mit Walther zusammengearbeitet, um zu wissen, was zu tun ist. Ohne die Sender und Kameras haben wir nicht die geringste Chance."

„Sie haben für ihn gearbeitet. Für. Hier im Büro. Sie waren die Sekretärin eines Detektivs. Das sollten Sie im Auge behalten."

„Und Sie sind der Neffe eines Detektivs. Also verschonen Sie mich mit Ihren Bücherweisheiten."

Sam senkte den Blick, eher betroffen als beleidigt. „Es geht mir doch nur um Ihre Sicherheit. Sie suchen die Nähe potenzieller Mörder, Gewalttäter. Ich bewundere Ihren Mut, so selbstlos ihr Leben aufs Spiel zu setzen für Onkel Walther. Das würde ich mich niemals trauen. Mal angenommen ... also wen soll ich eigentlich benachrichtigen, wenn Ihnen was zustößt im Einsatz?"

Mit einer Thermoskanne Kaffee auf dem Beifahrersitz und einem mulmigen Gefühl in der Magengegend stand Mathilda vor Kages Haustür. Nachdem sie dreimal um den Häuserblock gefahren war, hatte sie es aufgegeben, sein Auto zu suchen. Sie würde einfach warten, bis er zu dem Wagen ging und dann den Sender darunterkleben. Dabei konnte nichts passieren.

Nach einer Stunde Wartezeit kam Kage aus der Haustür. Er sah aus, wie ein mittelmäßiger Schauspieler, der sich bemühte, einen depressiven Obdachlosen zu spielen. Gebeugter Gang, ausgeleiertes Unterhemd und schlabberige Bermudas, die ihm um die mageren Beine schlackerten. Immer wieder fuhr er sich mit der Hand durch die nach hinten gegelten, braun gefärbten Haare. Mathilda schoss ein Foto von ihm, obwohl genug davon in den Akten steckten. Sie hatte aber das Gefühl, dass das zum Job dazugehörte.

Er steuert direkt auf einen alten Golf zu, stieg ein und fuhr los. Mathilda musste wohl oder übel hinterher, um den Sender unterbringen zu können. Unterdessen beeilte sie sich, ihrem Handy das Kennzeichen zu diktieren und hinter ihm her zu fahren.

In einer tristen Wohngegend mit gleichförmigen grauen Häuserblocks hielten sie, und Kage verschwand hinter einer Haustür mit gesprungenem Glaseinsatz. Mathilda parkte eine Straße weiter, schlenderte betont unauffällig zu seinem Auto, ließ ihren Schlüssel fallen und klebte beim Aufheben einen Sender an das Bodenblech. Job erledigt.

Von wegen, sie setzte ihr Leben aufs Spiel. Sie hatte alles im Griff. Und dann erst wurde sie sich der Umgebung bewusst.

Überall waren kleine Gruppen Jugendlicher, die in Eingängen, auf Treppen und kaputten Parkbänken hockten, wie Krähen im Herbst, wenn es kalt wurde. Langeweile und aufgestaute Energie schlugen ihr entgegen, selbst hier draußen roch es nach Urin und Zigaretten. Leere Plastiktüten wehten vorbei und die Luft fühlte sich an wie kurz vor einem Gewitter.

Sie wischte sich den Staub von der Hose und ging zurück in die Straße, in der ihr Auto parkte. Doch leider war bei einer der Gruppen die Idee herangereift, dass der Tag spannender würde, wenn man die Luft aus den kleinen Smartreifen ließe.

Mathilda stand mitten auf der Straße, Wind fuhr in ihr Haarknäul und lockerte ein paar Strähnen, zerrte an ihrer Jacke und trieb Adrenalin durch ihre Adern. Vor ihr fünf Jungmänner, rauchend, sich am Gemächt kraulend, grinsend. Angelehnt an ihr jetzt schief stehendes Auto, drückte einer seine Zigarette auf dem Dach aus und sah sie erwartungsfroh an.

„Was is los, bitch? Probleme? Komm doch her." Der Redner kratzte sich den räudigen Undercut und zeigte eine Zahnlücke, durch die eine Maus gepasst hätte.

Mathilda holte tief Luft und ging dann auf sie zu. Die anderen Gruppen und Grüppchen in der Umgebung lösten sich auf, bildeten wie ferngesteuert einen Kreis und warteten wie einst die Bürger Roms im Kolosseum gespannt auf die kommende Unterhaltung.

„Name?"
„Mathilda Rosenbaum"
„Beruf?"
„Detektivin"

Der Polizeibeamte sah auf und musterte Mathilda von oben bis unten. „Sind Sie sicher?" Sofort zog er, überrascht von der eigenen Courage den Kopf ein und fragte weiter. „Erzählen Sie mal, wie war das jetzt genau. Da waren fünf Männer auf der einen Seite, die Ihr Fahrzeug beschädigt haben und Sie auf der anderen Seite. Und dann?"

Gespannt beugte sich auch der Kollege herüber, um nichts zu verpassen

„Ich bin hingegangen und habe die Herren dazu aufgefordert, den Schaden zu bezahlen und zu gehen. Dann haben sie gelacht und ich bin näher gegangen. Dann hat mich der Erste geschubst, ein anderer zog ein Messer, einer versuchte, mich festzuhalten, und dann hab ich mich gewehrt."

Ein Krankenwagen fuhr mit Blaulicht davon.

„Soso, Sie haben sich gewehrt. Ganz alleine."

„Natürlich alleine, ich trainiere Krav Maga."

„Zeugen haben ausgesagt, sie hätten eine Gang bei sich gehabt, die Opfer sprachen auch von mehreren Angreifern. Mit Manga hatte das nichts zu tun."

„Krav Maga. Israelische Selbstverteidigung. Und wo bitte sehen Sie hier eine Gang? Hat die sich in meinem Smart versteckt?"

„Ja aber Frau Rosenbaum, Sie wollen doch nicht behaupten, Sie hätten die Herren allein zur Strecke gebracht?"

„Doch, das will die gnädige Frau. Da war auch nicht viel nötig. Ich hab den, der mich festgehalten hat, zur Seite geschoben, den mit dem Messer entwaffnet und die anderen Sesselpupser sind dann abgehauen."

„Ah ja. Zur Seite geschoben. War das der junge Mann mit der Gehirnerschütterung und dem ausgekugelten Arm oder der mit der angebrochenen Rippe und der Prellung unter dem Auge?"

„Was ist jetzt mit meinem Auto? Die Neandertaler haben es demoliert!"

Der Polizist kratzte sich mit dem Stift an der Nase. „Das müssen Sie mit ihrer Versicherung klären. Machen Sie sich lieber Gedanken darum, ob Sie eine Anzeige wegen Körperverletzung bekommen."

Mathilda schnappte nach Luft. „Ich habe mich verteidigt! Das war Notwehr!"

Der Polizist nickte verständnisvoll. Man konnte aber auch den Eindruck gewinnen, dass er Angst hatte, ihr zu widersprechen. Mathilda blickte sich um, während er weitere Formulare ausfüllte, und entdeckte Kage zwischen den diskutierenden Zuschauern. Er filmte ihr Auto, den davon fahrenden Krankenwagen und sie. Mit seinem Smartphone. Zu spät drehte sie ihm den Rücken zu. Er kannte sie jetzt und würde sie heute Abend an den Spieltischen der Stadt auch noch herumzeigen. Wenn sie Pech hatte, landete er damit einen Hit auf YouTube. Genau das, was ein Detektiv braucht.

Charles schleckte hastig die leere Familienpackung Pistazieneis aus, bevor Eddi und Ben bemerkten, was sie gerade verpassten. Ulla war an diesem Abend mit dem Club im English Theatre. Mathilda starrte trübsinnig auf den blühenden und duftenden Holunderbusch vor dem Fenster und fragte sich, was das Leben wohl sonst noch für Menschen wie sie bereithalten würde. Für die, die auch nach sieben Jahren mit einem der besten Detektive weit und breit nicht wussten, wie man sich unauffällig verhielt.

Sie musste sich überlegen, wie sie die Geschichte Sam verkaufte, ohne selbst als zu doof zum Leben dazustehen. Walther hatte längst notiert, dass Kages Frau in der Siedlung wohnte, seit sie ihren Mann verlassen hatte. Er besuchte sie sporadisch und versuchte, sie dazu zu überreden, wieder zu ihm zurückzukommen.

Glücksspiel und Billard wurde nur abends und an den Wochenenden gespielt. Also zum Beispiel jetzt. Während sie im knielangen T-Shirt am Esstisch saß, über die Alkoholvorräte der Wohnung nachdachte und sich auf die neuste Folge von CSI New Orleans freute. Eine Bequemlichkeit, die sie vermutlich nicht auf Dauer aufrechterhalten konnte.

8.

Sam rekelte sich zufrieden auf Walthers Schreibtisch-Thron und grinste Mathilda selbstgefällig an, als sie das Büro betrat. „Na? Erfolg gehabt?"

Das Glitzern in seinen Augen und das Zucken seiner Mundwinkel ließen sie vorsichtig sein. „Jaaa und selbst? Kluge Dinge gelesen?"

„Ja, ich habe mich weiter fortgebildet und die Akten studiert. Ach, wenn Sie gerade an der Kaffeemaschine stehen, machen Sie mir doch bitte einen mit. Mit einem kleinen Schuss laktosefreier Milch und drei Süßstoff."

Mathilda verzog keine Miene. Irgendwas lag in der Luft und sie konnte es nicht greifen. Sie stellte den Kaffee einen Millimeter außerhalb seiner Reichweite auf den Tisch und ließ sich auf den Küchenstuhl gleiten. Sam zog die Tasse an dem darunter liegenden Papierstapel zu sich und rührte in regelmäßigem steten Rhythmus den Milchersatz um. „Jedenfalls bin ich nicht mit dem Gesetz in Konflikt geraten."

Mathilda zog nur eine Augenbraue hoch.

„Die Polizei war eben da. Einer der armen Menschen, denen Sie gestern über den Weg gelaufen sind, hat wohl ein ganz schlechtes Erlebnis gehabt und Sie angezeigt. Der Name Kage fiel gar nicht. Na, was haben Sie denn da angestellt?" Wohlig seufzend, wie nach einem guten Essen, ließ er sich in das Polster zurückgleiten, wippte mit einem Fuß und wartete.

Mathilda wurde dunkelrot. Sie beobachtete den rotierenden Löffel, der in jeder Runde dreimal klappernd gegen den Becher stieß und bemühte sich, den Geruch des Milchersatzes zu ignorieren. Dann erzählte sie, nahm ihre Notizen dazu, zeigte ein Foto auf der Kamera und stellte den Vorfall als unausweichlich dar.

„Ich weiß, wie er aussieht. Ich hab die Bilder in der Akte gesehen."

„Ja! Ich wollte Ihnen nur zeigen, wie das Ergebnis einer Beschattung auszusehen hat. Na ja, bis auf den Schluss. Jedenfalls hat er den Sender unterm Auto."

Sam zeigte sich nicht im Mindesten beeindruckt. „Und was haben wir davon? Er versucht immer noch, seine Frau zurückzubekommen. Die er durch Walther verloren hat. Aber das wussten wir ja schon. Das waren Onkels letzte Aufzeichnungen zu dem Fall. Wir werden online verfolgen können, dass er einkaufen geht, in Kneipen einkehrt und seine alte Mutter im Heim besucht."

„Ja, ok, ich musste ja irgendwo anknüpfen. Erstmal in den Fall reinkommen. Wenn wir sehen, wo er spielt, geh ich mit." Damit hatte sie den Komfort eines Freitagabend-Krimis mit Ulla und den Katzen auf der Couch soeben verspielt.

„Wie denn? Er erkennt Sie doch sofort. Hören Sie, wir müssen einen Plan machen. Wie wollen Sie herausbekommen, ob Kage Golf spielt und wo er an dem fraglichen Abend war? Es war ein Freitag, eigentlich ein Spieltag für ihn. Wenn Sie wissen, wo er spielt, finden Sie vielleicht einen Spielpartner, der ihm ein Alibi gibt und damit können wir ihn schon mal von der Liste streichen."

„Gegner."

„Wie meinen?"

„Gegner. Die spielen nicht zusammen, die spielen gegeneinander. Um Geld. Viel Geld. Da ist man nicht besonders redselig in der Szene."

„Gut, dann suchen Sie Gegner. Oder spielen Sie selbst mit ihm. Billard werden Sie ja wohl können."

„Gegen ihn. Ich soll gegen einen Profi spielen? Und das ganz unauffällig? Ich hab keine Ahnung von Billard und hatte noch nie so einen Stock in der Hand. Machen Sie das doch."

„Queue. Der Stock beim Billard heißt Queue. Und ich werde niemals mit ihm spielen. Der Mann war gewalttätig! Vielleicht hat er jemanden umgebracht. Nein, Sie sind an der Front und ich stehe hinter Ihnen. Im metaphorischen Sinn."

„Ich glaube, Sie haben vergessen, dass er mich jetzt kennt. Er hat mich gefilmt und ich sehe nun mal leider nicht sehr unauffällig aus."

„Ja, Sie werden sich verkleiden müssen. Wie wäre es mit einer Perücke, Make-up und ein paar eleganten Kleidern? Ich könnte Sie beim Einkauf gern beraten. Und Sie können mein Auto benutzen. Da wären wir dann wieder bei meinem Beitrag. Was sagen Sie?"

„Gut. Sie zahlen."

„Warum sind Sie eigentlich Bürokauffrau geworden?" Sam saß vor der Umkleidekabine und wartete auf den nächsten Auftritt von Mathilda.

In Mathilda Hals stieg ein säuerlicher Geschmack hoch. Sie könnte jetzt einen Streit anzetteln, doch ihre Position war durch der Vorfall mit der Anzeige zu geschwächt. Also entschied sie sich dazu, etwas preiszugeben, während sie den engen Rock anzog.

„Ich wollte nach der Schule Wale retten, Robben beschützen, aber ich war kein Kampftaucher und kein Biologe. Ich hatte kein Kapitänspatent und beherrschte keine Fremdsprache, die gebraucht wurde, um isländische oder japanische Walfänger anzuschreien.

Dann bot mir die Organisation, die das konnte, die Ausbildung als Bürokraft an. Ich hätte alles getan, um dazuzugehören. Also hab ich Spenden verwaltet, Behörden angeschrieben und Infostände organisiert. Für einen Hungerlohn und das Gefühl, die Welt zu retten. Als ich zu Hause ausziehen wollte, hab ich gemerkt, dass ich mit dem Gehalt nicht weit komme.

Walther war einer der großzügigsten Geldgeber und auf jeder unserer Veranstaltungen. Er hat mir dann den Job angeboten. Ende der Geschichte." Sie trat vor die Umkleide. „Besser?"

Sam nickte bedächtig. „Sehr gut. So erkennt Sie kein Mensch. Sie sehen aus wie eine ganz normale Frau. Und mit dem Kampfsport wollten Sie wieder interessant werden für die Walschützer?"

Eine ganz normale Frau. Ja, das sind Komplimente, die man hören will. Sie ging erneut hinter den Vorhang. „Das auch. Kampfsport mach ich schon ewig, aber mit Krav Maga hab ich damals neu angefangen. Die Boote werden angegriffen, die Besatzungen verhaftet und schlecht behandelt. Da wollte ich drauf vorbereitet sein.

Tja, leider wird das nichts mehr. Ich werde seekrank, wenn ich mit dem Auto durch eine tiefe Pfütze fahre. Immerhin muss ich niemandem aus dem Weg gehen. Wissen Sie, ich komme aus einer Polizistenfamilie und bin mit den Geschichten groß geworden, was Mädchen und Frauen alles passieren kann. Deshalb mach ich weiter."

„Ja, so wie gestern."

„Genau. Und jetzt ab zur Kasse."

9.

Ulla rannte wie auf Speed durch das Haus, ein Badetuch flatterte hinter ihr her und bedeckte ihre füllige Blöße nur unzureichend. „Wo ist mein Strumpfhalter? Und warum liegt mein BH im Katzenkorb?" Aufreizend langsam kreuzten Eddi und Ben immer wieder ihre Flugbahn und brachten sie beinah zu Fall. Charles hatte sich unter dem Sofa verkrochen.

Schließlich konnte Mathilda es nicht mehr mit ansehen, sperrte die Katzen ins Gästeklo und zwang Ulla auf einen Stuhl. „Du hast noch zwei Stunden Zeit. Beruhig dich. Es ist nur ein Mann. So was siehst du doch nicht zum ersten Mal. Einatmen. Gut so. Ausatmen. Du machst das sehr schön. Einatmen. Du bist eine Powerfrau. Ausatmen. Und jetzt allein weiter."

Ulla rang nach Luft und Fassung. „Wir gehen essen. Mein Tages-Horoskop sagt, dass da noch viel mehr kommt. Du kommst auch ganz bestimmt nicht nach Hause heute Abend? Guck mal." Ulla beugte sich bedrohlich über ihre Freundin. „Angenommen, ich sitz oben, hängen dann meine Wangen nach vorne? Schlackert das irgendwie? Wenn ich unten liege rutschen die Möpse immer in die Achseln. Hilf mir doch mal! Wie machen das andere Frauen in meinem Alter?"

„Woher soll ich das denn wissen? Ist doch auch wurscht. Wenn du ihn soweit hast, dass du ihn von oben siehst, sorg dafür, dass ihm der Zustand deiner Wangen egal ist. Das wirst du ja wohl noch hinbekommen." Mathilda ignorierte das wütende Geschrei der Kater, die dabei waren den kleinen Raum zu verwüsten, kochte Kaffee und checkte zum wiederholten Mal den Sender von Kage. Der würde wohl den Abend aber auf der Couch verbringen. Jedenfalls blieb das Auto stehen.

„Was machst du eigentlich? Bist du auch verabredet?" Ulla trug jetzt das rote Kleid von Dior, das die richtigen Rundungen perfekt in Szene setze und die anderen kaschierte. Dazu himmelhohe Highheels, die ihre Beine streckten und den Hintern zum Schwingen brachten.

„Ich warte, bis die Zielperson das Haus verlässt und dann schau ich mal weiter. Hab ihm einen Sender angeklebt."

„Aber der erkennt dich doch auf hundert Meter ohne Fernglas!"

„Nein, die Zecke hat mir die perfekte Verkleidung spendiert. Ich geh als normale Frau, also keine Sorge. Freu du dich jetzt auf Roger."

„Vergiss nicht. Der kann auch ohne Auto das Haus verlassen. So weit ist es nicht bis zum Bahnhofsviertel. Fahr mal lieber hin. Willst du mein Urinal mitnehmen?

„Dein was?"

„Mein Urinal. Was willst du denn machen, wenn du mal musst? Ein Frauenurinal. Das ist ein Silikontrichter, den hältst du dir vor die Pieselöffnung und stratzt rein. Das läuft dann durch einen Gummischlauch und den steckst du in eine leere Flasche. Ganz einfach." Sie wickelte das Teil in ein Taschentuch und steckte es in Mathildas Tasche. „Ich hab mal in einem Film gesehen, dass Detektivinnen das immer dabei haben."

Mathilda stand vor Kages Haustür und kratzte sich die juckende Kopfhaut unter der blonden Perücke. In Gedanken ging sie noch einmal die Biografie durch, die Sam ihr passend zum Outfit geschrieben hatte. Er hatte sie so oft abgefragt, dass sie das Gefühl hatte, tatsächlich mit einem dicken, dunkelhaarigen Billardspieler mit Schnäuzer und weißen Tennissocken verheiratet zu sein.

Hinter dem Fenster zur Straße war noch Licht zu sehen, was darauf schließen ließ, dass Kage zu Hause war. Da sie dummerweise eine ganze Kanne Tee getrunken hatte, trat jetzt genau der Fall ein, den Ulla dargelegt hatte. Sie musste dringend gekachelte Räume aufsuchen, die aber weit und breit nicht zu finden waren. Eine reine Wohngegend, ohne Restaurant oder Kneipe.

Also kramte sie den Gummitrichter aus der Handtasche, pellte sich die Hose ein Stück runter, stellte eine leere Weinflasche zwischen die Füße und platzierte das Urinal dort, wo es ihrer Ansicht nach hingehörte.

Inzwischen war ihre Blase kurz vor dem Platzen und gleichzeitig kam Kage aus dem Haus. Mathilda hielt mit einer Hand das Urinal, mit den Füßen die Flasche und startete mit der freien Hand das Auto. Zum Glück hatte es ein Automatikgetriebe.

So presste sie nun Brüste und Zähne in das Lenkrad, fing die kippende Flasche mit der freien Hand auf und gab Gas. Die Entleerung der Blase nahm ihren Lauf, zu gleichen Teilen in das Urinal, auf ihre Schuhe und den Autositz, während sie mit vollem Körpereinsatz den Wagen um die Kurve lenkte.

Kage verschwand in einer Apotheke, kam kurz darauf mit einer kleinen Tüte wieder raus und ging nach Hause, als Mathilda noch damit beschäftigt war, den Autositz und ihre Schuhe zu trocknen. Dabei fluchte sie wie ein albanischer Bauarbeiter und formulierte zeitgleich in Gedanken eine Erklärung für Sam, warum sein Auto wie das Bahnhofsklo von Amsterdam roch.

Der Abend war noch jung und das Haus von der hoffentlich glücklichen Ulla belegt. Und so fuhr Mathilda bei Benjamin Peterson vorbei, um die Webcam mit dem leeren Akku zu suchen und gegen eine frische auszutauschen.

Er wohnte in einer beliebten Studentenwohngegend, in einem schön renovierten Altbau, der bestimmt nicht billig war. Seine Mutter zahlte die Miete und glaubte daher das Recht zu haben, dem Sohn ein bisschen auf die Finger zu schauen.

Mathilda zog die verschwitzte Perücke vom Kopf und wollte gerade aussteigen, als Peterson das Haus verließ. Sie kannte ihn von Fotos, die Walther gemacht hatte.

Langsam fuhr sie hinter ihm her, bis er vor einem Kino stand. Gleichzeitig mit ihm ging eine ganze Gruppe junger Männer mit Migrationshintergrund hinein. Mathilda stutzte. Die Mafia? War das hier ihr Treffpunkt? Schnell parkte sie Sams Auto und folgte ihnen.

So unauffällig wie möglich reihte sie sich an der Kasse in die Schlange ein, in der auch Peterson mit der Mafia stand. Da er auf das Filmplakat zeigte, konnte sie das gleiche Ticket kaufen und ihm folgen. Im Kinosaal trennten sich dann die jungen Männer von Peterson. Sie kannten sich wohl doch nicht, während Mathilda sich direkt hinter ihn setzte.

Ob noch irgendwer kam? Er war bestimmt nicht allein hier. Das wäre perfekt, da sie dann auch mögliche Freunde mit in den Bericht für seine Mutter aufnehmen konnte. Das Licht erlosch und Peterson blieb ohne Begleitung.

Sie brachte ihre Jacke umständlich unter, dann sah sie sich um. Die anderen Besucher in unmittelbarer Nähe drehten sich ebenfalls um. Nach ihr. Mathilda war irritiert.

„Sie riechen ein bisschen streng." Peterson sprach leise, als er sich ihr zuwandte und schaute dabei auf ihre Knie. „Aber das macht mir nichts, ich mag das." So sah er nicht, wie ihre Wangen aufglühten wie ein Grill im Sturm.

Der Kampf mit dem Urinal, sie hatten ihn schon vergessen. Bewegungslos starrte sie 90 Minuten auf die Leinwand und bemühte sich, ihre Ausdünstungen nicht zu verwirbeln, während gezeigt wurde, wie lebensmüde Menschen mit viel Radau ihre sauteuren Autos zu Schrott fuhren. Gelegentlich hörte sie zufriedenes Grunzen oder auch Lachen an Stellen, die nicht im geringsten lustig waren.

Benjamin ging mit ganzem Körpereinsatz mit, er gab unter dem Kinosessel Gas, wurde nach hinten geschleudert, wenn ein Hindernis auf Blech traf und duckte sich bei jedem Schuss.

Ein großes Bündel Spiegelneuronen sorgte dafür, dass seine Mimik so cool war, dass er Eiswürfel hätte spucken können.

Nach dem Film blieb Mathilda sitzen, bis der Abspann vorbei war und die Leute um sie herum gegangen waren.

„Sie kennen sich aus." Peterson sah sie mit unverhohlenem Interesse an, sein Lächeln entblößte Zähne größer als die eines Bibers und genauso gelb, mit jeder Menge Reste der letzten Mahlzeit dazwischen. Sein Mundgeruch erinnerte an einen Gulli im Sommer, die buttergelben Haare glänzten ein wenig fettig und die kleinen wässrig blauen Augen sahen aus, wie die eines Ferkels, das in die Sonne blinzelt.

„Die meisten verschwinden, wenn der Abspann anfängt, aber ich bleib immer sitzen. Ich hab für jede Sekunde bezahlt, dann will ich das auch sehen." Sein Lächeln wurde breiter. Er fuhr sich mit der Zunge über die Lippen. „Gehen wir im Foyer noch was trinken?"

Mathilda wollte heim, so schnell wie möglich weg, ihr Gehör war wie unter einem Berg Watte versteckt, sie musste duschen, ihre Schuhe verbrennen und die Hose einweichen. „Nein danke. Ich muss nach Hause."

„Haben Sie einen Freund?"

Mathilda war so irritiert, dass sie stehen blieb und ihn ansah. „Ich muss früh raus. Hat mich gefreut. Gute Nacht." Ohne sich umzudrehen lief sie zu Sams Auto, doch kurz davor hatte Peterson sie eingeholt und gab ihr einen Zettel.

„Warten Sie! Hier ist meine Telefonnummer und meine Mail Adresse. Ich würde dich gern wieder sehen." Er stand viel zu dicht vor ihr, und sie meinte, Ohrenschmalz zu riechen. Seine Wangen waren gerötet, sein Atem ging schnell und sein Blick wanderte immer wieder hektisch von ihren Augen zu ihrer Oberweite und zurück.

„Ich mach mal ein Selfie von uns. Lächel mal. Bitte." Er war dabei sie in den Arm zu nehmen und hielt ein Handy hoch.

„Nein, kein Selfie!"

Ihre Hand zuckte nach vorn und er duckte sich, sie nahm den Zettel mit seiner Telefonnummer und stieg dann ein. Wie sie diese Geschichte fortsetzen sollte, war ihr auch nicht klar. Flop Nummer zwei an dem Abend.

Frustriert machte sie sich auf den Heimweg. Ulla war um diese Zeit entweder beim Rotwein danach oder am Heulen, weil nichts gelaufen war. Jedenfalls konnte sie jetzt das Haus betreten, ohne befürchten zu müssen, bei irgendwas zu stören, beziehungsweise etwas zu hören, was sie ganz bestimmt nicht hören wollte.

Im Wohnzimmer saß eine strahlende Ulla, den ausladenden Leib in ein Badetuch gewickelt, den Corgi auf dem Arm, als ob sie ihn stillen wollte, und prostete ihr mit einem rubinroten Wein zu. Der Abend schien ein voller Erfolg gewesen zu sein.

„Ok, lass mich raten. Deine Wangen und die Position deiner Oberweite waren heute Abend kein nennenswertes Hindernis, richtig?" Trotz ihrer miesen Stimmung versuchte Mathilda, so fröhlich wie möglich zu klingen. Aber Ulla bekam eh nichts mit.

„Oooohhhh mein Gott, er ist fantastisch! Du glaubst nicht, was für einen Abend wir hatten! Tildchen, ich bin im Himmel. Komm trink mit mir darauf! Soll ich dir erzählen, wie es war?" Sie wurde von einem heftigen Schluckauf unterbrochen. „Also, wir waren nur ganz kurz essen und schon nach der Vorscheise ... Vor... Vorspeise guckte der so komisch, streichelte mein Knie und immer höher…"

„Ok ok, den Rest kann ich mir denken. Danke."Mathilda hob abwehrend die Hände. So detailliert musste es nun doch nicht sein. Was für die Beteiligten der Gipfel der Romantik war, war für Außenstehende oft schwer erträglich und sie wollte nicht, dass ihre Gesichtszüge genau das verrieten.

Ulla gab immer wieder kleine wohlige Kiekser von sich, während sie selig lächelnd vor sich hinsah. Charles fing schließlich an zu strampeln, weil nur mit den Füßen nach oben gehalten zu werden, und dazu ohne Fressen, war langweilig und brachte weder einen persönlichen Vorteil noch machte es die Kater eifersüchtig. Ulla ließ ihn zu Boden gleiten, was bei den Katzen sehr elegant vonstatten ging, bei einem übergewichtigen Corgi aber einem fallenden Sandsack ähnelte. Seiner Würde beraubt, verzog er sich in Ullas Schlafzimmer und versteckte sich unter dem Bett, nicht ohne vorher erstaunt an der Bettwäsche zu schnüffeln.

„Du schinkst." Der Rotwein legte zwar Ullas Zunge lahm, aber leider nicht ihre Nase.

Mathilda zog sich in der Dusche aus, und warf die Sachen, inklusive ihrer Schuhe gleich neben sich, als sie sich unter den warmen Wasserstrahl stellte und den Abend noch einmal Revue passieren ließ. Jetzt hieß es, daraus eine gute Geschichte für Sam zu stricken, bei der sie heldenhaft im Mittelpunkt stand und die Aufklärung maßgeblich vorangetrieben hatte. Aber selbst als ihr schon Schwimmhäute zwischen den Zehen wuchsen, war ihr das nicht ganz gelungen.

10.

Am Morgen stand sie so früh auf, wie nie zuvor in ihrem Leben. Sie hörte Vögel zwitschern, von denen sie gar nicht wusste, dass es sie gab. Ben und Eddi schlängelten sich um ihre Beine, bis sie sie in den Garten scheuchte. Für Ulla legte sie Kopfschmerztabletten auf den Tisch.

Im Büro angekommen ließ sie sich hinter Walthers Schreibtisch nieder und schrieb in knappen Stichpunkten auf, was vorgefallen war. Sam kam kurz nach ihr, setzte sich auf den Besucherstuhl und bemühte sich, seine Würde durch eine sehr gerade Körperhaltung zu wahren.

„Ich habe mein Auto nirgendwo entdecken können. Ist alles in Ordnung damit?"

„Es roch seltsam. Es wird gerade gereinigt."

„Wie bitte? Es roch? Ich habe es erst vor zwei Wochen desinfizieren lassen, nachdem ... Egal. War der Abend erfolgreich?"

„Wie man's nimmt. Kage scheint krank zu sein, dafür hab ich Kontakt mit Peterson aufgenommen. Mit den Ergebnissen von Walther zusammen können wir den Fall wohl abschließen. Der ist harmlos wie ein Baby. Ich glaube, ihr Onkel hat sich da das erste Mal in seinem Leben geirrt. Ich hab den Zettel mit seinem Namen schon zu den Unverdächtigen geklebt."

„Sie wollen damit sagen, Sie haben ihn einen Abend lang beobachtet und können daraus schließen, dass mein Onkel sich geirrt hat? Ist das Ihr Ernst?" Sam war sichtlich irritiert.

„Ja, das sagt mir meine Menschenkenntnis, den brauchen wir uns nicht noch einmal anzuschauen."

„Ich verstehe. Sie wollen damit zum Ausdruck bringen, Sie werden ihn nicht erneut anschauen. Wissen Sie was? Wenn er so harmlos ist, dann werde ich ihn mal mit gebührendem Abstand observieren. Ich brauch jetzt ein bisschen Praxis, nach den ersten Kapiteln der Fachliteratur." Seine Gesichtszüge wirkten ein wenig angespannt und wie, um sich abzulenken, machte er sich an der Kaffeemaschine zu schaffen.

„Gute Idee, ich werde mich weiter um Kage kümmern, sobald er wieder fit ist. Wir sehen ja am Sender, wann er sich bewegt. Ich hab eine App, die mich benachrichtigt, falls er mit seinem Auto wegfährt. Was ist mit Hollunder? Den nehme ich mir heute vor und kleb ihm einen frischen Sender unter den Wagen. Der, den Walther noch angebracht hat, ist inzwischen ohne Strom."

Sams Kopf ruckte herum. „Hollunder? Der ist gefährlich. Falls Sie mich fragen, ist das unser Hauptverdächtiger. Golfspieler, brutal und vor allem hat er am meisten zu verlieren. Alles, wenn man es genau nimmt. Laut Onkel Walthers Aufzeichnungen hat er sich bei den übelsten Typen Geld geliehen, um seinen neuen Betrieb aufzubauen. Hat er jetzt nicht ganz schnell Erfolg, kann er sich nur noch einen Strick nehmen."

„Ja, deswegen beobachte ich ihn ja auch, und nicht Sie. Walther wollte von ihm eigentlich nur noch ein paar Unterlagen kopieren und den vollständigen Bericht an seinen Chef senden. Der hat übrigens schon mehrmals gefragt, ob es hier weitergeht oder ob er jemand anderen beauftragen soll. Was denken Sie? Wenn Hollunder und Benjamin Peterson fertig sind, schicken Sie die Berichte und Rechnungen? Nötig haben Sie es ja nicht …"

Sam rührte seinen Kaffee und tupfte dann sehr sorgfältig die entstandene Pfütze auf. „Nein, nein. Ich will sagen … Sie wissen doch, wie man so etwas macht, oder? So einen Abschluss. Ich mein, schaden kann es ja nicht."

Er räusperte sich und sah sie nicht an. Mathilda stutzte. „Was ist los? Gibt es da etwas, was ich nicht weiß? Hören Sie. Ich bilde die Vorhut und mach den ganzen Kram, der gefährlich ist, no problem. Aber Sie müssen ehrlich sein. Keine Geheimnisse, ok? Wir sagen uns alles, haben wir vereinbart."

Sam sah sie immer noch nicht an. „Sie haben Recht, nur weiß ich nicht, ob das überhaupt relevant ist. Jedenfalls war Walther zwar wohlhabend, aber ich weiß nicht warum. Ehrlich gesagt ist mir schleierhaft, wie er das Ganze, inklusive meines Unterhalts finanziert hat. Das Büro und Ihr Gehalt, sein Haus, das Auto, der kostspielige Lebenswandel, allein seine Bekleidung, Schuhe, Restaurantrechnungen – das wird alles gar nicht von seinem Einkommen aus dem Betrieb abgedeckt. Das reicht gerade mal für die Hälfte der Kosten. Ich wüsste zu gerne, woher der Rest stammte."

„Ach was. Da müssen Sie sich verrechnet haben. Vielleicht hat er ja irgendwo ein Haus, das er vermietet oder er hat geerbt, irgendwas in der Art halt."

„Das müsste ich doch wissen, meinen Sie nicht? Von weiteren Immobilien war im Testament nicht die Rede und von wem hätte er was erben sollen? Tja, jedenfalls sollten wir die Rechnungen auf jeden Fall stellen. Verzichten will ich nicht darauf, sonst ist das Guthaben schnell aufgebraucht. Und wenn wir Rechnungen stellen, muss und will ich Sie natürlich auch angemessen bezahlen."

Damit hatte Mathilda nicht gerechnet. „Ähm, ja gut. Warum nicht. Wollten Sie deswegen so schnell das Büro verkaufen?"

„Ehrlich gesagt ja. Ein bisschen hat er auch geschummelt. Seine Uhr ist eine brillante Fälschung und ein Teil der Kleidung ist von einem guten Schneider in Polen, der ihm die Markenetiketten eingenäht hat."

„Über ihren Onkel haben Sie ja schon reichlich herausgefunden. Sie sind ein Naturtalent. Was meinen Sie, was dahinter steckt?"

„Keine Ahnung. Ich will nicht verheimlichen, dass ich eine nicht unerhebliche Summe Bargeld im Tresor gefunden habe.

Dieser und der kommende Monat sind noch reichlich finanziert. Aber danach sollten andere Einkünfte vorhanden sein."

„Ein Grund mehr, jetzt mal loszulegen. Der Chef von Hollunder zahlt ziemlich gut. Ich ruf ihn an und sag ihm, dass wir weitermachen und nächste Woche fertig sind. Danach geh ich Sender ankleben. Und sie üben Beschatten mit Benjamin. Passen Sie auf, dass er Sie nicht beißt, er hat sehr große Zähne."

Mathilda verbrachte den Tag damit, die Kameras vor Kages und Petersons Haustür und Hollunders Hofeinfahrt zu erneuern. Hollunder war an diesem Tag mal wieder an seinem regulären Arbeitsplatz, daher konnte sie leicht einen frischen Sender an seinem Auto anbringen und die Geräte mit ihrem Smartphone verbinden. Dann fuhr sie zurück ins Büro, ließ sich auf Walthers Schreibtischstuhl nieder und verknüpfte auch da alle neuen Geräte mit dem Computer, um alles bequem gleichzeitig im Blick zu haben.

Kurz nachdem sie beobachten konnte, wie Peterson nach Hause kam, betrat Sam das Büro. Leider kam sie gerade aus dem Bad und musste so hilflos zusehen, wie er hinter dem Schreibtisch Platz nahm und sie triumphierend anlächelte.

„Na? Hat's Spaß gemacht? Ist doch ein nettes Kerlchen unser Benjamin, oder?" Sie blieb im Türrahmen stehen.

„Unser Benjamin ist ein verdammt reiches Kerlchen. Haben Sie seine Schuhe gesehen? Italienische Maßanfertigung. Und die Uhr war eine echte Breitling. Die Jeans ist die teuerste auf dem Markt und die Lederjacke zwar hässlich, aber von Armani. Allein sein Handy kostet schon über 2000 Euro. Der trug heute gut und gern 25.000 Euro spazieren."

Mathilda blieb der Mund offen stehen. „Waren Sie mit ihm in der Sauna und haben seinen Spind durchsucht?"

Sam lächelte verlegen. „Nein, ich kenn mich mit so was aus. Wie dem auch sei. So viel Geld zahlt ihm die Mama nicht. Also muss er sehr lukrative Nebeneinkünfte haben. Und damit bin ich wieder raus aus dem Beobachten, und er wieder drin im

Kreis der Verdächtigen. Sie sind am Zug. Wo hat der Junge ein solches Vermögen her?"

„Gut, wenn er heute noch mal das Haus verlässt schau ich mal, dass ich an ihm dran bleibe. Ich brauch aber eine neue Verkleidung. Er hat mich gestern gesehen und sogar angequatscht."

„Ach ja? Sie haben mit ihm gesprochen? Sehr unauffällig. Könnte man sagen, Ihre Tarnung ist aufgeflogen? Wir müssen ein bisschen professioneller werden, darf ich Ihnen eins meiner Lehrbücher ans Herz legen?"

Mathildas Blick war mörderisch, was an Sam ohne weitere Wirkung abprallte. Dann ging sie zum Tisch und klebte Petersons Namen zu den Verdächtigen zurück.

Ulla saß auf dem Sofa und sah debil lächelnd knapp am Fernseher vorbei, wo gerade eine Doku über die Beulenpest lief. Auf ihrem Bauch stand ein Teller mit Broten, deren Belag von den Katern bereits abgeleckt war. Trotzdem biss sie immer mal wieder hinein und übersah ihren sabbernden Hund, der kurz vor dem Hungertod stand.

Mathilda freute sich für sie, fragte sich aber insgeheim, wann der Prinz zum durchschnittlichen Mann werden würde, über den man Witze machen durfte und der ihr die normale Ulla zurückgab. Die Statistik sprach von sechs Wochen. Das war absehbar. Vielleicht pupste er ja vorher mal beim Akt der Liebe oder rülpste während des Küssens. Das sollte die Menschwerdung beschleunigen.

„Wann seht ihr euch wieder?"

„Morgen." Das Strahlen in Ullas Augen hätte eine Turnhalle ausleuchten können. „Er hat mich zu sich nach Hause eingeladen."

Mathilda runzelte die Stirn. „Geht das nicht alles ein bisschen schnell?"

Ulla seufzte. „Nein, es ist Liebe auf den ersten Blick. Er liebt Hunde, findet Camilla auch furchtbar und Kate entzückend. Was Meghann betrifft sind wir uns noch nicht ganz einigen. Kannst du dir das vorstellen? Ein Mann, der sich über das englische Königshaus unterhält? Wie oft findet man das denn?"

„Hat ihn das bereits vorher interessiert oder erst seit vorgestern?"

„Seit vorgestern. Ist doch egal. Er hört zu, er fragt nach. Hattest du schon mal einen Kerl, der so was konnte? Ich nicht. Ihn interessiert alles, was mit mir zu tun hat."

„Auch wie viel Geld du hast?"

„Ach Tildchen. Sei nicht so misstrauisch. Er ist ein sehr erfolgreicher Architekt, er hat selbst genug. Nicht so wie Holger."

Die Episode Holger war beiden noch lebhaft in Erinnerung. Schließlich hatte er sich schneller bei ihnen eingenistet, als Ulla Nein sagen konnte. Drei Monate hatte er den Kühlschrank leer gefuttert, klebrige Socken in die Sofaritzen gestopft und sie morgens mit schamanischem Kehlkopfgesang geweckt.

Zwischendurch rannte er mit einer Wünschelrute durch Heim und Garten und stellte anschließend exorbitante Rechnungen für seine spirituelle Beratung.

Erst als er die Ansicht vertrat, dass die Katzen negative Energie ins Haus bringen würden, weil sie die vielen halb toten Mäuse in der Küche ablegten, fand Ulla die Kraft, ihn vor die Tür zu setzen. In ihrem gemeinsamen Schlafzimmer hatte er sich durchaus talentiert und sachkundig gezeigt, aber das reichte auf Dauer dann doch nicht aus.

„Wie läuft es denn bei dir? Was macht die Zecke? Wer ist der Mörder?"

Mathilda erzählte ihr von Sams Enthüllungen, die Walthers Finanzen betrafen. Ullas Gehirn wurde langsam wieder mit Blut geflutet und kam in Schwung. „Glaubt ihr an einen Zusammenhang zwischen Geld und Ableben?"

„Könnte sein, dann wären aber unsere Verdächtigen alle raus. Die haben bestimmt kein Vermögen zu verleihen oder sonst wie abzugeben. Bis auf Peterson vielleicht. Der scheint was zu haben und wir wissen noch nicht woher. Kage hat jedenfalls nichts und Hollunder ist hoch verschuldet."

Ihr Handy meldete sich und zeigte Peterson, der das Haus verließ. Mathilda stürzte raus und fuhr mit ihrem eigenen Auto hinterher. Sie fand ihn gerade rechtzeitig, als er in ein kleines Industriegebiet ging und in einem Bürocontainer verschwand, der an eine heruntergekommene Lagerhalle ohne Firmenschild grenzte. Davor war ein Parkplatz mit mehreren Lieferwagen, einem halb ausgeweideten Kleinlaster und einem Container mit Bauschutt. Am auffälligsten war allerdings ein feuerroter Lamborghini, der dorthin passte wie eine Segeljacht in eine Kläranlage. Was auch immer in dieser Lagerhalle war, es warf offensichtlich sehr viel Geld ab.

Mathilda konnte sich nicht erinnern, dass Walther darüber schon berichtet hatte. Das machte die Sache für sie noch aufregender. Neuland! Und ihre Neugier auf das, was in der Halle war, stieg ins Unermessliche.

Da war es wieder, dieses Kribbeln auf der Kopfhaut, das sie von früheren Fällen her kannte. Nur dass sie jetzt selbst die Antworten suchen durfte. Eine Erkenntnis, die ein Hochgefühl in ihr auslöste. Freude, wie sie sie zuletzt als Kind vor ihrem Geburtstag verspürt hatte, stieg in ihr hoch. Ihr Restverstand sagte ihr zwar, dass die Kombination aus teurem Auto und unscheinbarer Lagerhalle nicht für ein legales Geschäft sprach, aber ihre Neugier trieb sie näher an das Grundstück heran und ließ sie aussteigen.

Sie umrundete die Halle von der Straße aus und begutachtete die umliegenden Firmen. Ein kleiner Schrottplatz mit Altmetall, ein Depot eines Möbeldiscounters, ein lang gestrecktes leer stehendes Bürogebäude und eine Druckerei. Sonst nur brachliegende Grundstücke, von Brennnesseln und Brombeeren überwuchert und mit Sperrmüll bestückt.

Es roch nach Hundehaufen und Abgasen, eine deprimierende Stille hing über der ganzen Gegend, nur unterbrochen vom Gesumme schwarzer, dicker Fliegen. Sie beschloss, eine Kamera auf die Lagerhalle zu richten, um beobachten zu können, was dort angeliefert und abtransportiert wurde.

Ein Lob auf die Technik. Sie fand ein geeignetes Gebüsch, das ein ideales Versteck für das kleine Gerät abgab. Hier sollte die teuerste und beste Cam zum Einsatz kommen, die über einen Restlichtverstärker und Wärmesensoren verfügte.

Sie beschloss, in der Nacht zurückzukehren und sie zu installieren. Da sie mangels Deckung langsam aufzufallen drohte, zog sie sich in ihr Auto zurück und wollte gerade losfahren, als sie Peterson bemerkte, der an der Straßenecke stand und sie beobachtete. Ihr Magen zog sich zusammen vor Schreck und Scham. Selbst ein bissiger Hund oder ein bewaffneter Junkie wäre ihr in diesem Moment lieber gewesen, als ausgerechnet Benjamin Peterson.

Ihr Hirn leerte sich so schnell, als ob es ein Leck hätte, anstatt ihr eine gute Erklärung zu liefern. Und so konnte sie nur hilflos warten, während er auf sie zu geschlendert kam. Lässig stützte er sich mit einer Hand am Autodach ab, während er sich mit der anderen die fettigen Strähnen aus dem Gesicht strich. Dann klopfte er ans Fenster. Widerwillig ließ Mathilda die Scheibe ein Stück herunter und zwang sich, ihn anzuschauen.

„Na so ein Zufall, was machen Sie denn hier?"

„Ich arbeite hier. Und ich hab dich gesehen. Du bist um unser Lagerhaus herumgelaufen. Du hast mich gesucht, stimmt's? Warum hast du mich nicht angerufen?" Er leckte sich über die salami-roten Lippen.

„Ich hab Sie nicht gesucht, ich bin nur zufällig hier. Und jetzt muss ich los, auf Wiedersehen." Mathilda startete den Motor, aber Peterson ging nicht zur Seite.

„Ich lade dich zum Essen ein. Heute Abend, ja? Acht Uhr im Goldenen Löwen." Den letzten Satz rief er hinter ihrem fahrenden Auto her.

Mathilda fuhr wieder nach Hause, wo sie Ulla vor dem Fernseher vorfand, belagert von Eddi und Ben, die Charles abwechselnd davon abhielten, auf das Sofa zu klettern. Sie wollte sich gerade dazu setzen, um den Profis von CSI Miami bei der Arbeit zuzuschauen, als sie vor dem Wohnzimmerfenster im Restlicht des Tages glaubte, den roten Lamborghini auf der Straße zu sehen.

Er fuhr langsam an ihrem Haus vorbei. Es hätte natürlich auch ein anderer sein können, aber so viele Autos dieser Marke mit dieser Farbe gab es selbst in ihrer recht wohlhabenden Wohngegend nicht.

Hatte sich Peterson das Geschoss ausgeliehen? Wer verlieh so ein Auto? Seufzend ließ sie sich in ihrem Sessel nieder, packte sich Eddi zum Trostkuscheln und sah zu, wie Agent Horatio Caine die kompliziertesten Fälle löste, während sie selbst gerade zum zweiten Mal enttarnt worden war. Von einem Typ, dem sie nicht einmal zugetraut hätte, zu Ostern alle Eier zu finden. Sie schämte sich in Grund und Boden.

„Na, und was hast du rausgefunden?" Ulla schaltete nach dem Abspann den Fernseher aus und wandte sich Mathilda zu.

„Ich hab rausgefunden, dass ich zu doof für den Job bin. Peterson hat mich erwischt und will mit mir Essen gehen."

Ulla lachte so laut, dass die Katzen in den Garten flohen und endlich Platz für Charles da war. „Du bist echt klasse! Geh halt mit ihm Essen, dann kannst du seiner Mutter wenigstens was schreiben und sie bekommt richtig was für ihr Geld."

„Du hast den Typ noch nicht gesehen, sonst hättest du andere Ideen. Davon abgesehen stimmt da tatsächlich was nicht. Der Laden, bei dem er arbeitet, sieht irgendwie merkwürdig aus." Sie schilderte ihre Beobachtungen, einschließlich des Kontrastes zwischen dem teuren Auto und der schäbigen Umgebung und dem fehlenden Firmenschild.

„Kannst du nicht die Zecke die Kamera anbringen lassen? Den hat er noch nicht gesehen und er muss das doch bestimmt üben."

„Die Zecke will sich nicht in Gefahr begeben, das ist meine Aufgabe."

„Wie bitte? Das darf ja wohl nicht wahr sein! Was ist das denn für einer?"

„Das war Teil des Deals. Ich bekomm die Ausstattung und er arbeitet nur im Hintergrund mit. Mir wäre es am liebsten, er würde sich ganz raus halten. Was meinst du, wie peinlich das morgen wird, wenn ich ihm sagen muss, dass der Knabe mich schon wieder erwischt und angesprochen hat."

11.

„Er hat Sie schon wieder angesprochen? Ich glaube, der Auftrag war zu beobachten, ob er sich mit Frauen rumtreibt, nicht ihn zu verführen!" Sam saß auf Walthers Platz und drehte sich langsam hin und her. Dabei spielte er mit einem silbernen Füller und schaute auf den Bildschirm, wo er während Mathildas Bericht alles notiert hatte. In seinem Mundwinkel zuckte es und er musste sich hinter vorgehaltener Hand immer wieder räuspern.

Wenn er jetzt lachte, würde sie gehen. Sofort. Für mindestens eine Stunde. Aber nicht länger. Sie hatte heute vor, Waldemar Hollunder zu besuchen. Sein Chef hatte gemailt, dass er einmal mehr nicht erschienen war, und laut Kamera saß er in seinem neuen Büro. Kage hatte sein Auto nicht von der Stelle bewegt und auf Peterson wollte sie heute verzichten.

Aber Sam lachte nicht, sondern zog einen handlichen Beutel von der Größe eines Schuhkartons unterm Tisch hervor und reichte ihn Mathilda.

„Ich habe Ihnen eine kleine Observationsausstattung zusammengestellt. Das sollte ihre Chancen, erfolgreich zu sein, erhöhen. Sie finden darin einen Handspiegel, um die Zielpersonen unauffälliger beobachten zu können, ein Notizbuch und einen Bleistift für schnelle Notizen, eine Taschenlampe und ein Multifunktionswerkzeug."

„Stehen auf ihrer Fachliteratur zufällig drei Fragezeichen im Titel?" Mathilda kramte in der Tasche und fand noch einen der Senderchips. „Was soll das denn? Wollen Sie etwa mich überwachen?"

„Nur zu Ihrer Sicherheit. Und damit Sie einen Chip dabei haben, sollte sich eine günstige Gelegenheit ergeben."

‚Ach, jetzt doch? Ich dachte, Sie lehnen solche Methoden ab. Wenn Sie was Sinnvolles machen wollen, dann verstecken Sie eine Kamera vor der Lagerhalle, in der Peterson arbeitet."

„Niemals! Ich könnte mich nicht verteidigen. Aber jetzt, da Sie den Sender dabeihaben, verfolge ich ihren Weg auf dem Monitor und rufe die Polizei, falls was passiert."

„Das ist ein Sender, keine Alarmanlage."

„Einen Alarm haben Sie auch noch in der Tasche. Sollten Sie sich in die Jackentasche stecken. Ein extrem lautes Gerät, ich hab es ausprobiert." Sam sah so zufrieden aus wie Ben und Eddi, wenn sie eine frische Maus in die Küche gelegt hatten. „Und Sie müssten Ihr Smartphone so einstellen, dass ich benachrichtigt werde, sobald Sie den Startknopf dreimal drücken. Denken Sie daran. Hollunder ist gewalttätig und unser Verdächtiger Nummer eins."

Mathilde ergab sich in ihr Schicksal und gab ihm heimlich Recht. Zu wissen, dass sie jemanden benachrichtigen konnte, der immer wusste, wo sie gerade war, war nicht ganz verkehrt. Hollunder war ein anderes Kaliber als die Jungs auf der Straße. Sie musste wirklich vorsichtig sein. Walther hatte in einem seiner Berichte beschrieben, wie er einen Mitarbeiter mit einer Eisenstange K.O. geschlagen hatte.

„Ich hol mir zu hause den Hund meiner Freundin und geh in der Gegend Gassi. Dabei kann ich das Gelände genauer anschauen, um einen Eindruck zu bekommen. Beim letzten Mal war das Tor zu."

„Gute Idee! Werfen Sie doch ein Stöckchen auf den Hof und laufen hinterher, dann können Sie sich noch besser umsehen."

„Das Stöckchen holt für gewöhnlich der Hund, nicht der, der es wirft. Aber ich lass mir was einfallen. Und ich zieh die Perücke an."

Mathilda schloss die Haustür auf und hörte schon im Flur laute Stimmen und Gebell. Im Wohnzimmer tagte der Tierschutzverein, dem ihre Freundin vorstand. Sie schaute kurz rein, rief Ulla zu, dass sie Charles mitnehmen würde und zog den hysterisch jaulenden Corgi aus der Mitte einer Hundemeute, die sich unter dem Esstisch versammelt hatte und dabei war, Charles' Revier zu übernehmen. Der erste hatte es schon markiert, bevor sein Halter ihn davon abbringen konnte.

Ulla drängte sich durch die Menge und ging mit Mathilda in den Flur. „Du bringst ihn doch nicht in Gefahr, oder?"

Mathilda schaute sie nur an. „Vielen Dank auch. Nein, ich bring den Hund nicht in Gefahr, und mich auch nicht, falls das von Interesse sein sollte. Was habt ihr denn alle? Die Zecke hat mich mit Detektiv-Spielzeug ausgestattet, es kann nichts passieren. Was macht ihr heute?"

„Wir planen einen Besuch bei den Kleintierzüchtern. Ein paar von den armen Viechern dort haben wohl noch nie Tageslicht gesehen. Das werden wir ändern." Ulla klang ungewohnt ernst. Beim Tierschutz verstand sie genauso wenig Spaß wie Mathilda.

„Macht das. Dann nehm ich Charles den ganzen Tag mit. Der wäre dir ja eh nur im Weg." Sie zog den sich heftig wehrenden Hund hinter sich her, der zurückwollte, um sein Heim zu verteidigen, als ihr Blick aus dem Flurfenster fiel. Vor dem Gartentor stand Benjamin Peterson und beobachtete die Haustür. „Ach du Sch ... ULLA!" Mathildas Stimme überschlug sich fast. „Ulla! Hilfe!"

Ulla, die schon beinah wieder im Wohnzimmer verschwunden war, sprang wie der Blitz an ihre Seite. „Was ist? Hast du den Mörder gesehen? Ist er das? Boah, ist der hässlich!"

„Wie soll ich denn den Mörder sehen, wenn ich nicht weiß, wer der Mörder ist? Denk doch mal nach! Das ist der Typ, von dem ich dir erzählt hab, der für die komischen Leute arbeitet."

„Ach. Und was macht der hier?"

„Der verfolgt mich! Verdammt! Ich müsste ihn verfolgen und seiner Mami schreiben, dass sie bei der Erziehung ihres Sohnes versagt hat! Und jetzt steht der hier! Was mach ich denn mit dem?"

Ulla überlegte nur kurz. „Geh durch den Garten, ich regel das schon." Entschlossen rief sie den Verein mitsamt Hunden zu sich.

„Der Typ da draußen belästigt uns. Wärt ihr so freundlich, mir zu helfen, ihm zu sagen, dass er verschwinden soll?"

Ein Dutzend resoluter Frauen und Männer traten mit kläffenden Vierbeinern an der Leine im Pulk aus der Tür auf den überraschten Peterson zu und forderten ihn lautstark auf zu gehen.

Mathilda nahm den hechelnden Corgi unter den Arm, ging durch die Hintertür in den Garten und kletterte mithilfe eines umgedrehten Eimers über die Mauer zum Nachbargarten. Der hatte zum Glück seine Büsche so sträflich vernachlässigt, dass sie durch den Wildwuchs ungesehen bis zur Gartenbank kam, über deren Lehne sie bis auf die Straße gelangen konnte.

Charles war sehr kooperativ. Schon als sie ihn aus dem Auto ließ, zog er in die richtige Richtung zu dem breiten offen stehenden Tor, hinter dem ein aufgeräumter Hof lag. Hier fanden sich Baugeräte, Materialhaufen und ein kleiner Lastwagen mit einem Betonmischer auf der Ladefläche.

Dahinter lagen eine verschlossene Lagerhalle und ein zweistöckiges würfelförmiges Bürogebäude, aus dem gerade Hollunder kam, zwei Schritte hinter ihm ein Mann in Arbeitskleidung.

Charles steuerte geradewegs auf einen ordentlich gekehrten Sandhaufen zu und Mathilda ließ die Leine fallen, um einen Grund zu haben, hinter ihm her zu rennen.

In dem Moment schoss ein riesiger schwarz-brauner Dobermann um die Ecke, genau auf Charles zu, der sich vor Schreck ins Fell pinkelte und dann zu ihr rannte, um sich hinter ihren Beinen zu verstecken.

„Zorn, bei Fuß!" Hollunders Stimme donnerte über den Hof. Nur einen halben Meter von ihr entfernt bremste der Hund mit allen vier Pfoten gleichzeitig und zog den kläglichen Rest seines kupierten Schwanzes ein. Geduckt mit angelegten Ohren und gekrümmtem Rücken lief er auf Hollunder zu.

Der stand, mit einem Hammer in der Hand da und wartete. Mathilda fragte sich, was er mit dem Tier angestellt hatte, dass es derartige Angst hatte. Von einem Wachhund hatte Walther nichts geschrieben, der war neu.

„Wollen Sie zu mir?" Er blaffte sie an wie zuvor den Hund. Den Hammer ließ er dabei immer wieder in seine Handfläche klatschen.

„Nein, nein, ich wollte nur …"

„Dann hauen Sie mit Ihrem Köter ab, oder ich lass ihn kaputtbeißen."

Klare Ansage. In Mathilda regten sich Widerspruch, Mitleid mit dem Wachhund und der Wunsch, Hollunder kopfüber in einen der Sandhaufen zu stopfen. Aber da sie schon reichlich Fehler auf dem Konto hatte, beherrschte sie sich, packte Charles Leine und verließ wortlos den Hof.

Sie hatte auch genug gesehen. Er war nicht der Typ, den man mal so eben in ein unverbindliches Gespräch über das Wetter und Freizeitbeschäftigungen verwickelte.

Als sie sich später kurz umdrehte, sah sie, dass Hollunder sich nicht von der Stelle rührte und ihr weiter nachsah.

Frustriert fuhr sie ins Büro zurück, wo sie Sam an Walthers Rechner vorfand. „Ich bin gegen Hunde allergisch."

„Ihnen auch einen schönen Tag. Charles, ab unter den Tisch. Ich hab heute Hollunder kennenlernen dürfen."

Das weckte Sams Neugier. „Und? Nette Unterhaltung geführt?" Er zog aus der Schublade ein Pillendöschen, aus dem er sich bediente.

„Ja ganz bezaubernd. So aggressiv, wie der ist, steht er mächtig unter Strom. Ich werde mir was Neues einfallen lassen müssen. Haben Sie was von unseren anderen beiden Kandidaten mitbekommen?"

„Herr Kage ist immer noch daheim und Benjamin hat kurz, nachdem Sie gingen, das Haus verlassen. Wahrscheinlich zur Universität."

„Nein, er hat mich besucht. Er wird langsam lästig. Was macht das Studium der Fachliteratur?"

„Ich bin dazu übergegangen Online-Recherche zu üben und habe versucht, Onkel Walthers Ermittlungsergebnisse in diesem Bereich nachzuvollziehen. Alles ist mir nicht gelungen. Er war ja wirklich virtuos darin."

„Danke. Das war nicht Walther, das war ich. Schon vergessen? Ich war die Bürokraft. Wenn Sie Fragen haben, immer her damit."

Sam rang sich ein anerkennendes Nicken ab, ging auf das Angebot aber nicht ein. Stattdessen stand er auf, machte einen doppelten Espresso und stellte ihn unaufgefordert vor Mathilda auf den Tisch. „Was meinen Sie mit „Sie müssen sich was Neues einfallen lassen?"

„Ich brech bei ihm ein."

Beinah hätte Sam den Schreibtischstuhl verpasst und wäre ins Leere gefallen. „Sie machen was, bitte?"

„Ich will auf seinen Terminkalender sehen und ob er die Golf-Schläger im Büro aufbewahrt." Mathilda nippte an dem Kaffee. „Außerdem könnte es nicht schaden, eine Wanze zu installieren."

„Auf keinen Fall! Was soll das bringen? Um die Schläger zu sehen, brauchen Sie nur eine gute Geschichte. Aber alles andere? Sie glauben doch wohl nicht, dass er einen Papierkalender führt. Und wozu die Wanze? Meinen Sie, er erzählt jemandem davon noch jetzt am Telefon?" Sam hatte sich von seinem Schreck erholt und schüttelte fortwährend den Kopf. Eine weitere Pille fand ihren Weg in den Mund.

„Solang der Kerl da ist, geh ich nicht in sein Büro, egal wie gut die Geschichte ist. Der ist nicht ganz dicht. Unberechenbar. Und ich glaube schon, dass er der Typ für einen Tischkalender ist. Die Wanze könnte nützlich sein, um den Fall abzuschließen."

Erst jetzt bemerkte sie, dass der Küchenstuhl gegen ein bequemeres, etwas höheres und breiteres Modell ausgetauscht worden war.

„Ich hatte die Idee, bei seinem Chef und bei ihm nach dem Preis für den gleichen Auftrag zu fragen. Irgendwas Größeres wie der Bau eines Hotels oder eines Mehrfamilienhauses. Dann haben wir einen weiteren Beweis gegen ihn in der Hand, den wir seinem Chef vorlegen können."

Sam nickte wieder und beugte sich ein Stück vor. „Ja, sehr gute Strategie. Es sollte was Lukratives sein, damit er auch Interesse hat. Wenn Sie wollen, formulier ich da mal was. Jetzt bin ich ja die Bürokraft."

Mathilda erwiderte sein versöhnliches Lächeln.

„Da wäre noch was." Sam kritzelte Muster auf die Schreibtischunterlage. „Jemand aus Walthers Tennisclub hat angerufen und gefragt, ob sein Büro weiter geführt wird und wir seine Ex-Frau beschatten könnten. Es geht wohl um zu hohe Unterhaltsforderungen, denen er nicht gewillt ist nachzukommen. Er glaubt, sie wohnt mit einem neuen Mann zusammen und arbeitet nebenher. Wollen wir das annehmen?"

Wir. Mathilda schüttelte trotzdem den Kopf. „Keine Chance. Nicht bevor wir nicht mindestens einen der Verdächtigen ausschließen können. Wie soll ich das machen?"

„Na ja." Verlegen kritzelte Sam immer größere Muster auf die Unterlage. „Eine Mutter von zwei kleinen Kindern dabei zu beobachten, ob sie einen neuen Freund hat, der bei ihr ein- und ausgeht und ob sie arbeitet, würde ich mir nach dem Studium meiner Fachlektüre schon zutrauen. Ich denke, sie wird mich nicht bedrohen oder?"

„Wer weiß. Vielleicht ist sie ja im Schützenverein und hat zu Hause Waffen gehortet …"

Sofort tauchten wieder rote Flecken an Sams Hals auf und er riss erschrocken die Augen auf. Mathilda kicherte. „Hey, das war ein Scherz. Natürlich sollten Sie das machen."

„Gut, dann treff ich ihn morgen zu einem Tennis-Match und besprech anschließend alles Weitere mit ihm. Können Sie mir zeigen, wie ich ein Angebot schreibe?"

„Sie spielen Tennis? Ich meine, ähm, nein Walther hat solche Vereinbarungen immer mündlich getroffen. Da gab es nichts Schriftliches. Ist in den Kreisen wohl unüblich." Sie betonte das Wort Kreise, als ob es sich um eine exotische Volksgruppe mit eigenen Bräuchen handeln würde.

„Ah ja. Und warum sollte ich nicht Tennis spielen? Ich bin auch ein leidlich guter Tänzer, falls das von Interesse ist."

„Ja danke, das ist bestimmt irgendwann von Interesse, wenn wir einen Tänzer brauchen. Eine Tänzerin haben wir nämlich nicht im Büro und eine Tennisspielerin schon gar nicht. Ich bin dann mehr für die groben Außenarbeiten zuständig. Wie sagt man? Für den robusten Einsatz." Mathilda lehnte sich zufrieden zurück. In der Rolle fühlte sie sich wohl. Und die Idee des Einbruchs gefiel ihr auch immer besser.

„Das mit dem Einbruch sollten wir aber noch mal überlegen. Wenn Sie entdeckt werden, schützt Sie der Detektivstatus nicht im geringsten. Sie haben nicht mehr Rechte als jeder andere Bürger. Ergo machen Sie sich strafbar. Saßen Sie schon mal im Gefängnis?"

„Nein und nur für einen Job würde ich das auch nicht riskieren. Der Einbruch ist für Walther. Ich sag Ihnen mal was. Ich bin davon überzeugt, dass es Hollunder ist. Das sagt mir mein Gefühl, meine Menschenkenntnis. Also will ich so viel, wie es geht, rauskriegen über ihn, damit sein Chef ihn solange wie möglich hinter Gitter bringen kann. Dann ist er nämlich nicht nur raus aus dem Geschäft und pleite, sondern hat auch noch den Ärger mit den Geldverleihern am Hals. Und das gönn ich ihm. An den anderen beiden bleiben wir natürlich trotzdem dran, ist ja klar."

Sam seufzte gequält. „Ja, für Onkel Walther kann man schon ein bisschen weitergehen, da geb ich Ihnen selbstverständlich Recht."

Er sah nicht ganz so aus, als ob er es auch so meinen würde. „Wie kann ich Sie denn unterstützen?"

„Sie könnten mir Hollunder an dem Abend vom Hals halten. Ich steig ins Büro ein und Sie treffen sich mit ihm und halten ihn an irgendeinem Ort auf. Bestenfalls spielen Sie mit ihm Golf, dann wissen Sie auch schon, mit was für Schlägern er spielt."

Sams sonst so freundliches Gesicht verfinsterte sich. „Ja natürlich und wenn ich ebenfalls aus einem Wasserhindernis gezogen werde, können Sie sicher sein, dass er es war. Großartige Idee." Vor Empörung bekam er Schluckauf.

„Sie haben mich gefragt. Kann man das denn nicht irgendwie mit dem Auftrag verbinden? Was weiß ich, Sie erkundigen sich nach dem Vorgehen und den Auflagen für den angefragten Bau und treffen sich mit ihm irgendwo deswegen."

Sam runzelte die Stirn und sah nachdenklich aus dem Fenster. „Ich könnte mal einen Studienfreund fragen. Dessen Eltern sind Immobilienmakler. Vielleicht gibt es ein Grundstück, zu dem ich ihn führen kann oder ein Haus, das umgebaut werden muss. Irgendwas, wo viele Menschen drumherum sind. Aber ich hoffe inständig, dass wir einen anderen Weg finden." Er zerknüllte ein Taschentuch, mit dem er sich kurz zuvor die Oberlippe getrocknet hatte, zu einem harten Ball und warf es am nahen Papierkorb vorbei.

12.

Peterson stand nicht vor ihrer Haustür. Mathilda war erleichtert, wieder den vorderen Eingang benutzen zu können. Eddi und Ben flutschten um sie herum ins Haus, wo sie auch Charles auf der Stelle trippelnd vor der Tür zum Garten vorfand. Sie ließ ihn raus und er raste sofort zu der einzigen erlaubten Piesel-Ecke.

Auf dem Tisch standen zwei Gläser halb voll mit Rotwein und eine Spur aus geblümter Seide und teils bügelfreier, teils gerippter Baumwolle, führte aus dem Wohnzimmer heraus, die Treppe hoch, Richtung Ullas Schlafzimmer. Jetzt hörte sie auch Geräusche von oben. Ullas Juchzen in solchen Situationen kannte Mathilda zur Genüge, sie klang wie ein hungriger Seehund.

Dazwischen erkannte sie Roger, der Ulla an Lautstärke in nichts nachstand, sich aber deutlich sonorer anhörte. Dazu die Melodie von Wagners Ritt der Walküren.

Ulla liebte die Werke Wagners beim Sex, was die Auswahl potenzieller Liebhaber merklich einschränkte, da nicht jeder bei Lohengrin und Co standhaft bleiben konnte.

Mathilda durchsuchte den Kühlschrank nach etwas Essbarem und setzte sich, beladen mit Käse, Marmelade und Brot, an den Esstisch. Hier wurde der eklatante Nachteil der offenen Raumgestaltung deutlich. Die gesamte untere Etage des Hauses hatte keine geschlossenen Wände mehr, sondern nur noch die freigelegten Fachwerkbalken. Sie deuteten an, wo früher Zimmer waren.

So schön und großzügig das wirkte, es bot nicht die geringste Zuflucht vor den Geräuschen von oben. Das Orchester näherte sich dem Höhepunkt und dergleichen auch das Paar im Rausch der Triebe.

Mathilda floh mit ihrer Stulle in den Garten zu Charles, dem die Erleichterung ins Hundegesicht geschrieben stand.

Ihr Handy krähte und teilte ihr damit mit, dass jemand sie sprechen wollte. Die Nummer war ihr nicht bekannt.

„Hallo Mathilda, ich bin's. Leider hab ich dich heute Morgen verpasst."

Peterson. Woher verdammt ….

„Woher haben Sie meine Telefonnummer?"

„Ein hilfsbereiter Freund hat sie mir gegeben. Du hast mich gestern im Restaurant versetzt. Wollen wir uns lieber heute treffen? Gleich? Ich bin schon ganz in der Nähe und könnte dich abholen." Der Klang seiner Stimme bewirkte eine so starke Gänsehaut, dass sich ihr Shirt anhob und der Wal auf ihrem Unterarm Pickel bekam..

„Ich habe Sie nicht versetzt, ich habe gar nicht zugesagt und heute werde ich auch nicht mit Ihnen ausgehen."

„Morgen?"

„Nein, auch nicht morgen. Tut mir leid, aber ich habe kein Interesse."

„Das muss dir nicht leidtun. Du wirst mich kennenlernen und dann werden wir viel Zeit zusammen verbringen."

Mathilda schüttelte sich. Sie würde beim nächsten Kampftraining nach härteren Gegnern fragen, um auf alle Eventualitäten vorbereitet zu sein.

„Hören Sie, ich möchte Sie nicht kennenlernen. Bitte rufen Sie mich nicht mehr an." Sie legte auf und stellte die eingehenden Anrufe von seiner Telefonnummer stumm. Wie sollte sie ihn nur weiter beobachten? Der Bericht an die Mutter war nicht fertig und die dubiose Firma, für die er arbeitete, nicht annähernd beleuchtet. Immerhin kamen die Besitzer auch als Mörder in Frage.

Sie würde seiner Mutter einen Zwischenbericht schicken. Vielleicht konnte sie ihren Sohn bremsen.

Zurück im Haus war aus dem oberen Stockwerk kein Geräusch mehr zu hören. Wagner hatte sein Werk beendet, Roger anscheinend auch und Mathilda räumte die Reste ihrer Mahlzeit weg. Sie erwischte sich dabei, dass sie versuchte, möglichst leise zu sein. Nicht wegen des Liebespaars, sondern wegen Peterson.

Sie schlich zu einem der Fenster, die zur Straße gingen und sah ihn dort. Er lehnte auf der gegenüberliegenden Straßenseite an einer Laterne und starrte mit halb geschlossenen Lidern unentwegt auf die Haustür. Der Mund leicht geöffnet, eine Hand tief in der Hosentasche des geräumigen Beinkleides nach etwas suchend und offenbar findend. Dachten heute eigentlich alle nur noch an das eine? Angeekelt zog sie sich auf das Sofa zurück und rief Sam an, der auf sie eine beruhigende Asexualität ausstrahlte. „Haben Sie dem Arsch meine Handynummer gegeben?"

„Ich habe niemandem Ihre Telefonnummer gegeben. Weder einem ganzen Menschen noch einem Teil davon. Wie kommen Sie darauf und von wem sprechen Sie überhaupt?"

Natürlich hatte er nicht. „Peterson steht vor der Haustür und schüttelt sich was von der Palme. Davor hat er mich angerufen."

„Sie haben Palmen vor der Haustür?"

„Er … gute Güte. Er onaniert. Er weiß, wo ich wohne und er hat meine Telefonnummer."

Schweigen am anderen Ende der Leitung. Räuspern. „Sie wollen mir sagen, er steht mitten auf der Straße und …"

„Das ist doch egal. Ich will wissen, woher er die Nummer hat, um vor das richtige Schienbein zu treten." Aufgebracht lief sie auf und ab.

„Ich verstehe. Mein Schienbein ist in Sicherheit. So unprofessionell würde ich mich nicht verhalten. Ich hab übrigens einen Brief verfasst, den ich Ihnen morgen früh gern zeigen möchte."

Eine zerzauste aber strahlende Ulla schritt die schmale Treppe hinunter, gefolgt von Roger, der wie zur Oscarverleihung ging.

Sein halb offenes Hemd mit dem herausquellenden Brusthaar sah aus, wie ein aufgeplatzter Teddy und das breite Lächeln zeigte mehr Zähne als ein gähnendes Pferd.

„Draußen steht ein Verehrer von dir. Ich darf doch du sagen, oder?" Rogers Lächeln wurde noch eine Spur breiter.

Mathilda nickte zerstreut. „Ulla, hast du eine Idee, wer dem Perversling meine Handynummer gegeben hat? Der hat mich eben angerufen. Wenn seine Mutter keine Klientin wäre, würde ich den Namen aus ihm rauswürgen."

Rogers Lächeln verkleinerte sich augenblicklich und er strich sich verlegen über das grau melierte Haar. „Ich fürchte, das war ich. Er fragte nach dir und da er wusste, wie du heißt und wo du wohnst, hab ich sie ihm gegeben. Er sagte, es sei dringend."

„Das ist jetzt nicht dein Ernst, oder? Darf ich ihm deine auch geben, falls er sich mal langweilt und jemanden besuchen will, der ihn ganz toll findet?"

„Was für eine Klientin ist seine Mutter denn? Die schöne Frau hier an meiner Seite sagte, du willst weiter in Walthers Büro arbeiten."

Ulla wurde kleiner auf dem Sofa, als Mathildas Blick sie traf. „Ich hab nur gesagt, dass ihr beide, du und sein Neffe, weitermacht und glaubt, dass Walther ermordet wurde. Stimmt doch auch, oder?" Ihr Versuch trotzig zu klingen, scheiterte kläglich.

Roger rückte beschützend an sie heran. „Nimm es nicht so ernst. Wenn du mich fragst, ist der ganz harmlos."

„Es hat dich aber keiner gefragt. Naja, bis auf den kleinen Wichser da draußen. Also kümmer dich nicht weiter um mich, ok? Und halt dich bitte aus meinen Angelegenheiten raus." Sie stand so ruckartig auf, dass Charles erschrocken aufjaulte, und ging die Treppe hoch.

Oben angekommen ging sie an Ullas Zimmer vorbei in ihre eigenen vier Wände. Sie ließ sich auf ihren blauen Sitzsack fallen und begann mit Atemübungen, um ihren Puls unter Kontrolle zu kriegen. Dabei hielt sie den Blick auf einen Dschungel aus Topfpflanzen gerichtet, der die ganze gegenüberliegende

Wand einnahm, und konzentrierte sich auf ein einziges Blatt. Langsam ließ ihr Ärger nach und der Knoten in ihrem Bauch löste sich auf. Sie könnte Petersons Nummer sperren und ihn sich beizeiten vorknöpfen. Wäre doch gelacht, wenn sie mit so einer Wurst nicht fertig werden würde. Dann öffnete sie ihren Kleiderschrank, den sie von ihren Großeltern geerbt hatte, und suchte schwarze, unauffällige Sachen heraus. Der Geruch nach altem Holz und Kindheitserinnerungen beruhigte sie.

Ihr kleines Bad war erst vor einigen Wochen neu gefliest worden und zauberte immer noch ein Lächeln auf ihr Gesicht. Man hatte das Gefühl, eine Unterwasserlandschaft zu betreten. Alles war in Türkis- und Blautönen gehalten, selbst der dicke Teppich vor der Badewanne, in dem die Füße wie in weichem Moos versanken, Bilderrahmen aus Schwemmholz und Fische aus Keramik hingen an den Wänden. Wenn man die Augen schloss, glaubte man, das Meer zu hören und die salzige Luft zu riechen.

Sie schwärzte sich das Gesicht mit Theaterschminke aus ihrer radikaleren Tierschützer Zeit, und stopfte die Haare unter einen grauen Beanie, um in der Dunkelheit unsichtbar zu sein. Sie musste Sam noch eine Nachricht schicken, dass sie sich jetzt auf den Weg machen wollte, um die Kamera vor dem Gelände der Lagerhalle zu verstecken.

Es ärgerte sie maßlos, dass sie wieder durch den Garten gehen musste, um das Haus zu verlassen, aber so wusste sie wenigstens, wo er war und dass er ihr nicht in die Quere kommen konnte.

13.

Im Gewerbegebiet angekommen, parkte sie in einem Gebüsch ein ganzes Stück von der Firma entfernt und schlich sich im Schatten abseits der Straßenlaternen näher. Sie fand die Stelle wieder, wo sie die Kamera unterbringen wollte, und versteckte sich gleich mit, um aus nächster Nähe beobachten zu können, was dort vor sich ging.

Eine Zeit lang passierte nichts, und Mathilda hatte die Gelegenheit, die Kreuzspinne neben sich im Blick zu behalten, von der sie einen hinterhältigen Angriff befürchtete. Die Minuten zogen sich wie Gummibänder und sie fing an, mit dem Tier zu sprechen. Hunde beruhigten sich dann. Spinnen sicher auch. Selbst wenn sie sich gar nicht bewegten, sondern nur mitten in ihrem Netz hockten. Und Angriffspläne schmiedeten.

Nach einer halben Stunde gab sie ihr einen Namen. Rosi. Ihre Freundin im Kindergarten hieß Rosi, bis diese ihr eines Tages so in den Arm biss, dass sie blutete. Da Rosi lauter brüllte, als sie selbst, wurde Rosi auch mehr getröstet, was Mathilda nie verstanden hatte. Von da an beobachtete sie Rosi und piesackte sie, wann immer sich die Gelegenheit ergab. Eines Tages kam Rosi nicht mehr in den Kindergarten. Die Erzieherin sagte, sie sei umgezogen. Mathilda verbuchte das damals als Erfolg für sich.

Die achtbeinige Rosi fing eine grün schillernde Fliege, die sie noch zappelnd in einen Faden wickelte, einen Strohhalm hineinsteckte und aussog. Sie bot Mathilda auch einen Schluck an, die dankend ablehnte und sich wieder dem Gebäude zuwandte. Dann passierten zwei Dinge gleichzeitig: Ein Kleinlaster fuhr auf den Hof und Mathildas Beine schliefen ein. Zwei Männer kamen aus der Halle und aktivierten das Hoflicht, das genau den Teil der Straße vor dem Versteck beleuchtete, sodass sie nicht aufstehen konnte, ohne entdeckt zu werden.

Der Fahrer stieg aus und zündete sich eine Zigarette an. Dann öffnete er den Laster hinten. Mathildas Beine verkrampften sich, Rosi war plötzlich das kleinste Problem. Mit angehaltenem Atem verlagerte sie ihr Gewicht, während sie beobachtete, wie die Männer das Rolltor der Lagerhalle öffneten und ein weiterer mit einem beladenen Gabelstapler herausfuhr.

Die Holzkisten darauf waren unterschiedlich groß und schwankten leicht. Mathildas Oberschenkel verkrampfte sich. Sie versuchte das Bein zu strecken. Der Schmerz in dem Bein wurde immer stärker und sie zog zischend die Luft zwischen den zusammengebissenen Zähnen ein.

Die Herren ließen sich Zeit, plauderten, lachten, der Fahrer holte ein Sixpack Bier aus dem Auto und verteilte. Mathilda verlor das Gleichgewicht und fiel seitlich mit dem Gesicht voran in Rosis filigrane Behausung. Das ging nicht ohne einen derben Fluch. Leise zwar, aber ausreichend, den, der gerade eine Kiste vom Gabelstapler hob, so zu erschrecken, dass er sie fallen ließ.

„Scheiße, Mann, pass doch auf! Die Dinger kosten ein Vermögen!" Der Deckel war abgesprungen und mehrere armlange spitze Holzscheite oder Knochen fielen heraus. Mathilda konnte beim besten Willen nicht erkennen, was es war.

„Ich hab was gehört! Dahinten!" Der Mann zeigte genau in ihre Richtung.

„Du spinnst, hier ist nachts niemand. Höchsten mal 'n Fuchs oder 'n Waschbär. Von denen gibt's massenweise hier. Drecksviecher. Brechen überall ein."

Sie packten die Kiste wieder ein und Mathilda beobachtete mit Panik in ihren Augen Rosi, die über ihren Arm ins Unterholz floh und ihre Vorräte auf ihrer Jacke zurückließ. Der Drang, die

Spinnweben, die toten Insekten und deren Mörderin von sich abzustreifen und dabei hysterisch zu kreischen, war überwältigend. Aber sie schaffte es, liegenzubleiben. Zum Glück hatte sich ihr Bein entspannt, denn sie musste noch eine geschlagene halbe Stunde in dieser Position verharren, bis der Laster endlich abfuhr und das Licht ausgeschaltet war. Als sie aufstand, raschelte es hinter ihr und kleine Tiere der Nacht suchten das Weite. Brombeerranken hatten eine intensive Bindung zu ihrer Kleidung aufgebaut und sie konnte sich nur noch mühsam auf den Beinen halten.

Ullas Schrei brachte die Vitrinentüren zum Klirren, als Mathilda über die Hintertür das Wohnzimmer betrat: immer noch schwarz im Gesicht, voller Blätter und Zweige, die Hände zerkratzt und blutverschmiert von den Dornen. Charles sprang kläffend auf und ab, unschlüssig ob er angreifen oder fliehen sollte, die Kater schauten sie gelangweilt an.

„Willst du mich umbringen? Wie siehst du denn aus? Oh mein Gott, du blutest ja! Warum bist du schwarz? Hat es irgendwo gebrannt?" Nachdem sie Mathilda erkannt hatte, flatterte Ulla um sie herum, wie ein Nachtfalter um eine Glühbirne, begleitete sie bis in das kleine Badezimmer neben dem Hinterausgang und sah ihr beim Waschen zu.

Später, mit einem Rotwein auf der Couch, einer Katze auf dem Schoss und einer zentimeterdicken Gesichtsmaske, die die schwarze Farbe aus den Poren saugen sollte, erzählte Mathilda, was sie beobachtet hatte.

„Holzscheite, die ein Vermögen wert sind?" Ulla schüttelte nachdenklich den Kopf. „Sogar Ebenholzscheite kosten nicht die Welt. Die Abschnitte kannst du als Edelbrennholz kaufen." Sie zerbrachen sich die Köpfe darüber, was Geheimnisvolles nachts in ungekennzeichneten Kisten verfrachtet wurde. Waffen, Drogen, Diebesgut.

„Keine sah wie die andere aus. Einige waren leicht und andere schwer, in einigen war was Zerbrechliches."

„Aha, das sagt dir dein Röntgenblick, Supergirl?"

„Das sagt mir die Art, wie die Typen sie getragen haben, mein kleiner Blindfisch."

„Nimmst du mich beim nächsten Mal mit, wenn du so was beobachtest?"

„Klar, kein Problem. Hatte ich dir von Rosi erzählt?"

14.

Nur die Aussicht auf die Achtung und die Respektbezeugungen seitens Sam ließen Mathilda am Morgen das Bett verlassen. Noch bis kurz vor Sonnenaufgang hatte sie die Bilder der Kamera mit Ulla auf dem Laptop verfolgt. Im Stundentakt waren Fahrzeuge aufgetaucht, und es bot sich jedes Mal eine ähnliche Szene: Ein unscheinbarer kleiner Laster oder Kombi wurde mit den unterschiedlichsten Kisten beladen. Einmal nur mit dreien, einmal bis unter das Dach gestapelt, immer getragen wie ein Korb roher Eier.

Als Sam am Mittag auftauchte, hatte sie sich den Magen mit Espresso geteert und war trotzdem auf der Tastatur geschlafen. Mit einem deutlichen Abdruck kleiner Quadrate auf der linken Wange und orientierungslosem Gesichtsausdruck, versuchte sie sich zu erinnern, wie sie dorthin gelangt war. Ein kurzer Blick auf ihr stumm geschaltetes Handy verriet 12 entgangene Anrufe. Alle von Peterson.

„Wünsche wohl geruht zu haben." Sam warf ein Notizbuch auf den Tisch, ließ sich auf den Stuhl fallen und reckte sich. Sein Gesichtsausdruck spiegelte den Ernst und die Zufriedenheit eines Mannes wider, der soeben ein Werk zum Segen der Menschheit vollbracht hatte.

„Na? Haben Sie die Mutti beobachtet? Arbeitet sie tatsächlich?" Mathilda war wieder auf dem Damm.

Sam sah sie nachdenklich an. „Ja, sie arbeitet. Schwarz. Sie geht putzen."

„Na so ein Luder. Dann ist ja alles klar. Sie haben sie ja wohl fotografiert und können jetzt einen Tagesbericht verfassen. Morgen gehen Sie wieder hin und schreiben auf, wie lange die wo arbeitet."

Sam schüttelte langsam den Kopf. „Nein, das mach ich nicht. Das kann ich nicht."

„Wie jetzt? Sie können keine Frau beim Putzen beobachten? Da sollten Sie aber an sich arbeiten."

„Ich kann sie nicht verpfeifen. Sie wohnt mit zwei kleinen Kindern in einer ziemlich miesen Gegend und versucht sich morgens, wenn die Kids im Kindergarten sind, etwas dazuzuverdienen."

„Genau das vermutet unser Auftraggeber. Bravo."

„Aber von mir wird er das nicht erfahren. Machen Sie das. Ich halt mich da raus."

„Wie bitte? Also dass ich die Arbeiten erledige, die mit Walthers Mörder zusammenhängen können, weil Sie Schiss haben, ist ja ok. Doch es war Ihre Idee, dass wir auch andere Aufträge annehmen und das Büro weiterführen. Da gehören auch solche Jobs dazu. Das hier ist ein Detektivbüro, nicht die Heilsarmee!"

„Ich weiß, aber das ist unanständig! Die Leidtragenden sind doch die Kids."

„Na dann lassen Sie sich was einfallen."

„Was soll das denn schon wieder heißen?"

Mathilda wartete, bis sich seine Miene von allein aufhellt. „Sie meinen, ich soll …"

Sie nickte. „Sie sollen. Ja. Wenn Sie den Job ablehnen, um besser schlafen zu können, geht der Typ zu einer anderen Detektei, die ihm die Wahrheit sagt. Damit ist der Frau nicht geholfen. So, auf den Rest kommen Sie von allein, ja?"

Sie setzte ihn kurz ins Bild, was in der letzten Nacht geschehen war und zeigte ihm die Videoaufzeichnungen. Vor allem die mit der gefallenen Kiste war natürlich interessant. Nach einer

Stunde, einer Pizza und großen Mengen Kaffee waren sie nicht einen Schritt weiter. Sam hatte keine Idee, die Mathilda und Ulla nicht auch schon gehabt hatten.

„Sie müssen ihn fragen. Gehen Sie mit ihm essen. Er lädt Sie doch eh schon die ganze Zeit ein. Nehmen Sie an, das schont das Spesenkonto." Sam verschränkte die Arme vor der Brust und sah aus, als ob er glaubte, dass er eine unumstößliche Wahrheit aussprach.

„Essen? Mit dem Wurm?" Mathilda zeigte ihm sein Handy mit den zahlreichen Anrufen. „Hier, das ist ein Spinner, den wird ich mein Leben lang nicht mehr los, wenn ich mit ihm ausgehe."

„Ja, aber dort können Sie nicht einbrechen und nachschauen, Sie sehen doch, dass da immer Leute sind. Und die kann ich nicht alle ablenken. Denken Sie darüber nach, und in der Zwischenzeit lesen Sie das hier mal durch." Er reichte ihr mehrere Blatt Papier, die schwerer waren, als das übliche Material, das im Büro verwendet wurde, cremefarben mit einem Wasserzeichen in der Mitte.

Mathilda überflog die Seiten und nickte langsam. „Sieht echt aus. Schicken sie das mal an Hollunder und seinen Chef." Sam hatte eine Anfrage für einen Neubau formuliert, mit einer Skizze und Angaben zum Grundstück. Sie war beeindruckt, was sie aber niemals zugeben würde.

„Hab ich schon. Das ist das Exemplar für die Unterlagen."

Mathilda sah ihn irritiert an, war aber immer noch zu müde, um in Worte fassen zu können, was sie störte. „Aha. Gut, dann beobachten Sie doch mal die Lagerhalle weiter, vielleicht komm ich ja um das Treffen drumrum.

Kage ist wieder unterwegs, hab ich gesehen. Er ist mit dem Auto zur Post gefahren. Ich häng mich heute Abend mal an ihn ran. Freitags wird gespielt, soweit ich weiß. Bis dahin schlaf ich ein bisschen." Sie ließ Sam sitzen und fuhr nach Hause.

Peterson hatte noch zweimal versucht, sie anzurufen, und schickte nun Textnachrichten. Sie würde sich später damit beschäftigen, jetzt rief das Bett ihren Namen und sie eilte ihm entgegen.

Ulla war in Sachen Tierschutz unterwegs, die Kater gingen auf die Jagd, Peterson wartete nicht vor der Tür. Mathilda schlief schon fast, als sie sich auszog.

15.

Ein paar magere Teenager standen um einen der beiden Billardtische herum, unterhielten sich aber mehr, als dass sie spielten. Der andere war unbesetzt. „Disturbed" dröhnte aus von der Decke hängenden Lautsprechern und ein unangenehmer Geruch nach kaltem Zigarettenrauch hing in der Luft.

Auf dem Boden hausten große Familien von Staubmäusen, die Wände zeigten Schrammen und kleine Löcher im Putz, an einigen Stellen waren Sprüche und Zeichnungen angebracht wie an einer Schulklotür. Die Lampen über den Tischen beleuchteten fast nur die makellosen grünen Tücher darunter, drumherum war es gerade eben hell genug, um erkennen zu lassen, dass sonst niemand hier war.

Kage hatte die Spielhalle zwar betreten, war aber verschwunden. Mathilda bestellte sich eine Cola und schaute vom Tresen aus den Kids beim Spielen und Balzen zu.

Dann wandte sie sich an den Barkeeper, einen Mann, dem die Langeweile die Augenlider hatte schwer werden lassen und dessen pralle Tränensäcke wie aufgeklebte Fremdkörper in seinem runzeligen Gesicht hingen.

„Wo kann man denn hier richtig spielen?" Sie bemühte sich, ihre Stimme verrucht und verschwörerisch klingen zu lassen. Um die Beine aufreizend übereinanderzuschlagen war die Hose zu eng und die waren Schuhe zu flach.

„Der Tisch dahinten ist frei. Was auch immer Sie unter richtig verstehen, da können Sie es spielen. Karambolage, Snooker, Pool, Murmeln."

Mathilda drehte sich zu dem leeren Tisch und wieder zurück zu dem Gläser polierenden Mann. „Und gegen wen kann ich da richtig spielen? Hier müssen doch irgendwo ein paar gute Spieler sein, nicht nur Kinder. Man hat mir gesagt, ich finde hier die besten, und die wollte ich mir mal ansehen."

Von oben war das scharfe Klicken aneinander schlagender Kugeln zu hören und Mathilda richtete den Blick zur Decke. „Aha. Das Haus antwortet. Nettes Haus." Sie legte einen Geldschein auf den Tresen. „Was dagegen, wenn ich eine Etage höher die Getränke serviere?"

Der Schein verschwand und ein volles Tablett stand vor ihr. „Aber nicht fallen lassen. Fragen Sie einfach in jedem Raum, wer was bestellt hat. Der Rest ist Ihre Sache."

Vorsichtig balancierte Mathilda die Drinks zu der Tür, die der freundliche Barmann aufhielt und wankte Stufe für Stufe ein Stockwerk höher.

Zum Glück stand ein Stuhl in dem kleinen engen Flur, wo sie das Tablett abstellen konnte, bevor sie die erste Tür öffnete. Vorher kontrollierte sie noch einmal den Sitz der Perücke, die Schminke, die ihr Tattoo verbarg, prüfte mit der Zunge, ob sie das Piercing entfernt hatte, und drückte die Klinke runter.

Rauch quoll ihr entgegen und sie betrat einen Raum, in dessen Mitte der Tisch stand, beleuchtet von drei grünen Pendelleuchten. Zwei Stühle und ein kleiner Holztisch standen in einer Ecke, an den Wänden hingen Fotos, die Nahaufnahmen von Kugeln und Billardtischen von oben zeigten.

Die Wände waren halbhoch mit dunklem Holz verkleidet, auf dessen Absatz Gläser, Aschenbecher und blaue Kreidewürfel lagen.

Ein beleibter Mann lag halb auf dem Tisch und richtete den Queue auf die weiße Kugel, sein Hosenbund war tief gerutscht und gab gute zehn Zentimeter Gesäßritze frei.

Seine Gegnerin stand rauchend neben ihm und aschte genau hinein, dann zwinkerte sie Mathilda zu, die nicht glauben konnte, was sie gerade gesehen hatte.

„Getränke? Hatten Sie Getränke? Bestellt mein ich?"

„Ein Bier, eine Cola verflucht noch mal." Die weiße Kugel rollte von Bande zu Bande über das grüne Tuch, die anderen Kugeln rührten sich nicht.

Der Mann schlug auf den breiten Rand des Tischs und nahm die Gläser entgegen, ohne sie auch nur anzusehen. Jetzt beugte die Frau sich über den Tisch und versenkte zielsicher gleich zwei Kugeln hintereinander. Mathilda war beeindruckt. Aber sie wollte zu Kage.

Im nächsten Zimmer standen vier junge Hippster, die wesentlich entspannter waren, sie unterhielten sich miteinander, lachten und gaben ihr ein großzügiges Trinkgeld.

Jetzt hatte sie nur noch zwei Mineralwasser auf ihrem Tablett. Damit ging sie in das dritte Zimmer und fand dort Kage zusammen mit einem rothaarigen bärtigen Mann, der zusammenschreckte, als sie den Raum betrat, dann aber wieder auf seinen Queue gestützt die Kugeln beobachtete.

Kage ging gebückt langsam um den Tisch, spielte die weiße Kugel an, die dreimal an die Bande knallte, bevor sie eine weitere Kugel versenkte.

„Wow!" Mathilda war fasziniert.

Kage nickte, nahm den Blick aber nicht vom Tuch und spielte zweimal über die Bande eine weitere Kugel an, die ebenfalls sauber in einem Loch verschwand.

Der Rothaarige wurde immer nervöser und hustete demonstrativ, was Kages nächste Kugel haarscharf am Ziel vorbeirollen ließ. Der Blick, den er dem Mann zuwarf, war mörderisch.

„Mach das noch mal und du frisst die Weiße."

Und damit fand Mathilda wieder zum Grund ihres Hierseins zurück. Sie musste sich irgendwie mit Kage verbrüdern und verhindern, dass er sie rauswarf. Also sah auch sie den Mann an, als ob er einen Welpen geschlagen hätte.

Das Spiel nahm seinen Verlauf, kurz aber ungemein eindrucksvoll. Kage gewann haushoch, der Rothaarige verließ anschließend grußlos den Raum und Kage steckte die beiden Umschläge ein, die auf der Umrandung lagen. Vermutlich der Einsatz, um den es gegangen war.

„Das war sehr beeindruckend. Wie lange haben Sie dafür geübt?" Mathilda hatte sich gut vorbereitet. Bewunderung und Interesse an seinem bevorzugten Thema, aber kein Anbaggern.

„Liegt in der Familie, ich bin auf nem 9ft Pool Tisch zur Welt gekommen. Und Sie? Spielen Sie auch? Wer hier arbeitet, spielt bestimmt gut." Er holte einen kleinen Koffer und wollte soeben seinen Queue in der Mitte auseinanderschrauben.

Mathilda kannte nur Kneipenqueues, mehr oder weniger gerade Holzstöcke mit staubiger Spitze. Das hier war ein Kunstwerk mit Intarsien aus Türkisen und Perlmutt, mit schwarzem Griff und silbernen Ringen.

„Nein, ich kann nicht spielen. Ich will es lernen. Deswegen jobbe ich hier. Sie sind der Beste, den ich bisher hier gesehen habe. Zeigen Sie mir noch ein bisschen was? Ich hab jetzt Feierabend."

Kage zögerte und sah auf sein Handy.

„Ich zahl die Getränke." Mathilda verschwand schneller aus der Tür, als Kage widersprechen konnte. Beim Barmann bestellte sie einen schottischen Whiskey und einen Apfelsaft, den sie in einem weiteren Glas so lange verdünnte, bis er genauso aussah.

Den echten reichte sie dem Spieler, der Apfelsaft war für sie.

„Hör mal Mädchen, ich bin kein Lehrer und ich trink auch nicht. Tut mir leid, da müssen Sie sich einen anderen suchen."

„Ich will keinen anderen, ich will den Besten. Bitte. Mein Mann ... er spielt. Er spielt gut aber immer ohne mich. Ich hab Angst ihn zu verlieren. Wenn ich Billard spielen lern, dann hätten wir wieder etwas gemeinsam. Wir hätten eine Chance. Ich hätte eine Chance." Sie legte alle ihre Gefühle hinein und sah ihn mit großen Augen an, mit leicht zitternder Unterlippe und angespanntem Kiefer.

Kage atmete genervt aus und sah erst zur Seite, dann auf sein Handy und dann wieder zu Mathilda. „Ok, fünf Minuten."

Er schraubte den Queue erneut zusammen, gab ihr einen der Hausqueues und legte die Kugeln bis auf die weiße und eine weitere zur Seite. Dann zeigte er ihr, wie man die Hand auf den Filz hielt und den Queue führte.

Nach einer halben Stunde hatte Mathilda Rückenschmerzen, wie nach einem Tagesritt auf einer Kuh und Kage hatte unerwartet viel Spaß. Schließlich ließ er sich sogar zu dem Whiskey überreden. Aus einem wurden erst drei, gefolgt von einer Pause.

Sie redeten über das Spiel und wo gute Tische standen. Mathilda erzählte ein bisschen von ihrem ausgedachten Mann und dass sie immer zu Hause allein war.

„Ich hab sogar schon überlegt, einen Detektiv zu engagieren, um mal zu sehen, was er genau macht. Vielleicht spielt er ja gar nicht, sondern hat eine andere." Sie sah auf ihre Schuhe und wartete, was jetzt passierte.

Kage rührte sich nicht, sie hörte ihn noch nicht mal atmen. „Verdammt, nein, mach das nicht. Das ist scheiße." Er kippte den nächsten Whiskey runter und stierte sie mit blutunterlaufenen Augen an.

„Warum nicht? Dann hätte ich wenigstens Sicherheit, ob es sich überhaupt lohnt zu kämpfen." Sie ignorierte den irren Blick.

„Es lohnt sich immer. Glaub mir. Meine Frau hat das auch mal gemacht. Die blöde Kuh. Jetzt isse weg und ich bin pleite." Die Flasche stand inzwischen bei ihnen im Zimmer, und er bediente sich erneut.

„Warum hat sie dich beobachten lassen?"

„Aus dem gleichen Grund. Sie dachte, ich hätte ne andere. Meine Frau ist ein Engel, die blöde Kuh, ein Engel sag ich dir. Die würde ich nie betrügen. Aber ich hab ihr auch nicht gesagt, dass ich spiele und meinen Job gekündigt hab. Ich wollte nicht mehr auf'n Bau, Knochenjob und kaum Kohle. Da wirste nicht alt bei." Kage redete wie der Papst an Ostern, lang und ohne Pause.

Dabei sah er angestrengt sein Glas an, nicht Mathilda. Es war, als sei es das erste Mal, dass er seine Geschichte erzählte. Sie musste raus, egal, wer zuhörte.

„Hab gekündigt und angefangen, um Geld zu spielen. Poker, Billard, Blackjack. Ich wollt sie überraschen und ein Haus für uns kaufen, Schmuck für sie, Klamotten, Handtaschen, Reisen, den ganzen Scheiß eben, den Frauen so brauchen. Dann hatte ich 'ne Pechsträhne und die ganzen Ersparnisse waren plötzlich weg. Hat sie aber nicht gemerkt und ich war gerade dabei, die Kohle wieder rein zu holen. Und dann kam der Arsch. Der Herr Detektiv." Seine Stimme war immer lauter geworden.

„Wieso Arsch? Was hat er ihr denn gesagt? Sie waren Ihrer Frau doch treu gewesen."

„Der hat mich erpresst, die Sau." Lallend schrie er seine Wut heraus. „Ich hatte keine Chance mehr, was beiseitezulegen. Der hat alles abgegriffen. Und als ich ein paar Mal verloren hab und nicht zahlen konnte, hat er meiner Alten erzählt, ich hätte sie die ganze Zeit belogen und unser gemeinsames Geld mit Glücksspiel, Alkohol und Weibern durchgebracht. Da hat sie mich verlassen. Die blöde Kuh."

Und dann weinte er. Er schluchzte in sein Glas, füllte es wieder und leerte es mit einem Zug. „Ich hab nie eine andere angeschaut, nie. Ich liebe meine Frau. Aber der Arsch war überzeugend. Hatte 'n Foto, wie sich mal ne Blondine mir an den Hals geworfen hat, als ich richtig viel gewonnen hatte. Und eins, wie ich mal einen im Tee hatte und irgend so'n Weibsbild mich gestützt hat, damit ich ins Taxi steigen konnte. Sah auf dem Foto echt blöd aus."

Mathilda saß wie betäubt neben ihm. Kage hatte keinen Grund zu lügen, außerdem erklärte das die Menge an Bargeld, die Sam gefunden hatte und so einiges mehr.

„Wer war denn der Detektiv? Nicht, dass ich auch an den gerate." Sie wollte es noch nicht glauben.

„Schulz. Walther Schulz hieß er. Er hat mein Leben zerstört. Hörst du? Irgendwann schlag ich dem die Fresse ein."

Plötzlich erinnerte sich Mathilda daran, dass er vielleicht ein Mörder war. Sein Blick war hart, er biss die Zähne zusammen und schob den Unterkiefer vor. Die Knöchel seiner Finger, die das Glas umklammerten, waren weiß.

„Wie viel hast du ihm gezahlt?"

„Etwas mehr als sechzigtausend. Warum?" Er sah sie plötzlich misstrauisch von der Seite an.

„Nur so. Sorry, ich war nur neugierig. Es klingt nur so unglaublich."

„Glaubst du, ich lüge?" Kage beugte sich zu ihr rüber und atmete Whiskey in ihr Gesicht.

„Nein, nein ich meinte unglaublich, dass der Typ so was macht. Daran denkt man doch gar nicht, wenn man mit einem Detektiv zu tun hat. Sechzigtausend. Das ist verdammt viel Heu." Es wurde langsam brenzlig. Mathilda stand auf. „Komm, wir gehen. Mein Mann fragt sich sicher schon, wo ich bin. Du hast mir echt weiter geholfen heute Abend. Vielen Dank. Das war der Hammer."

Kage nahm seine Jacke, leerte das Glas und schlurfte hinter ihr her, die Treppe hinunter und dann am Barkeeper vorbei nach draußen. Er dachte gar nicht daran, irgendetwas zu bezahlen, und überließ es Mathilda, auch seine Rechnung zu übernehmen.

Als sie die Spielhalle verließ, war er schon weg und sie rief sich ein Taxi. Nachdem die Flasche im Zimmer war, hatte sie ein bisschen mittrinken müssen.

Wie betäubt saß sie neben dem Fahrer, der ihr von seinem Kollegen erzählte, der erst heute einen schweren Unfall gebaut hatte, während er in halsbrecherischem Tempo um die Kurven bretterte.

Sie stieg in der Nähe des Gartens aus, kletterte über den Zaun und nahm den Hintereingang, da sie nicht wusste, ob Peterson vor der Tür stand. Ein Blick auf ihr Handy zeigte 20 entgangene Anrufe und 45 Nachrichten von ihm.

16.

Obwohl es schon ein Uhr in der Nacht war, klopfte sie an Ullas Zimmertür. Sie musste dringend mit jemandem reden. Spätestens jetzt hätte Charles gekläfft. Sie warf einen vorsichtigen Blick hinein und sah das unberührte Bett. Natürlich. Wenn man mal eine Freundin brauchte, war die bei ihrem Lover. Kurz entschlossen rief sie bei Sam an. Sie ließ es klingeln, bis ein Besetztzeichen erklang und wählte erneut.

„Der einzige Grund, mich um diese Zeit aus dem Schlaf zu reißen, ist eine Katastrophe. Gab es ein Erdbeben? Sind Sie tot? Alles andere gilt nicht." Sam klang ungewohnt unfreundlich.

„Nein ich lebe noch. Ich war mit Kage Billard spielen."

„Sie haben meinen Schlaf- und Verdauungsrhythmus für Wochen durcheinandergebracht. Wissen Sie eigentlich, wie lange ich dazu gebraucht habe, beides ins Gleichgewicht zu bringen? Und dieses Werk zerstören Sie, um mir mitzuteilen, dass Sie ein Kneipenspiel gespielt haben?"

„Ach halten Sie die Klappe und bewegen Sie sich hierher. Wir müssen reden."

„Nur mal so für's Protokoll: Warum kommen Sie nicht zu mir? Und warum reden wir nicht morgen früh?"

„Ich hab getrunken und jetzt setzen Sie sich verdammt noch mal in Ihr Auto!" Mathilda drückte auf das Auflegesymbol, was nicht annähernd die Befriedigung brachte, wie einen Hörer auf die Gabel zu knallen.

Sie zog sich die Perücke vom Kopf, und warf sie wütend aufs Sofa. Peterson rief an. Sie war kurz davor ihre aufgestaute Energie an ihm abzulassen, legte das Telefon dann aber doch beiseite und suchte in Ullas Hausbar nach einem adäquaten Getränk für diesen Anlass.

Am besten, sie blieb bei Whiskey. Ein 15 Jahre alter schottischer Laphroaig, Lieblingswhiskey von Prince Charles, war in großen Mengen vorrätig und würde einen guten Begleiter für den Rest der Nacht abgeben.

„Nun sagen Sie schon, was los ist. Ist Kage der Mörder? Wollen wir darauf anstoßen?" Sam ließ den Kopf nach hinten auf die Rücklehne des Sofas sinken, schreckte gleich aber wieder hoch, als die Kater den Raum betraten. Sofort griff er in seine Tasche und zog ein Bündel Blisterverpackungen mit Tabletten heraus.

„Oh nein, bitte keine Katzen. Die gehen ja gar nicht."

Aus einer drückte er zwei Pillen in seine Hand und spülte sie mit dem vor ihm stehenden Whiskey runter. Wofür auch immer er das Getränk gehalten hatte, es überraschte ihn offensichtlich. Er hustete mitleiderregend und einem Blick, der sein baldiges Ableben befürchten ließ.

Währenddessen beobachtete Mathilda ihn schweigend und wartete, dass er sich wieder beruhigte. Als er sich die Tränen aus den Augenwinkeln gewischt und die Hände mit einem kleinen Tuch desinfiziert hatte, ließ sie die Bombe platzen.

„Walther Schulz war ein Verbrecher."

„Wie meinen? Wie kommen Sie denn darauf? Hat Herr Kage das gesagt?"

„Walther hat ihn erpresst. Klang glaubwürdig. Kage weiß immer noch nicht, wer ich bin. Ich hab ihn ein bisschen abgefüllt." Sie erzählte die ganze Geschichte und Sam nahm sich einen weiteren Whiskey, den er ohne zu husten trank.

„Das erklärt so einiges. Sechzigtausend? Er wird nicht der Einzige gewesen sein."

Sam starrte vor sich hin, während Mathilda sich aufrichtete. Soweit war sie noch gar nicht. Kage hatte sie genug beschäftigt.

„Das heißt, sein Mörder war vielleicht auch ein Erpressungsopfer. Und damit sind wieder am Anfang. Das könnten alle gewesen sein, die Geld haben und bei etwas beobachtet wurden, was für sie tief greifende Folgen gehabt hätte. Im Job oder zu Hause."

Mathilda schlug mit der Faust auf die Sessellehne und fluchte. „Ich weiß gar nicht, ob ich den jetzt noch finden will. Wenn Walther sich wie ein Sausack benommen hat, hat er es ja vielleicht verdient, ersäuft zu werden."

Sam rieb sich die Augen und seufzte. „Jetzt spricht der Alkohol aus Ihnen. Ich kann Sie ja verstehen, aber die Zeiten der Lynchjustiz sind zum Glück vorbei. Ich bin auch entsetzt. Glauben Sie mir. Das muss ich erst mal verarbeiten."

Er machte eine Pause und beugte sich vor. „Wenn das wahr ist, und das bezweifel ich nicht, dann ... au Mann, ich will das einfach noch nicht glauben, bis wir mehr Beweise dafür haben." Sam saß kopfschüttelnd mit seinem Glas in der Hand vor ihr, die Ellenbogen auf die Knie gestützt, und bemerkte gar nicht, dass einer der Kater sich an sein Bein kuschelte. Mathilda streichelte geistesabwesend die blonde Perücke neben sich.

„Zwei Uhr, ich muß nach Hause ins Bett. Sonst finde ich meinen Rhythmus nie wieder. Ich würde gern morgen erst weiter reden, was wir jetzt machen. Ich will eine Nacht darüber schlafen und das mal sacken lassen."

Sam erhob sich schwankend und tastete seine Hosentasche nach seinem Autoschlüssel ab.

„Niemals. Sie können nicht fahren. Wir haben ein Gästezimmer. Los, kommen Sie mit."

„Aber ich brauche meine Zahnbürste."

„Haben wir."

„Ich brauche meinen Schlafanzug."

„Haben wir auch."

„Ich brauche meine ganz spezielle Ballaststoffmischung am Morgen, sonst ..."

"Herrgott noch mal, stellen Sie sich vor, es ist Zombieapokalypse und das ist der einzig sichere Ort auf der Welt!" Mathilda schlug die Tür hinter ihm zu und verschwand dann in ihrem Zimmer.

Stimmen und Gelächter waren von unten zu hören. Ulla war wieder zu Hause. Mathilda überlegte kurz, sich noch einmal umzudrehen und weiterzuschlafen, als die Erinnerung an die vergangene Nacht sie wie ein kalter Waschlappen traf.

Am Esstisch saßen Sam und Ulla und löffelten einträchtig ihr Porridge mit getrockneten Pflaumen.

"Kennst du Bovey Castle? Wundervolles Schloss, ich habe den letzten Sommer dort verbracht. Allein das Kaminzimmer ist die Reise wert." Ulla war in ihrem Element. "Ich hab gehört, du spielst Golf. Die haben einen Traumplatz, sag ich dir ..."

"Klingt fantastisch! Sobald ich mir mal freinehmen kann, musst du mir die Kontaktdaten geben Ulla. Dein Porridge ist übrigens ganz ausgezeichnet. Was ist das Geheimnis?"

Mathilda räusperte sich vernehmlich. "Sie nimmt Sahne statt Milch. Kommt bei Ihrer Laktoseintoleranz bestimmt gut an. Ihr scheint euch ja bestens zu verstehen. Ist für mich auch noch was da?"

Ulla ging zur Küchenzeile und brachte Mathilda ein Schälchen mit dem restlichen Brei. "Du bist ja gut gelaunt. Was ist denn los?"

"Oh, hat dein neuer Freund hier dir noch nichts von meinen neuesten Erkenntnissen erzählt?"

"Ihr habt gestern Abend eine Flasche meines besten Whiskeys vernichtet und er hat deshalb hier geschlafen."

Mathilda sah Sam erstaunt an. "Sie haben ihr nichts gesagt?"

Er zuckte mit den Schultern. "Natürlich nicht, ich weiß doch gar nicht, wie Sie zu ihr stehen und ob Sie solche Informationen mit Ulla teilen."

Mathilda nickte anerkennend. "Gut, gut. Ich teile alles mit Ulla, außer ihren Lovern und ihrer Vorliebe für pastellfarbene

Kostüme. Also das war so." Und dann erzählte sie erneut von Kage und Walthers Einkommensquelle.

Ulla war schockiert. „Das hätte ich ihm nicht zugetraut. Niemals." Sie stellte die Schüsseln auf den Boden, wo sie sofort von den Katern belagert wurden und holte die Kaffeekanne. Sam sah entsetzt zu, wie die Tiere die Reste vom Porzellan schleckten. Ein Griff in die Hosentasche förderte den Tablettenvorrat ans Tageslicht und er bediente sich ausgiebig.

„If auf nif." Mathilda kaute nachdenklich. Ihr Handy brummte wieder und zeigte den Empfang neuer Nachrichten an. „Boah, der Typ macht mich irre!"

In dem Moment klingelte es an der Haustür. Ulla sah aus dem Fenster zur Straße. „Das ist er. Was soll ich sagen?"

„Dass ich nicht hier bin, und er sich zum Teufel scheren soll."

Ulla nickte, öffnete die Tür einen Spalt.

„Hallo, ich will zu Mathilda. Ist sie da? Ich bin ein Freund von ihr."

„Sie ist nicht da. Auf Wiedersehen."

„Wo ist sie denn?"

„Das weiß ich nicht. Weg. Arbeiten."

„Wann kommt sie wieder?"

„Keine Ahnung, heute Abend." Sie machte Anstalten die Tür zu schließen.

„Halt! Warten Sie!" Peterson öffnete das Tor zum Vorgarten. „Darf ich reinkommen und ihr Zimmer sehen?"

„Nein! Gehen Sie bitte, ich sagte doch, sie ist nicht da! Und Sie dürfen nicht reinkommen. Charles!" Charles kam laut kläffend angerannt. Zum Glück klang er deutlich größer, als er war, und Peterson zog sich wieder zurück.

„Sagen Sie ihr, dass ich da war. Ich komm später. Bis ich sie antreffe." Er drehte sich um und lief die Straße entlang um die nächste Ecke.

Ulla war ein bisschen blass um die Nase. „Ich lass Charles lieber in den Garten raus. Dann könnt ihr in Ruhe hier reden. Sam, noch eine Tasse Kaffee?"

„Nein Danke Ulla, mehr vertrage ich einfach nicht, sonst schwitze ich übermäßig."

Dann wandte er sich Mathilda zu. „Der ist in der Tat gruselig. Geht das schon länger so?"

„Ja sicher, das hab ich Ihnen doch erzählt! Soll ich immer noch mit ihm essen gehen?"

„Na ja, irgendwie müssen wir herausbekommen, was in dieser Firma los ist. Wir können aber auch erst mal alle anderen Optionen abklopfen. Da werden sich ja jetzt ein paar neue ergeben haben." Sam lächelte sie unsicher an. „Vorausgesetzt, Sie wollen überhaupt noch weitermachen und nicht alles hinwerfen."

Mathilda rieb an der Abdeckfarbe, mit der sie am Abend zuvor ihr Wal-Tattoo überdeckt hatte. „Ich weiß nicht. Es erscheint mir so sinnlos. Ich fühl mich, als ob Walther mich ins Gesicht geschlagen hätte, und ich soll trotzdem für ihn da sein. Er hat mich so ... so maßlos enttäuscht."

Sam nickte. „Ja, mich auch. Aber alles, was er mir Gutes getan hat, wird dadurch nicht ungeschehen. Und die schöne Zeit, die Sie mit ihm verbracht haben, wird durch das Wissen nicht schlechter. Wir haben uns in ihm getäuscht, er hatte auch eine negative Seite. Und ich wünschte, er würde noch leben, damit ich ihm sagen kann, was ich davon halte."

„Echt jetzt? Was denn? Hör auf damit? Ich komm prima ohne deine großzügige Unterstützung zurecht?" Mathilda hielt sich gerade eben noch zurück, bevor sie in ihrer Enttäuschung Porzellan zerschlug.

„Er hat mir die Unterstützung angeboten, ohne dass ich wusste, woher das Geld stammt." Sam blieb ruhig und sah sie weiter an.

„Sie haben Recht, Entschuldigung. Ich hab einen üblen Kater. Er wollte mit seinen sogenannten Freunden mithalten. Das war sein Problem."

„Nicht nur, er hat auch sonst auf ziemlich großem Fuß gelebt. Ich verkaufe morgen Nachmittag hoffentlich sein Pferd. Das kostet allein schon 700 Euro im Monat. In der Garage standen zwei Autos, die ich nie zuvor gesehen habe. Die hab ich schon an den Händler zurückgegeben und den Kredit auf das Haus muss ich irgendwie anders gestalten. Die Zinsen bringen mich sonst um. Ich würde es aber gern behalten, so lange es geht."

„Er hatte ein Pferd? Das wusste ich ja gar nicht. Kann ich das mal sehen?" Sofort war Mathilda abgelenkt von ihrem Kummer.

„Wir können hinfahren, wenn Sie wollen. Ein bisschen frische Luft und Bewegung tun jetzt gut. Schauen Sie es sich an, ich bin allergisch gegen Pferde und hab ehrlich gesagt etwas überhöhten Respekt vor diesen wunderbaren Tieren."

„Sie meinen, Sie haben Angst."

„So würde ich das nicht nennen, aber lassen wir das mal so stehen."

17.

In der Box stand das schönste Pferd, das Mathilda je gesehen hatte. Ein rabenschwarzer Friesenwallach mit langer Mähne und Augen, die alles Glück der Welt versprachen. Sie ging zu ihm hinein, streichelte seinen Hals und sog tief den Duft seines Fells ein.

„Wussten Sie, dass Pferde eine Beißkraft von fast einer Tonne haben? Die können glatt einen Finger abtrennen. Sind Sie aktuell gegen Tetanus geimpft?" Sam stand sichtlich unruhig in der Mitte der Stallgasse und vermied den Kontakt zu allem, mit Ausnahme der Erde.

Mathilda nahm Halfter und Führstrick, die außen an der Tür hingen und zog sie dem Tier über. „Der beißt nicht, keine Sorge. Aber Sie wissen schon, dass er riecht, dass Sie Angst haben? Lassen Sie uns spazieren gehen. Dann können Sie sich ein bisschen miteinander anfreunden. Wie heißt er eigentlich?"

Sie schlenderten nebeneinander über den federnden Waldboden, es duftete nach warmer Tanne und die Sonne malte goldgelbe Kringel auf das Moos am Wegrand.

„Wer nennt ein Pferd denn Rüdiger? Ich dachte, das sei ein Schreibfehler auf dem Schild an der Box!"

Beim Klang seines Namens spitzte der Wallach die Ohren und Mathilda kraulte im tröstend die Stirn. „Walther hatte anscheinend nicht nur eine dunkle, sondern auch eine bekloppte Seite.

Aber sei es drum. Ich will auf jeden Fall noch herausbekommen, was diese Firma vertickt, bei der Petersor arbeitet. Das lässt mir einfach keine Ruhe. Und Hollunder sollten wir auch noch hinter Gitter bringen. Das geht ja gar nicht, was der mit seinem Chef abzieht. Kage hat sich erledigt."

Sam grinste vor sich hin. „Das heißt, Sie wollen weiter machen?"

„Nein, ich will nur die beiden zum Abschluss bringen. Ich muss einfach wissen, was in dieser Kiste war. Und in den anderen. Sonst verfolgt mich das bis zur Rente. Und Hollunder auch. Das kann so nicht stehen bleiben. Ist ein Tick von mir."

„Wo sehen Sie da jetzt einen Unterschied zum Weitermachen?"

„Danach ist Schluss."

„Hm, gestern Abend rief ein Mann an, dessen Tochter verschwunden ist. Da das Kind 18 ist, will die Polizei nicht suchen. Er befürchtet, dass ihr Freund sie irgendwo festhält."

Mathilda blieb stehen und ließ Rüdiger grasen. „Hat er noch mehr erzählt?"

„Ja, hat er. Neugierig?"

Mathilda wand sich. „Ja, ein bisschen. Ich mein, verdammt, jetzt erzählen Sie schon. Was wissen Sie noch?"

„Sie hatte mit ihrem Freund Schluss machen wollen und kam nicht nach Hause. Sie geht zur Schule und ist nie über Nacht weggeblieben, ohne Bescheid zu sagen. Sagt der Vater. Er zahlt ein Vermögen, wenn wir ihm das Mädchen nach Hause bringen.

Jetzt mal ernsthaft, Walther hin oder her. Warum wollen Sie denn wieder einen Bürojob? Das hier ist doch Ihr Ding!"

„Ja und nein." Mathilda kickte kleine Tannenzapfen vor sich her. „Solang wir Walthers Mörder suchen, ist es egal, ob wir was finden, Mist bauen oder einfach hinschmeißen. Aber mit so einem Job übernimmt man Verantwortung. Wenn wir ablehnen, beauftragt der Vater Profis mit mehr Erfahrung. Ich glaub, ich trau mir das nicht zu. Mit einem Bürojob passiert keinem was."

„Keinem außer Ihnen. Sie sterben vor Langeweile."

„Warum machen Sie sich Sorgen um mein Ableben? Das kann Ihnen doch egal sein."

„Ja, eigentlich schon. Aber ich würde gern mit Ihnen zusammenarbeiten. Es macht mir Spaß. Der Kick, etwas herauszufinden, etwas zu wissen, wofür Leute bezahlen. Das würde ich gern weiter machen. Und ich glaube, wir sind ein gutes Team." Sam stand auf der anderen Seite von Rüdiger und hatte ihm eine Hand auf den Hals gelegt. Das Pferd sah ihn erstaunt an und Sam wich einen Schritt zurück.

„Ganz schlecht."

„Meinen Sie? Schade."

„Nein, der Schritt zurück war ganz schlecht. Dürfen Sie nie machen. Damit haben Sie seine höhere Position in der Rangordnung anerkannt."

„Ach so. Denken Sie über die andere Sache nach. Aber nicht zu lange, ich muss den Vater anrufen. Wer weiß, was der Tochter sonst passiert." Zaghaft ging er wieder einen Schritt nach vorn. „Ach ja, da wäre noch etwas." Verlegen sah er auf seine Schuhe. „Normalerweise bin ich mir ja der Folgen meines Handelns bewusst, aber ...."

„Aber?" Mathilda war alarmiert und Rüdiger tänzelte unruhig auf der Stelle.

„Ich habe auf Anfrage des Tennisclubs einen Pokal für das kommende Sommerturnier gestiftet. Das hat Onkel Walther wohl auch immer gemacht."

„Ja? Und?"

„Und ich habe für die Vereinszeitung ein kurzes Interview gegeben."

„Aha und was noch?"

„Ich habe gesagt, dass ich, beziehungsweise wir, das Büro erst einmal weiterführen werden."

„Ok, das hätten Sie mit mir absprechen können, aber ich sehe das Problem nicht wirklich."

„Ich habe wörtlich gesagt, dass wir Onkel Walthers Arbeit in seinem Sinne fortsetzen werden."

Da fiel die Münze auch bei Mathilda. „Und Sie meinen, dass jetzt ein paar Leute unruhig werden. Ja das war vielleicht etwas unglücklich formuliert."

„Ob da ein paar Leute unruhig werden? Der Mörder wird unruhig! Wir arbeiten mit Wissen, das ihn so belastet, dass er dafür jemanden umgebracht hat! Wir sind die Nächsten!" Sam hatte sich mit einer Hand in Rüdigers Mähne geklammert und ließ sofort los, als er es bemerkte. Er sah sich um, als ob er befürchtete, von den Blaubeerbüschen angesprungen zu werden. „Wir müssen eine Liste von Leuten machen, die womöglich erpresst wurden. Die gesamten Beträge zurückzahlen kann ich nicht. Aber ich dachte, als Zeichen meines guten Willens entschädige ich sie alle zumindest ein bisschen. Und dann sehen wir, ob jemand dabei ist, dessen Existenz so gefährdet wurde, dass er zum Äußersten griff." Er zog aus dem unerschöpflichen Vorrat in seiner Hosentasche ein Desinfektionstuch und wischte sich die Hand ab. Rüdiger zog ihm das Tuch aus den Fingern und kaute nachdenklich darauf herum.

„Na, da haben wir aber einiges vor uns. Wir sollten den Schatz hier zurückbringen, uns was im nächsten Supermarkt zu essen kaufen und gleich anfangen. Die Nacht wird lang. Zum Glück ist Ihr Rhythmus ja eh schon durcheinander."

18.

„Oh mein Gott, Sie müssen das Obst waschen, bevor Sie es essen!" Mit spitzen Fingern entwand Sam Mathilda eine Birne, in die sie schon ihre Zähne geschlagen hatte.

„Lassen Sie das! Das ist meine Birne! Ich hab Hunger. Und wenn da irgendwelche Käfer schon drüber getrampelt sind, ist mir das egal."

„Käfer? Wer denkt denn an Käfer? Haben Sie den Mitarbeiter der Obstabteilung nicht gesehen? Lauter entzündete Aknewunden im Gesicht. Vermutlich hat er sich in der Mittagspause nach dem Stuhlgang nicht die Hände gewaschen, sondern vor dem Spiegel Pickel ausgedrückt und dann das Obst einsortiert." Sam ließ die Birne angewidert auf den Tisch fallen.

„Ach und was Sie da haben, ist besser? Brötchen mit Schweineleichenbrei?"

„Das ist ein Mettbrötchen. Das wurde von einem Metzger zubereitet, der Handschuhe und einen Mundschutz trug, dessen Haare unter einer Haube verborgen waren und der in einem sterilen Raum stand."

„Wie kommen Sie denn darauf?" Mathilda blieb vor Erstaunen der Mund offen stehen.

„Das ist das Bild, das ich davon habe, und da mir niemand das Gegenteil beweisen kann, will oder wird, bleibe ich dabei." Er biss herzhaft zu.

Mathilda öffnete eine Tüte Chips und stopfte sich den Mund voll, bevor Sam etwas sagen konnte. Die Birne flog in den Mülleimer.

Der Tisch war bedeckt mit Aktenordnern der vergangenen Jahre. Walther hatte jeden Vorgang dokumentiert und abgeheftet.

Sie machten mehrere Stapel:
1. Fälle, die keinen Zündstoff enthielten.
2. Fälle, wo der Beobachtete eine Frau war.
3. Fälle, wo der Verdacht zutraf und das auch dem Auftraggeber mitgeteilt wurde.
4. Fälle, wo der Verdacht angeblich nicht zutraf.

Im vierten Stapel vermuteten sie den Mörder.

Um ihre Ruhe zu haben, schlug Mathilda Peterson ein Essen am kommenden Wochenende vor. Das Lokal, das sie auswählte, war belebt, hell und hatte zwei Ausgänge. Er wollte zwar woanders mit ihr hingehen, aber sie blieb dabei und bat ihn, sie bis dahin nicht mehr anzurufen oder zu besuchen, sonst würde sie das Arrangement wieder absagen.

Den Termin mit Hollunder verschoben sie erst mal, obwohl Mathilda immer noch davon überzeugt war, dass er der Täter war.

Sam rief den Vater des verschwundenen Mädchens an und täuschte Überarbeitung vor. Man könne der Dringlichkeit nicht gerecht werden und empfehle die Kollegen. Einen so brisanten Fall wollten sie nicht übernehmen, wenn sie unter Druck standen.

Nach zwei Tagen Suche, Sortieren und Diskutieren glaubten sie, ein Muster erkannt zu haben: Fast alle Männer, die wohlhabend waren und deren Frauen Betrug vermuteten, waren laut Akte unschuldig. Die weniger wohlhabenden nicht. Das konnten sie am Beruf und dem damit einhergehenden Einkommen abschätzen. Auch bei anderen Aufträgen könnte diese Vermutung durchaus zutreffen.

Ein Vater hatte seinen künftigen, sehr reichen Schwiegersohn beobachten lassen, und dessen Lebenswandel war tugendhafter als der einer Nonne.

Schuldner spürte er dagegen immer auf, Kinder, die von ihren Müttern gesucht wurden, auch. Zweimal suchte er einen Erpresser, einmal für eine Firma, einmal für eine Familie. In beiden Fällen fand er zwar laut Unterlagen niemanden, aber die Forderungen hörten auf.

„Und was haben Sie mit denen jetzt vor? Wollen Sie die fragen, was sie gezahlt haben und das dann erstatten?" Mathilda blätterte durch die 15 Schnellhefter, die in Frage kamen.

Sam räumte die anderen Ordner zurück in den Schrank.

„Ja und nein, ich geb zu, meine Gedanken dazu sind ein bisschen unausgereift. Und Onkel Walther wird das meiste, was er auf diesem Weg eingenommen hat, wieder ausgegeben haben. Ich habe knapp 35.000 Euro gefunden. Das klingt zwar viel, aber da sich nicht alle monatlichen Kosten sofort senken lassen, ist das schnell aufgebraucht. Wenn Sie sich zur Weiterarbeit entschließen, würde ich ein anderes Büro beziehen wollen. Ich dachte vielleicht an einen symbolischen Betrag, um zu zeigen, dass ich die Problematik erkannt habe, aber etwas geben will und nicht nehmen."

Mathilda ließ die Ordner auf den Tisch sinken. „Das meinen Sie doch nicht ernst, oder? Ich dachte, Sie haben eben im Wald einen Witz gemacht."

„Ich scherze nicht. Warum soll ich denn nicht etwas zurückgeben? Die ganzen Menschen glauben doch jetzt, dass ich seine Praxis fortführe."

„Die meisten dieser Menschen glauben, dass Sie davon nichts wissen und dass sich die Angelegenheit erledigt hat und dann kommen Sie mit der alten Geschichte und Geld. Bingo! Ganz ehrlich? Wir gehen den Stapel jetzt durch, wer als Mörder in Frage kommt, und nehmen die mit auf die Liste."

Sam schwieg und blätterte weiter in den Ordnern.

„Wenn Sie ein schlechtes Gewissen haben, das Geld zu behalten, spenden Sie die ganze Summe einer Organisation und sehen Sie zu, dass das in die Zeitung kommt. Das zeigt den Betroffenen, dass für Sie geben seliger ist denn nehmen.

Hat Walther übrigens auch gemacht. Er hat an Greenpeace gespendet und zugesehen, dass er bei unseren Veranstaltungen immer mit auf den Bildern war, um in der Presse zu landen. Hat sich wohl wie Robin Hood gefühlt. Er hat den Reichen genommen und dem Meer gegeben."

Sam nickte und seufzte. „Wahrscheinlich immer, wenn ihn sein schlechtes Gewissen überkam. Dann spende ich die Summe dem Golfclub für neue Carts, damit auch Menschen, die nicht mehr mobil, sind diesen wunderbaren Sport betreiben können."

„Nein, Sie spenden an das örtliche Kinderhospiz oder an die Obdachlosenhilfe, für den Schutz der Bienen oder ans Tierheim. Aber NICHT an den Golfclub! Das ist mein Ernst! Dann können Sie allein weiterarbeiten. Ich betäube meine Neugier lieber mit Drogen, als mich mit Ihnen an einen Tisch zu setzen."

„Gut, das klingt gut! Kinderhospiz und Obdachlosenhilfe und damit in die Zeitung. Glauben Sie, der Mörder läßt uns dann in Ruhe?"

„Vielleicht, vielleicht auch nicht. Lassen wir es drauf ankommen. Jetzt gehen wir den letzten Stapel aber noch einmal durch und teilen ihn uns auf. Alle müssen so unauffällig wie möglich überprüft werden. Die mit neuen Partnerinnen sind raus. Wir sehen mal, was aus den Leuten geworden ist. Viel Arbeit, aber notwendig."

Sam war blass wie Kaffeesahne und der Löffel in der Tasse, die er in der Hand hielt, klapperte.

„Lassen wir es drauf ankommen? Ich kann das nicht, tut mir leid." Seine Stimme zitterte wie seine Hände. „Frau Rosenbaum, dafür bin ich nicht geschaffen. Die ganze Zeit ist es mir gelungen, die Bedrohung zu verdrängen, aber jetzt, wo der Täterkreis sich so erweitert hat, geht es einfach nicht mehr."

Er stand auf und öffnete das Fenster. Dann schloss er es schnell wieder und holte ein kleines Tütchen aus Walthers Schreibtischschublade. Er löste den Inhalt in einem Glas Wasser auf und trank es in einem Zug aus. „Das übersteigt meine Kräfte und die sind nur begrenzt, wie Sie wissen."

„Jetzt kommen Sie mal runter, eine andere Chance haben Sie eh nicht, wenn ich das richtig sehe. Das meiste werden wir im Internet rausfinden. Sie glauben ja gar nicht, was die Leute so alles veröffentlichen. Ich zeige Ihnen später, wie das geht."

Sie ließen sich eine Pizza kommen, die auf Sam sehr beruhigend wirkte, und tranken dazu ein Glas Wein.

„Ist doch nicht schlecht, dass wir weitermachen. Die Aussicht, wieder nur hinterm Schreibtisch zu sitzen, war ganz schön ätzend. Ich hab eine Schulfreundin, die beim Finanzamt arbeitet. Seit dem ersten Tag nach der Schule. Sie findet es ganz toll, alles ist geordnet, sicher, planbar und berechenbar. Für mich wäre es das Ende. Da hätte ich Angst vor."

Mathilda nahm einen großen Schluck. „Walther war echt eine arme Wurst mit seiner Geltungssucht. Mein Lieblingsmensch war er mal, das ist vorbei. Aber er hat für das, was er getan hat, gebüßt. Ich glaube, er wird meine Lieblingsleiche."

Sam hustete ein Stückchen Olive aus und trank sein Glas leer. „Lieblingsleiche. Ja. Waren Sie eigentlich immer schon so neugierig? Das macht Sie sehr berechenbar, wissen Sie das?"

Mathilda knabberte sauber den Rand von ihren Pizzastücken ab. „Ja und es hat mir nicht immer gutgetan. Kennen Sie das Spiel, das Kinder spielen? Leute verfolgen, ohne dass sie es merken? War mal mein Lieblingsspiel.

Mein Freund Alex und ich haben uns jemanden ausgesucht und sind ihm gefolgt. Dabei haben wir uns Geschichten ausgedacht, wer das ist und in welcher geheimen Mission er unterwegs ist. Ein Spion undercover, der Einbrecher, der die Kronjuwelen gestohlen hat, ein verrückter Wissenschaftler, der im Keller schreckliche Experimente an Kindern durchführt, die wir befreien müssen.

Eines schönen Tages haben wir Alex Vater verfolgt und sahen ihn in ein Haus gehen mit gemütlichen roten Lampen im Fenster. Abends beim Abendbrot hat Alex ihn gefragt, was er da gemacht hat und was das für ein Haus sei. Eine Woche später ist sein Vater ausgezogen.

Alex hat danach nie mehr mit mir gesprochen. Er hat mir die Schuld gegeben. Was für ein Blödmann. Es hat ewig gedauert, bis ich herausgekommen habe, was das für ein Haus war. Hätte er mir doch sagen können."

Sam sah auf den Grund seines leeren Glases. „Ach Kinder. Man muss sich vor ihnen in Acht nehmen. Hab ich schon immer gesagt. Vielleicht liegt es ja auch in der Familie? Sie sagten, dass ihr Vater und Ihr Großvater schon bei der Polizei waren."

„Auf keinen Fall. Denen geht es um Gesetz und Ordnung, die waren echte Beamte und obrigkeitshörig bis zum Anschlag. Die sind nicht neugierig, die sind spießig. Gesetzeshüter im wahrsten Sinne des Wortes."

„Ach ja, vielleicht werde ich ja mal das Vergnügen haben, Ihre Familie kennenzulernen. Gut, dann zeigen Sie mal, was wir mit dem Stapel machen."

Mathilda ließ sich auf Walthers Schreibtischsessel nieder, drehte den Bildschirm zu Sam und startete das Internet.

„So, schauen Sie genau zu. Wir nehmen die erste Akte: Matthias Lamb. Aha, er ist Fußball-Fan und Mitte 40. Investment-Banker. Seine Frau glaubte, er geht fremd. Walther hat ihm bescheinigt, dass er nur zuviel arbeitet. Und sehen Sie hier, er ist bei Facebook. Das Foto stimmt halbwegs mit dem aus der Akte überein."

„Ich bin auch bei Facebook, wir können meinen Account nehmen."

„Auf keinen Fall! Ihr Profil passt nicht zu ihm. Wir passen jetzt ein Profil an, das ihn neugierig macht und dazu verleitet, mit uns zu reden. Hier ist das, das wir immer verwendet haben. Es hat schon ein paar Freunde und ist nicht neu. Das würde sonst auffallen. Es bekommt ein Bild mit einem etwas älteren Mann, damit er gleich alt aussieht. Auf welchen Verein steht er denn?"

„Bayern, glaub ich. Ich hab aber keine Ahnung von Fußball."

„Ist doch egal. Hier ist ein Bild für den oberen Bereich. Blauweiße Bälle. Und jetzt gehen wir seine ganze Freundesliste durch und schauen mal, wer auf unsere Freundschaftsanfrage antwortet."

Mathilda stellte allen Kontakten von Lamb Freundschaftsanfragen. „Und wir suchen was zum letzten Spiel."

Sie kopierte einen Text und veröffentlichte ihn. „So, passt. Und dann noch ein paar Memes, hier ein Like. Sehen Sie mal, hier haben schon die ersten beiden unsere Anfrage angenommen."

„Warum machen wir das so umständlich?"

„Wenn wir ihn jetzt nach einer Freundschaftsbestätigung fragen, sieht er, dass wir gemeinsame Freunde und Interessen haben. Das schafft Vertrauen. Wir wollen doch nicht riskieren, dass er unsere Anfrage ablehnt. Wir wollen schließlich sein Freund sein, sonst sehen wir nichts von seinen Daten."

Sam holte die Gläser zum Tisch. „Was für Daten meinen Sie?"

„Fotos, Beziehungsstatus, zu welchen Veranstaltungen er geht. Die Leute machen es einem echt leicht, sie zu finden und zu verfolgen. Bei so vielen ist es natürlich ein bisschen zeitraubend."

„Zeitraubend, aber sicher. Hauptsache ich muss keinen von denen besuchen."

Mathilda verdrehte die Augen. „Nein, müssen Sie nicht. Jetzt schauen wir mal, wer alles hier zu finden ist."

Sechs Ordner kamen auf den Stapel Facebook. Einen fanden sie in einem Portal für Schulfreunde aus vergangenen Jahren und vier weitere in einem Portal für berufliche Kontakte.

„Darüber ins Gespräch zu kommen ist schwieriger. Man kann sich als Headhunter ausgeben oder Kunde, je nachdem was die beruflich machen. Bei einigen stehen auch die Hobbys und Interessen dabei. Da kann man auch anknüpfen."

Mathilda gähnte und streckte sich.

„Gut, ich glaube, ich hab verstanden, worum es geht. Darum kümmer ich mich ab morgen. Wir sollten jetzt Feierabend machen."

Sam machte keine Anstalten zu gehen.

„Alles ok mit Ihnen?"

Sie drehte sich in der Tür noch einmal um.

„Ja, ja, sorgen Sie sich nicht um mich, ich komme klar."

Sam blieb immer noch sitzen.

„Hab ich bis gerade nicht. Was ist denn?"

„Ich werde erst mal hier im Büro wohnen, das ist bestimmt positiv für uns, ich hab dann ständig die Überwachungs-Apps im Auge."

„Haben Sie zu Hause auch, wenn Sie den Laptop mitnehmen."

„Ja schon, aber hier bin ich doch etwas zentraler. Näher am Geschehen sozusagen."

Mathilda wartete und Sam wand sich.

„Das Büro ist überschaubarer als Onkel Walthers Haus. Ich fühl mich im Moment nicht besonders sicher, ehrlich gesagt. Letzte Nacht hab ich kaum ein Auge zugemacht."

„Aha, jetzt kommen wir der Sache schon näher. Soll ich hierbleiben? Oder wollen Sie noch mal ins Gästezimmer?"

„Nein, nein danke. Das ist sehr aufmerksam, aber die Tierhaare bringen mich um."

19.

Mathilda, die die letzten Nächte nur zum Schlafen nach Hause gekommen war und es vor allen anderen Bewohnern verlassen hatte, weigerte sich wach zu werden, bis sie die Katze auf ihrem Brustkorb nicht mehr ignorieren konnte.

Der hin- und herzuckende Schwanz streifte immer wieder ihre Nase und das tiefe Schnurren kündete von einem Geschenk, das niemand haben wollte. Mit halb offenen Augen erkannte sie gerade eben noch rechtzeitig einen zerkauten Spatz in ihrem Hausschuh, als sie aufstand, um den Kater vor die Tür zu verfrachten.

Von draußen drang Ullas Stimme, die mit Charles schimpfte, Kaffeeduft und leise Musik nach oben. Rea Garvey. Besser, als zu dem toten Vogel zurückzugehen.

Trotzdem gönnte sie sich erst eine ausgiebige Dusche, die sie milde genug stimmte, Roger zu verzeihen und mit einem Lächeln an den Tisch zu kommen. Aber Roger war schon sehr früh gegangen.

„Du glaubst ja nicht, wie kreativ er ist, so viele Ideen!"

„Meinst du jetzt in Bezug auf Häuser oder auf ... ach lass, das will ich gar nicht wissen."

Mathilda musste sich immer wieder bremsen und langsam essen. Die Hektik der vergangenen Tage steckte ihr noch in den Knochen und sie zwang sich dazu, auf Normaltempo zu laufen.

Sie schmierte sich einen der warmen Scones mit Holundergelee und genoss den liebevoll gedeckten Terrassentisch mit dem Topf Island-Mohn, den handbemalten blauen Steinguttellern und -tassen und dem Blick in den sommerlichen Garten.

Die Rosen blühten wie im Park der Herz-Königin bei Alice im Wunderland, die asymmetrisch angelegten Beete leuchteten in Pink, weiß, Rosa und Violett. Dazwischen ein junger Mann mit bloßem Oberkörper, der Unkraut entfernte.

„Willst du ihn behalten, jetzt wo du Roger hast?" Mathilda nahm sich erneut Kaffee.

„Natürlich. Der Garten ist dermaßen aufwendig, das geht nicht ohne Gärtner. Und der Arme kann ja nichts dafür, dass er aussieht wie ein griechischer Gott. Ihn wegen dieses Makels zu entlassen, wäre grausam." Schweigend sahen sie ihm beide noch ein Weilchen zu.

„Deine Mutter hat angerufen." Der Gärtner machte hinter dem Haus eine Pause und Mathilda verschluckte sich vor Schreck.

„Du hast doch wohl nicht ..."

„Natürlich nicht. Ich hab kein Wort gesagt. Aber die beiden sind zur Zeit in Kanada. Weit genug weg für die Wahrheit."

Die Wahrheit, nämlich dass Mathilda sich als Detektivin betätigte, hätte ein mittelschweres Erdbeben verursacht, wenn ihre Eltern davon wüssten.

Ihr Vater, ein pensionierter Kriminalbeamter, betrachtete die Stadt als Dschungel. Er selbst war einst der König der Tiere gewesen, ein Polizist, der mit seinem Rudel für Ordnung sorgte. Privatdetektive hatten für ihn den Rang der Hyänen.

Mathilda war damit aufgewachsen, dass die Polizei die Guten waren und die Festgenommenen die Bösen, aber auch mit der Frustration über die Urteile der Justiz und die Einschränkungen, die ihm das Leben manchmal schwer machten.

Als Mathilda bei Walther angefangen hatte zu arbeiten, hatte sie ihrem Vater monatelang erzählt, dass er Versicherungsvertreter sei. Bis zu dem Tag, als Walther Beweise in einem spektakulären Fall von Menschenhandel vor Gericht brachte und damit ein Viertel der örtlichen Zuhälter hinter Gitter. Seitdem war er bekannt, hatte mehr Aufträge, als er bewältigen konnte.

Mit seinem Erfolg hatte er aber leider auch die Polizei bloßgestellt, die in Form von Mathildas Vater bei ihm im Büro auftauchte, um ihm klarzumachen, dass er sich unbeliebt gemacht hatte.

Sein Gesicht, als er sein eigen Fleisch und Blut hinter dem Schreibtisch sah, hatte sich in Mathildas Netzhaut eingebrannt, die anschließende Ansprache ihr Trommelfell ausgeleiert. Nur ihre Ankündigung, ihrer Mutter davon zu erzählen, hielt ihn davon ab, handgreiflich gegen ihren Chef und das Mobiliar zu werden.

Vor seiner Frau hatte er Respekt und wusste, dass sie keine Gewalt duldete. Auch wenn sie es ebenfalls nicht gut heißen würde, dass ihre Tochter bei so einem arbeitete.

Mathilda schüttelte sich. „Auf keinen Fall. Er würde sich und Mama hierher beamen, apparieren, was weiß ich. Oder noch schlimmer, sie würden Michael herschicken. Das dürfen wir nicht riskieren."

Michael war Mathildas wohlerzogener, ein Jahr älterer Bruder, der in die Fußstapfen des Vaters getreten war und die höhere Beamtenlaufbahn eingeschlagen hatte.

Die Geschwister waren in inniger Ablehnung verbunden, was sich jährlich auf Weihnachtsfeiern, Geburtstagen oder anderen familiären Veranstaltungen für Außenstehende höchst unterhaltsam entlud. Natürlich tat Michael immer so, als sei ihm das Zusammentreffen mit seiner Schwester peinlich und er wolle den Frieden wahren.

Stattdessen entblödete er sich noch nicht mal, den Polizei-Computer nach Fehltritten wie Geschwindigkeitsüberschreitungen und Knöllchen abzusuchen und das dann zum Dessert zum Besten zu geben.

Mathilda versprach jedes Mal ihrer Mutter, keinen Streit zu provozieren und sich zivilisiert zu benehmen. Aber sie enttäuschte ihre Familie nie und brachte immer eine Überraschung mit.

Den Anfang machte das erste Wal-Tattoo im zarten Alter von 16 Jahren. Es folgten einige gut platzierte Piercings und als sie beschloss, dass ihr Körper fertig verziert war, wechselnde Haarfarben.

Mit zunehmender Reife engagierte sie auch schon mal einen peinlichen Begleiter oder erfreute die Gesellschaft mit einer interessanten Geschichte.

Da wäre die von der Übernachtung im Gefängnis von Monte Carlo, wo sie landete, nachdem sie nachts am Strand aufgegriffen worden war, oder der denkwürdige Segeltörn, bei dem jede Boje einen marihuanabedingten Lachanfall auslöste, bis das Schiff auf Grund lief.

Michael prophezeite ihr den gesellschaftlichen Abstieg in Richtung Obdachlosigkeit, versprach aber immerhin, sie dann mit Wurstbroten und Wein aus Tetrapacks zu versorgen.

Sie erwartete sein frühes Ableben, verursacht von Stock im Hintern, Luftmangel beim Arschkriechen, Staublunge vom Aktenschieben und Nierenversagen durch Dehydrierung vom Schleimen.

„Och, Michael ist ein Hotti, der darf gern noch mal kommen."

Ulla kicherte bei der Erinnerung an das letzte Mal. Er war gekommen, um Mathilda zu überreden, bei Walther nicht mehr zu arbeiten und stattdessen im Steuerbüro ihres Onkels mütterlicherseits anzufangen.

Ulla hatte ihn mit Whiskey abgefüllt, mit schwarzem Henna „Bettnässer" auf die Stirn geschrieben und nach Hause gefahren. Der Schriftzug hielt eine gute Woche jeder Seife stand und er hatte sich krankschreiben lassen.

„Sie haben ja Recht. Alle. So ganz sauber ist das nicht, wie wir arbeiten. Wenn wir damit auffliegen, sind wir geliefert. Die ganzen Sender, Kameras und Wanzen. Das ist streng genommen alles verboten."

„Wer es ganz genau nimmt, kann höchstens Kaufhaus-Detektiv sein, hat Walther auf meinem letzten Geburtstag gesagt. Weißt du noch? Und deiner Familie erzählst du, dass du jetzt für Sam arbeitest. Du musst ihnen ja nicht auf die Nase binden, dass ihr Partner seid."

„Woher weißt du, dass wir Partner sind? Das weiß ich ja noch nicht mal."

„Sam hat mich angerufen. Mein Anwalt wird einen Vertrag für euch aufsetzen mit den Bedingungen. Wer was einbringt, wie die Gewinne verteilt werden und so. Willst du das lieber selbst in die Hand nehmen?"

Mathilda schüttelte sich. „Auf keinen Fall. Vielen Dank, an so was hab ich gar nicht gedacht. Tja, dann wird es wohl ernst. Ich muss jetzt zusehen, dass Geld reinkommt. Was hast du noch vor? Triffst du Roger?"

„Ja, heute Abend, wir gehen ins O'Meany, eine Live-Band tritt auf. Kommst du auch hin?"

„Mal sehen, wenn Zeit ist. Aber mir lassen ein paar Sachen keine Ruhe. Und ich muss nach Sam gucken, der macht sich ins Höschen, glaubt, dass er das nächste Ziel ist."

20.

Sam war nicht im Büro, was Mathilda sofort dazu nutzte, sich hinter Walthers Schreibtisch häuslich einzurichten. Hollunder war mal wieder nicht an seinem regulären Arbeitsplatz erschienen, und laut Sender bei einer seiner eigenen Baustellen.

Sie sah sich Satellitenaufnahmen des Geländes an, um den bevorstehenden Einbruch zu planen. Viel konnte sie nicht erkennen, aber es musste reichen. Es gab die Möglichkeit, über das Nachbargrundstück auf den Hof zu kommen, sollte das vordere Tor verschlossen sein.

Am späten Mittag kam Sam ins Büro. „Ich hab schon unseren nächsten Coup vorbereitet. In zwei Stunden hab ich einen Termin mit Hollunder in dessen Büro und werde versuchen auszubaldowern, wie Sie dorthinein gelangen können."

„Ausbaldowern? Aus welchem Ihrer Fachbücher stammt denn dieses schöne Wort? Und seit wann trauen Sie sich in die Höhle des Löwen?"

„Er hält mich für einen ausgesprochen potenten Kunden. Ihnen wird es nicht aufgefallen sein, aber ich trage alle Attribute der gehobenen Kreise an mir. Hollunder wird das bemerken und mich entsprechend ernst nehmen. Außerdem begleiten Sie mich ja, dachte ich mir."

„Dachten Sie sich? Ja, aber er kennt mich doch schon."

„Dann sollten wir uns beeilen und wieder einkaufen gehen. Sie haben die Verkleidung normale Frau, jetzt beschaffen wir Ihnen ein standesgemäßes Assistentinnen-Outfit." Sam strahlte.

„Ich muss sagen, es macht Spaß, Sie auszustatten. Sie sind ungewöhnlich wandlungsfähig. Sehr praktisch für unser Anliegen."

Mathilda war ein wenig mulmig zu Mute, als sie mit Sam den Hof betrat, von dem sie erst ein paar Tage zuvor verscheucht worden war.

Trotzdem hielt sie sich gerade, trug eine dezente Mappe vor der Brust und balancierte angestrengt auf ihren Pumps. Sie war äußerst gespannt auf das Gespräch und vor allem das Büro, in das sie einbrechen wollte. Hollunder kam aus der Tür, strahlte Sam mit vielen Zähnen an und gab ihm die Hand.

Mathilda, die sich einen halben Schritt hinter Sam hielt, nickte er kurz zu, ohne das geringste Anzeichen von Wiedererkennen. Er führte sie in das kleine Bürogebäude und fing einen höflichen Smalltalk mit Sam an.

Mathilda klinkte sich aus und begann sofort das Türschloss, die Fenster und das Mobiliar zu scannen. Der würfelförmige Bau roch nach Farbe und frischem Zement, einige Kabel hingen blank aus dem Boden und warteten auf Geräte, die daran angeschlossen werden sollten. Eine schmale Treppe, die nach oben führte, hatte noch keinen Bodenbelag und war unbeleuchtet. Offensichtlich waren die oberen Räume unfertig und nicht bezogen.

Durch die offen stehenden Türen sah Mathilda eine enge Teeküche, Toiletten, und ein kleines Büro. Darin saß eine dünne, blonde Bürokraft in ihrem Alter hinter einem Computertisch, die den Kopf einzog, sobald Hollunder vorbeiging.

Sie betraten ein großes Büro. Ein aufgeräumter rotbrauner Schreibtisch mit goldenen Beschlägen und einem Stuhl, der dem von Walther ähnelte, beherrschten den Raum. Dahinter, an der Wand, prangte ein Ölgemälde, das eine Jagdszene zeigte.

Einen Hirsch, gespickt mit Pfeilen, an dessen blutender Kehle eine Meute Beagles hingen.

Es war schwer, einen so lichtdurchfluteten und großzügigen Raum zu verhunzen, aber es war ihm mit Bravour gelungen, trotz der Fenster, die bis zum Boden gingen und in einen schmalen Garten hinaus führten, den Mathilda bisher nicht bemerkt hatte. Er war offensichtlich neu angelegt, da er auf keinem Satellitenbild zu sehen gewesen war.

Eines der Fenster stand offen. Man hörte sowohl das Plätschern eines kleinen Springbrunnens, als auch das Knurren des Hundes, der jetzt mit gesträubtem Nackenfell und steifen Beinen auf das Büro zu stakste.

Hollunder schloss, ohne ihn zu beachten, die Tür und bot ihnen Plätze an dem dunklen Tisch an. Mathilda konnte erkennen, dass sie sich wohl relativ leicht aufhebeln ließ. Kabel für eine Alarmanlage waren zwar verlegt, aber noch nicht angeschlossen. Auch die Rollläden schienen noch nicht in Betrieb zu sein. Die Schalter dafür lagen auf dem Boden neben Kabeln, die aus der Wand ragten.

Sam und Hollunder hatten sich über die Zeichnungen gebeugt, die Mathilda in der Mappe mitgebracht hatte. Hollunders Stimme dröhnte laut, er lachte allein über seine unpassenden Witze.

Die Frau aus dem Nebenraum trug mit hochgezogenen Schultern ein Tablett mit Kaffee ins Zimmer. Mathilda bedachte sie mit einem freundlichen Lächeln, was sie nur zögerlich erwiderte. Als sie sich mit über die Papiere beugen wollte, um am Gespräch teilzunehmen, schob Sam seine Kollegin achtlos zur Seite.

„Lassen Sie es gut sein. Davon haben Sie keine Ahnung."

Mathilda bekam Schnappatmung, was eine passende Bemerkung zum Glück verhinderte, sonst hätte sie die Rolle auffliegen lassen. So fügte sie sich mit einem verkniffenen Lächeln, trat unterm Tisch Sam vors Schienbein und beschloss, später darauf zurückzukommen.

„Gutes Personal zu finden ist schwer, nicht wahr?" Hollunder zwinkerte Sam zu, der wissend nickte und lachend die Augen verdrehte.

Sie verließ mit einer Entschuldigung den Raum und ging Richtung Toiletten, bog aber ab, als sie bei Hollunders Mitarbeiterin vorbeikam. „Schönes Büro haben Sie hier. Scheint ja alles neu zu sein."

„Ja, ich arbeite erst seit einer Woche hier. Da sind gerade die Möbel geliefert worden." Die Frau sprach so leise, als ob ein Tiger unter ihrem Schreibtisch schlafen würde.

„Darf ich mich setzen?" Mathilda wartete die Antwort nicht ab. „Alles neu also? Habt ihr denn schon viel zu tun? Oder geht dein Chef hauptsächlich Golf spielen? Hahaha, ich darf doch du sagen, oder?"

„Ich glaube, er ist Jäger, zumindest sagte er das. Dafür hat er auch den ... den Hund. Von Golf hat er nichts gesagt. Aber entschuldige mich, ich hab noch zu tun."

Mathilda erhob sich wieder, dann drehte sie sich an der Tür noch einmal um. „Es gibt genug freie Stellen im Moment. Du musst nicht für ihn arbeiten."

Erneut betrat sie den Raum mit den beiden Herren. Sam saß schwer atmend und schweißnass auf seinem Stuhl, während Hollunder ihm Luft zuwedelte. „Wo waren Sie denn? Ihrem Boss geht es nicht gut. Soll ich einen Arzt rufen?"

Sam schüttelte den Kopf. „Nein danke, alles wieder bestens. Die Wärme, ich glaube, es gibt bald ein Gewitter. Aber wir sollten gehen und einen neuen Termin vereinbaren."

Mathilda packte die Unterlagen zusammen und half ihm auf die Beine, sie machte sich ernsthafte Sorgen, vor allem weil er ihr einen Blick zugeworfen hatte, den sie nicht einordnen konnte.

Sie verabschiedeten sich von Hollunder, Sam setzte sich auf den Beifahrersitz und Mathilda fuhr vom Hof. Sam hatte sich, noch immer leichenblass, mit geschlossenen Augen zurückgelehnt.

„Machen Sie das NIE wieder! Hören Sie! Niemals! Haben Sie das verstanden?"

Mathilda sah ihn kurz irritiert an. „Ich soll was nicht? Was war denn überhaupt los? Haben Sie den Kaffee nicht vertragen? Oder ... Moment mal ... hat er sich verraten? Hat er was gesagt?"

„Lassen Sie mich nie wieder mit einem Mörder allein! Sie waren zu meinem Schutz dabei, da können Sie doch nicht so einfach den Raum verlassen! Was haben Sie sich nur gedacht?"

Sein Atem ging wieder schwerer und er nahm ein Pillendöschen aus der Tasche. Er zitterte so sehr, dass er es nicht öffnen konnte. Mathilda hielt an, nahm es ihm ab und gab ihm zwei der rosa Kugeln, die er trocken schluckte.

„Das war das Problem? Dass ich raus gegangen bin? Wir wissen doch gar nicht, ob er der Mörder ist. Ich hab mich mit der Sekretärin unterhalten. Wann und warum hätte er Ihnen denn was tun sollen?"

„Darum geht es nicht. Wir hatten vereinbart, dass Sie die gefährlichen Sachen machen und ich im Hintergrund bleibe. Wenn ich dann schon mal mitkomme, müssen Sie auch da sein. Lassen Sie uns das jetzt bitte festhalten, damit es nicht noch einmal vorkommt."

Mathilda spürte, dass er es ernst meinte und nickte. „Ok, tut mir leid, wird nicht mehr vorkommen. Die Sekretärin sagte, er spielt nicht Golf, sondern geht mit dem Hund auf die Jagd. Allerdings ist sie auch erst seit ein paar Tagen da. Und der Hund war kein Jagdhund, er ist ein Wachhund."

„Stimmt nicht. Er spielt. Zumindest hat er es mal versucht, aber er war nicht gut, deswegen hat er es gelassen. Wenn Sie einbrechen, dann schauen Sie in den Schrank links von der Tür, da sollten die Schläger drin stehen. Und ja, er geht auf die Jagd, das war nicht schwer rauszubekommen. In dem Schrank neben den Schlägern müsste mindestens eine Waffe sein."

„Wie bitte? Woher wissen Sie das alles? Hat er das erzählt?"

„Nein, ich hatte ihn nur gefragt, ob er mal eine Runde spielen will, den Rest hat seine Körpersprache verraten."

„Körpersprache? Sie meinen, so wie Pferde miteinander klären, wer der Chef ist? Und Bienen sich gegenseitig erzählen, wo der Honig ist?"

„So ähnlich. Ich beschäftige mich schon seit früher Kindheit damit. Es ist interessant, man findet immer heraus, wenn jemand lügt, wer einen mag und wer nicht. Eigentlich mehr oder weniger alles."

„Dann hatten Sie nicht viele Freunde."

„Doch, wie kommen Sie darauf?"

„Also, ich halt mich von Leuten, die mich permanent versuchen zu durchschauen und an mir rumdeuteln, fern."

„Brauchen Sie nicht. Sie sind einer der ehrlichsten Menschen, die mir bisher begegnet sind. In ihrer Vergangenheit sind ein paar Dinge schief gelaufen, vermutlich mit Beziehungen, aber im Moment sind Sie mit sich im Reinen. Und Sie finden es gut, mit mir zu arbeiten."

„Lassen Sie das."

„Was?"

„Hören Sie auf, in meinen Kopf zu schauen, sonst sagt Ihnen der ehrlichste Mensch ganz schnell good Bye. Das ist ja gruselig." Sie konzentrierte sich wieder auf den Verkehr. „Ok, was haben Sie noch über Hollunder erfahren?"

„Er ist unsicher, vermutlich weil er so verschuldet ist, deshalb neigt er zu unberechenbaren Handlungen. Er hat einen ungeheuer großen Geltungsdrang und einen Hang zu Brutalität. Die Ursache liegt garantiert in seiner Kindheit."

„Die Ursache ist mir herzlich egal. Alles andere hab ich sogar gesehen. Der Tisch und das Bild waren ja eindeutig."

„Ja und der Hund. Dessen anerzogene Bösartigkeit kompensiert seine Minderwertigkeitskomplexe."

„Natürlich. Ich wüsste ja zu gern, was die herablassende Arroganz meiner Katzen über mich sagt ... nein vergessen Sie es, war ein Scherz, ich will so was nicht wissen. Sonst noch was?"

„Ja, er ist ab morgen bei einem Jagdausflug. Das heißt, ab da haben wir ... ich meine, haben Sie, freie Fahrt und ich muss mich nicht nochmal mit ihm treffen. Welche Freude an diesem trüben Tag!"

21.

Die Flaggen waren gehisst, der Club war vollzählig im Garten versammelt. Der Jahrestag der Verlobung der Queen stand auf dem Programm. Nichts Großes, aber seit dem 70-jährigen Jubiläum konnte man nie wissen, wie oft man diesen Tag noch feiern würde, also kam man zu Scones, Tee und Sekt zusammen. Mathilda wurde überschwänglich begrüßt und setzte sich zu den Damen.

„Da war ein Anruf für dich. Auf unserem Festnetz." Ulla stellte ein Sektglas vor sie auf den Tisch. Auf dem Festnetz riefen sonst nur Mathildas Eltern, Wein- und Goldhändler, diverse Handwerker und Ullas erster Mann an, wenn er Geld brauchte.

„Wer denn? Etwa der Wurm? Den treff ich heute Abend. Ich könnte würgen, wenn ich daran denke."

„Nein, nicht der Wurm. Irgendwer von einem Gnadenhof. Ich glaube, die wollen dir eine Stelle anbieten."

Mathilda kaute nachdenklich auf einem der übrig gebliebenen Gebäckstückchen herum und dachte einen Moment darüber nach. Direkt nach Walthers Ableben wäre das genau das gewesen, was sie gewollt hätte, aber jetzt? Und wer ruft deswegen an? Sie hatte sich nirgendwo beworben oder als arbeitssuchend gemeldet. Vielleicht hatte Ulla was falsch verstanden. Ganz nüchtern war sie nicht mehr.

Mathilda ließ die feiernden Damen im Garten zurück, ging ins kühle Wohnzimmer und rief die Nummer an, die Ulla notiert hatte.

Man wusste sofort, wer sie war und verband sie mit einem Ansprechpartner.

„Sie wurden uns wärmstens empfohlen, als äußerst zuverlässig und vor allem sehr engagiert im Tierschutz. Sie wären Assistentin der Leitung und zuständig für die Unterbringung der Tiere, Koordination von Rettungsaktionen und Kommunikation mit Sponsoren. Außerdem planen wir neue Häuser für befreite und aufgegebene Zirkustiere."

Eine freundliche Frauenstimme beschrieb ihr gerade ihren Traumjob, für den sie nach der Schule ihre linke Pobacke gegeben hätte. Mathilda wurde es schwindelig.

„Wollen wir uns nicht kennenlernen und über die Details reden?"

Das Anwesen war knappe 120 Kilometer entfernt.

„Wer hat mich denn so warm empfohlen?"

„Das weiß ich leider nicht. Einer der Vorstände hat Sie ins Spiel gebracht und woher der die Info hatte, kann ich Ihnen leider nicht sagen."

Mathilda versprach, sich in den nächsten Tagen zu melden. Dann ging sie nachdenklich in den Garten zurück und erzählte Ulla davon.

„Komisch. Zu schön, um wahr zu sein. Meinst du, Walther hat das zu Lebzeiten eingefädelt, weil er möglicherweise aufhören wollte?"

„Das wäre eine Idee. Wer weiß denn noch, dass Walther tot ist und bringt mich damit in Zusammenhang. Michael vielleicht? Nein, der würde ein Riesentamtam darum machen. Außerdem würde er mir nichts Schönes, sondern einen miesen Job besorgen. Schweinezähler auf dem Schlachthof oder Dixiklo-Reiniger. Vor allem, wer macht das heimlich und kommt nicht einfach zu mir?"

Sie grübelte noch eine Weile, während Ulla die angeschickerten Damen verabschiedete, die sich noch am Gartentor darüber stritten, welcher Blaublüter den nächsten Skandal lostreten und welcher als nächster heiraten würde.

„So meine liebe Ulla, jetzt muss ich den Tatsachen ins Auge sehen und den Wurm treffen. Essen gehen. Ich weiß gar nicht, ob ich bei dem Anblick überhaupt was runterkriege."

„Bestell dir einen Grappa und trink ihn dir ... na ja schön geht nicht. So viel Alkohol werden die nicht vorrätig haben, aber trink ihn dir erträglich. Wonach wirst du ihn eigentlich fragen? Seine Mami will doch nur einen Einblick haben, ob der Knabe sich benimmt."

„Wir wollen wissen, was seine Firma macht. Der Laden ist total dubios. Wir bekommen einfach nicht raus, was die da lagern. Wenn das was Illegales ist und Walther das bemerkt hat, dann könnten die ihn auch um die Ecke gebracht haben. In seinen Notizen stand was von mafia-ähnlichen Verhältnissen. Außerdem werd ich ihm klipp und klar machen, dass er keine Chancen hat und mich nicht weiter verfolgen soll."

„Ach Tildchen, ich bin in Gedanken bei dir, egal wie schrecklich der Abend wird. Aber versprich mir, dass du ihm nichts antust."

Mathilda erhob sich seufzend und ging so langsam und schleppend in ihr Zimmer, als ob es ihr letzter Gang auf Erden wäre. Vor ihrem Schrank musste sie sich ernsthaft zügeln, um nicht völlig in Selbstmitleid zu versinken. Dann beschloss sie, die unattraktivsten Sachen, die sie hatte, zu tragen. Das munterte sie ein wenig auf.

Sie fand eine beige Bluse mit weißen Rüschen am Kragen, die ihre Mutter ihr gekauft hatte, sollte sie sich bei seriösen Firmen bewerben. Die, zusammen mit einer gelben Hose konnte durchaus Augenkrebs verursachen. Sie drehte sich vor ihrem in die Schranktür eingelassenen Spiegel, als Ulla hereinkam. Die blieb wie angewurzelt im Türrahmen stehen, schnappte nach Luft wie eine Forelle auf der Wiese und rannte dann mit einem begeisterten Aufschrei in ihr Zimmer.

Das liebte Mathilda so an ihrer Freundin. Sie hatte offensichtlich sofort erfasst, worum es ging. Und Ulla enttäuschte sie auch nicht, sondern kam mit einem ganzen Kleiderbündel auf dem Arm wieder zurück.

„Hier probier das mal an. Das passt dazu." Sie reichte ihr eine einen mint und rosa geblümten Blazer, der ihre Haut sofort ein paar Nuancen blasser erscheinen ließ.

„Und wie wäre es damit?" Ein dunkelblauer Faltenrock aus Ullas schlankeren Zeiten sah auch nicht schlecht aus. Dazu graue Wollstrümpfe und flache Wanderschuhe.

„Ich glaube, wir übertreiben gerade." Mathilda sah skeptisch aus und drehte sich hin und her. Schließlich entschied sie sich für einen senffarbenen Rock mit der beigen Nylonbluse, einer grauen Strickjacke und einem geflochtenen Zopf. Schwarze Nylonstrümpfe und flache Ballerinas rundeten den Look perfekt ab.

„Wenn er sich jetzt an dir vergreifen will, ist er noch gestörter, als er aussieht." Ulla saß mit baumelnden Beinen auf Mathildas ungemachtem Bett und kraulte den Kater, der neben ihr lag.

In der altrosa Handtasche war ein Diktiergerät versteckt, das den ganzen Abend aufzeichnen sollte, da sie sich schlecht Notizen machen konnte. Außerdem ein Pfefferspray, ein Alarmknopf und ein GPS-Sender. Man konnte ja nie wissen. Sam saß im Büro und passte auf sie und alle Verdächtigen auf. Ulla traf Roger und war somit auf einem anderen Stern. Aber sie erwartete am nächsten Morgen einen vollständigen Bericht mit allen unappetitlichen Details.

22.

Mathilda war eine halbe Stunde zu früh, um in Ruhe einen Parkplatz finden zu können, was in dieser Gegend nicht leicht war. Dann inspizierte sie das Lokal von außen durch die großen Fenster, die anderen Gäste und die Hektik der Kellner. Sie betrat den hellen großen Raum mit dem Charme einer Bahnhofshalle. An der Wand gegenüber der Eingangstür hing ein riesiger ausgestopfter Elchkopf.

Als sie das erste Mal hier war, hatte sie sich vom Inhaber bestätigen lassen, dass das Tier nicht von einem Trophäenjäger erschossen worden war. Es war im Kreis seiner Herde friedlich an Altersschwäche verstorben und dann rechtzeitig gefunden wurde, bevor die Verwesung einsetzte.

Alle Tische waren besetzt, und einige Kellner rannten im Slalom darum herum. Zu spät bemerkte sie, dass Peterson schon in einer von draußen nicht sichtbaren Ecke saß und ihr freudig entgegen strahlte. Dass sie so früh war, war eindeutig ein falsches Signal, das sie gesetzte hatte. Er könnte auf die Idee kommen, dass sie es nicht erwarten konnte.

Er sprang auf und lief mit ausgebreiteten Armen auf sie zu. Die Aufregung ließ ihn ein wenig sabbern, das blaue Hemd hatte tellergroße dunkle Flecken im Achselbereich und seine graue Cordhose hing tiefer, als graue Cordhosen hängen sollten. Mathilda stolperte überrumpelt rückwärts und wehrte ihn gerade soeben noch ab. Beinah hätte sie ihm die Handtasche vor die Brust geschleudert, hielt sich aber zurück.

„Du bist auch schon da! Konntest du es nicht erwarten? Komm Baby, setz dich! Kellner? Champagner!"

Der Abend sollte eine Prüfung werden. Der Trick war, sich jetzt bereits zu überlegen, womit sie sich belohnte, wenn sie es schaffte, ohne ausfallend zu werden, das Treffen zu überstehen: eine Massage im besten Wellness-Tempel der Umgebung auf Firmenkosten. Augenblicklich wurde sie ruhiger und hatte Stimme und Tonlage im Griff.

„Ich bin nicht Ihr Baby Herr Peterson. So eine Anrede verbitte ich mir." Dann legte sie freundlich lächelnd die Serviette beiseite und bestellte bei dem herbeiwieselnden Kellner ein Glas Wasser.

„Was denn? So empfindlich, Schatz? Und wir waren längst beim Du! Komm, jetzt verdirb uns nicht den Abend, schließlich warten wir schon seit Tagen darauf. Du doch auch. Was gab es denn so Wichtiges zu tun? Für den Frühjahrsputz ist es ja zu spät. Frauenprobleme?" Er lachte, als ob er wüsste, was er damit meinte. „Übrigens hat meine Mutter die gleiche Bluse."

Treffer. Mathilda war mit ihrer Idee hoch zufrieden.

„Es sieht wundervoll aus. Ich mag den Nylonstoff sehr."

Kein Treffer. Mathilda verfluchte sich, dass sie sich nicht ganz normal angezogen hatte, und zog schnell die Hand weg, weil er nach ihrem Arm griff. Um die Stimmung nicht kippen zu lassen, nahm sie ihr Wasserglas und prostete ihm zu.

„Cheers. Dann wollen wir mal die Karte studieren. Was gibt es denn hier Schönes?"

„Na, das müsstest du doch wissen, du hast das Lokal ausgesucht. Stimmungsvoll finde ich es übrigens nicht und ich bin ja sonst so mehr der romantische Typ. Es hätte ein bisschen schummriger sein dürfen. Aber so ist es auch ok, so seh ich dich besser. Und du mich."

Was kein Gewinn war.

„Ja ... ähm, also, ich hatte viel zu tun in den letzten Tagen. Was haben Sie denn so gemacht, Herr Peterson? Ich weiß ja noch gar nichts über Sie. Was machen Sie denn beruflich?" Schnell stürzte sie das erste Glas Champagner runter, das inzwischen neben dem Wasserglas stand.

Mit der Frage hatte sie ihn offensichtlich aus dem Konzept gebracht. „Ich? Ja also, ich studiere. Wirtschaftsinformatik."

Allein bei dem Wort fielen Mathilda fast die Augen zu. „Ist ja spannend, erzählen Sie doch mal." Sie machte eine mentale Pause, während er redete, und achtete darauf, dass seine Spucketröpfchen nicht ihr Besteck erreichten. Champagner, sie brauchte mehr Champagner. Die Flasche ruhte in einem Kübel Eis auf dem Tisch, und sie bediente sich.

„Ja das hat schon Zukunft. Ich werde gleich mit dem Einstiegsgehalt eine Familie finanzieren können. Weißt du, was du essen willst? Ich schlage vor, wir nehmen die Grillplatte für zwei. Kellner?"

Endlich. Die Chance für einen Themenwechsel.

„Stop, nein, wir sind noch nicht soweit."

„Doch, sind wir."

„Nein, sind wir nicht. Ich bin Vegetarierin und würde gern selbst auswählen, was ich esse."

„Ach komm, da kannst du doch mal eine Ausnahme machen."

„Ich esse keine toten Tiere. Ohne Ausnahme. Nie."

„Auch nicht an Weihnachten?"

„Auch nicht an Weihnachten. Und nicht an Ostern, an Pfingsten, an Muttertag und zu Silvester auch nicht."

„Das ist nicht gesund. Wenn du mal schwanger bist, musst du aber Fleisch essen. Und wenn du stillst auch."

„Herr Peterson, ich möchte mich nicht mit Ihnen über meine Familienplanung unterhalten."

„Warum nicht? Damit kann man gar nicht früh genug anfangen. Verabscheust du Kinder?"

„Nein! Natürlich nicht! Kann ich jetzt bitte die Gemüselasagne bestellen?"

„Na gut. Ich nehme ein Steak. Englisch. Und du darfst mal probieren. Dann siehst du mal, was dir entgeht."

Mathilda entschuldigte sich und ging zu den Waschräumen. Eine Massage würde nicht ausreichen, um sie für diesen Abend zu entschädigen. Einige Saunagänge, um das Erlebnis auszuschwitzen, kämen auch noch dazu.

Sie wusch sich mit kaltem Wasser die Hände und sah beim Blick in den Spiegel nicht die Bluse an. Bloß keinen Streit anfangen. Noch nicht. Sie musste erst herausbekommen, was es mit der Firma auf sich hatte.

Sie atmete tief die warme, muffige Luft ein und ging zurück zu ihrem Tisch. Peterson beobachtete jeden ihrer Schritte mit einem Blick, als ob sie nackt wäre und auf sein Bett zu käme.

„Der Rock steht dir gut. So weiblich, er betont deinen Hintern so schön." Er beugte sich vor und zwinkerte ihr zu.

„Ja, danke. Was machen Sie denn in Ihrer Freizeit? Haben Sie Hobbys?"

Er ließ sich enttäuscht, da sie nicht auf seinen Flirtversuch einstieg, zurücksinken und seufzte tief. „Ich hab für Hobbys keine Zeit. Mein Studium ist sehr aufwendig, ich arbeite noch nebenbei, um mir solche Abende, wie diesen hier, leisten zu können und – ja warum soll ich es nicht erzählen – ich mache einmal pro Woche eine Therapie. Und wenn mir dann Zeit bleibt, geh ich ins Kino oder spiele Blockflöte."

Mathilda verschluckte sich an ihrem dritten Glas Champagner. Therapie oder Job? Wonach würde jemand Unvoreingenommenes zuerst fragen? „Oh, wozu brauchen Sie denn eine Therapie? Hatten Sie ein traumatisches Erlebnis?"

„Interessante Frage. Ich weiß es eigentlich nicht, ich weiß nur, dass ... es fällt mir schwer, darüber zu reden, aber wir sollten von Anfang an ehrlich miteinander sein. Ich uriniere manchmal nachts ins Bett. Und was soll ich sagen? Es ist mir noch nicht einmal unangenehm. Das Gefühl der plötzlichen Wärme ... Sie sollten es mal probieren. Wenn ich eine Partnerin hätte, mit der ich dieses Wohlgefühl teilen könnte, wäre ich im Himmel."

Er machte eine kleine Pause und lächelte in sich hinein bei der Erinnerung. „Aber das ist kein Muss. Außerdem hasse ich meine

Mutter. Ich glaube, das ist nicht so schlimm. Seit ich finanziell von ihr unabhängig bin, habe ich nicht mehr das Bedürfnis, sie zu töten. Man könnte das Problem also vernachlässigen.

Du siehst, du wirst die Lösung für mich sein. Auf ganzer Linie. Ich sehne ich sehr nach Nähe und Zärtlichkeit. Nach dir."

Inzwischen flüsterte er nur noch. Speichel sammelte sich weiß und ein bisschen schaumig in seinen Mundwinkeln. Seine Nase glänzte feucht.

Mathilda musste ein gequältes Stöhnen unterdrücken. Sie rückte so weit von ihm ab, wie es die Situation erlaubte und schlug die Beine übereinander, was sie sonst nie tat. „Ach ja wirklich, na das ist ja mal eine Offenbarung." Sie räusperte sich.

„Stößt dich das ab?"

Jetzt nichts Falsches sagen, aber was konnte auf die Frage das Richtige sein? „Naja, der Gedanke ist gewöhnungsbedürftig und etwas ungewöhnlich."

„Ich wußte, dass du Verständnis haben würdest! Ich wusste es vom ersten Moment an! Als du ins Kino kamst und so aufregend geduftet hast!"

Oh mein Gott, wo war der Ausweg?

„Was machen Sie denn für einen Job, der Ihnen solche Ausgaben ermöglicht? Sie tragen ja auch sehr moderne Kleidung." Champagner. Mehr Champagner. Sie fühlte, wie sich ihre Wangen röteten.

„Ich erledige die Computerarbeit für eine Importfirma. Lagerverwaltung, Buchhaltung, Ablage, Korrespondenz und so weiter. Das sind Chinesen, die haben ja keine Ahnung, wie das bei uns läuft."

„Chinesen? Was importieren die denn so? Plastikspielzeug? Elektronik?"

„Nein, viel besser. TCM, Traditionelle Chinesische Medizin. Aber nicht das schlaffe Zeug, was man hier darunter versteht, sondern die richtigen Medikamente, die auch wirken. Gegen Krebs, AIDS, Diabetes, gegen alles. Aber die Pharmafirmen hier sorgen dafür, dass die Mittel nicht zugelassen werden, weil das ihnen das Geschäft verderben würde."

„Echt? Was ist denn da drin, was hier verboten ist?"

„Alles Mögliche. Bärengalle, Tigerknochen, Nashorn, solche starken Sachen. Ich könnte über die aber noch ganz anderes Zeug besorgen. Für dich. Ich glaube, du würdest traumhaft aussehen, in einem Schneeleopardenmantel. Oder auf einem ..."

Mathilda hörte nichts mehr. Ihr Blut rauschte in ihren Ohren. Die Wirkung des Champagners war wie weggeblasen.

Nashornhörner, sie hatte Nashornhörner gesehen, die auf den Boden fielen, als sie das Firmengelände beobachtet hatte. Vor ihren Augen sah sie 30, 40 tote Nashörner, denen das Horn abgesägt worden war und wo ein blutiger Stumpf übrig blieb.

Sie war kurz davor, das Lokal fluchtartig zu verlassen als das Essen kam und sie in die Realität zurückholte. Schwer atmend saß sie vor dem Teller und verdrängte die Bilder aus ihren Gedanken.

Peterson sah sie besorgt an. „Ist dir nicht gut?"

Er war bereits halb aufgestanden und streckte die Arme nach ihr aus, als sie sich wieder im Griff hatte.

„Nein, nein, geht schon. Alles in Ordnung. Ich bin nur etwas überarbeitet."

Zögernd ließ er sich nieder. „Wie wird es denn jetzt weitergehen mit uns beiden? Hier, nimm doch. Das bringt dich wieder auf die Beine."

Er packte ihr ein großes Stück halb rohes, blutiges Rindfleisch auf den Teller, das sofort die weiße Soße der Lasagne rosa färbte, ein Anblick, der Mathilda Wochen verfolgen würde.

Sie legte ihr Besteck beiseite und ihre Serviette auf den Teller, dessen Inhalt sie noch nicht angerührt hatte.

„Mit uns geht gar nichts weiter, Herr Peterson. Ich möchte Sie bitten, mich nie mehr anzurufen oder mir zu schreiben, und mich auf keinen Fall zu besuchen. Sie finden bestimmt die richtige Partnerin, dazu wünsche ich Ihnen alles Glück der Welt.

Aber ich bin das ganz sicher nicht." Sie hatte gehofft, sich damit verabschieden und gehen zu können und griff nach ihrer Tasche.

Peterson, saß wie vom Donner gerührt vor ihr, den Mund mit einem angekauten Stück Fleisch mit Pommes Frites halb offen und sah aus wie vom Traktor angefahren.

„Wie war das? Du kannst doch jetzt nicht gehen. Stop, setz dich sofort wieder hin." Er war lauter geworden und andere Gäste drehten sich nach ihnen um. Als sie nicht reagierte, sondern ihre Jacke anzog, wurde er etwas leiser.

„Bitte. Bitte setz dich hin. Wie kommt das denn so plötzlich?"

Um den Aufruhr zu vermeiden, setzte Mathilda sich noch einmal auf die Kante eines Stuhls. „Verstehen Sie mich nicht falsch, aber wir passen nicht zusammen. Ich will überhaupt keine Beziehung und ich habe kein weiteres Interesse. Ich traf mich heute Abend mit Ihnen, um genau das zu sagen."

„Quatsch, wir haben uns unterhalten."

„Ich wollte nicht mit der Tür ins Haus fallen. Können wir es jetzt bitte dabei belassen? Sie werden mich nicht überzeugen."

„Du hast mich hinters Licht geführt, du Schlampe. Ausgenutzt hast du mich!" Er wurde wieder lauter und Pommesbröckchen flogen aus seinem Mund über den Tisch.

Mathilda stand auf und ging. Ihrem Kellner drückte sie einen 50 Euro Schein in die Hand, um ihr nicht angerührtes Essen und ihre Getränke zu begleichen. Im Hintergrund hörte sie Peterson weiter schimpfen, immer lauter und ausfallender. Dann rannte sie auf die Straße und rief mit zitternden Fingern die Büronummer auf.

Sam ging dran.

„Bitte holen Sie mich ab! Schnell! Ich hab was getrunken und kann nicht fahren."

„Bin schon unterwegs. Ist was passiert?"

„Erzähl ich Ihnen später. Wollen Sie denn gar nicht wissen, von wo?"

„Haben Sie den Sender in ihrer Handtasche vergessen?"

„Ok, dann kann ich also weg von hier. Ich muss jetzt rennen, um nicht zu explodieren. Haben Sie eine Couch oder ein Gästezimmer?"

„Hm, ja warum?"

„Ich werde heute Nacht bei Ihnen schlafen."

Kurze Zeit später saß sie atemlos neben ihm und sie fuhren zu Walthers ehemaligem Haus, in das Sam eingezogen war. Mathilda ging gleich durch das großzügige Wohnzimmer, das so aufgeräumt und sauber wie nie zuvor war, auf die Terrasse und ließ sich auf einen bequemen Rattansessel fallen. Sam brachte ihr ein Glas Wasser. „Jetzt erzählen Sie doch schon, was ist passiert? Ist er etwa der Mörder?"

„Nein, das wär ich beinahe geworden. Er ist nur ein Widerling. Der Laden, bei dem er arbeitet, der könnte durchaus damit zu tun haben. Aber ganz egal ob, oder ob nicht. Ich werde dafür sorgen, dass die Bude geschlossen wird und wenn es das Letzte ist, was ich in meinem Leben mache."

Ihre Finger verkrampften sich so sehr um das Glas, dass Sam es ihr aus der Hand nahm, auf dem niedrigen Tisch abstellte und sich aufmerksam vorbeugte, um die ganze Geschichte zu hören. Mathilda erzählte und als sie endete, sank Sam in seinen Sessel zurück und atmete hörbar aus. „Wow. Das war ja mal ein ereignisreicher Abend. Ich glaube, Sie haben sich keinen Freund gemacht." Als er Mathildas Blick bemerkte, fügte er noch hinzu: "Aber Herr Peterson auch nicht. Und diese Importfirma sollten wir gleich der Polizei melden."

„Nein, auf keinen Fall! Wir haben keine Beweise. Die schicken nur jemanden los, der da mal klingelt und fragt, ob alles ok ist. Die haben genug Zeit, die Sachen zu verstecken. Und sind gewarnt, dass ihnen jemand auf der Spur ist.

Und so sauer, wie der Wurm heute Abend war, verdächtigt der mich sofort und liefert mich denen ans Messer.

Außerdem können wir ihnen dann nicht mehr den Mord an Walther nachweisen. Nein, ich will die richtig hochgehen lassen. Wir müssen Beweise sammeln. Vielleicht finden Sie ja was im Netz. Sie können die Nummern der Autos, die dort nachts halten, notieren, wir könnten das eine oder andere mal verfolgen. Notfalls brech ich da auch ein und mach Fotos. Los, denken Sie mal mit!"

„Ja. Natürlich. Das klingt aber alles wirklich sehr riskant. Wenn die mit solchen Werten illegal handeln, schrecken die vor nichts zurück. Die werden Sie nicht mal eben mit einem Handkantenschlag zu Boden schicken."

„Ich schicke nie jemanden mit ... ach egal. Ja, ich kann mir vorstellen, wie gefährlich die sind. Aber glauben Sie wirklich, dass mich das abhält? Soll ich Ihnen mal schildern, wie Bärengalle gewonnen wird? Die Bären werden in kleine Käfige gesperrt und dann wird denen zweimal am Tag durch die Bauchhaut eine Metallkanüle gestoßen, um die Galle abzuzapfen und ..."

„Ok, ok, es reicht! Ich denke mit, und ich tu mein Bestes um alle hinter Gitter zu bringen." Sam holte ein Tütchen mit einem weißen Gel aus der Hosentasche, schüttete es in Mathildas Wasser und trank es mit einem Zug aus.

„Geht doch. Könnte ich bitte ein neues Glas haben?"

Sam ging in die Küche und Mathilda entspannte sich ein bisschen. Sie wusste jetzt, was dort passierte, und sie hatte die Chance, etwas dagegen zu unternehmen. Das fühlte sich verdammt gut an.

23.

„Haben Sie eigentlich in dem Stapel mit den potenziellen Erpressungsopfern jemanden gefunden, der infrage kommt?" Mathilda schmierte sich etwas Marmelade auf das klebrige Vollkornbrot und rätselte, was in Sams Schüssel war, das er ohne Begeisterung in sich hineinschaufelte. Es war ein warmer grauer Brei mit kleinen Klumpen, roch ein bisschen nach ungelüfteter Bettwäsche und zog Fäden, wenn er einen Löffel davon anhob.

„Ja, zwei sind wirklich interessant. Die anderen sind, glaub ich, raus. Ich werde die heute alle noch mal durchgehen, das war nur die erste Sichtung. Aber mal was ganz anderes." Er stocherte in dem Brei, als ob er einen Tresorschlüssel darin verloren hätte.

„Ich hab einen Anruf erhalten, der mir keine Ruhe lässt."

Mathilda legte ihr Brot zur Seite und sah ihn aufmerksam an.

„Ich bekam gestern den Anruf eines Headhunters, mit dem Angebot für eine Pharmafirma zu arbeiten. Für ein astronomisches Gehalt. Es geht um Psychopharmaka, also genau das Gebiet, was mich am meisten interessiert."

„So einen Anruf hab ich auch bekommen! Von einem Gnadenhof! Ein Traumjob!"

Sam nickte. „Das hab ich mir gedacht. Was glauben Sie, was es damit auf sich hat? Haben Sie eine Theorie?"

„Eine Theorie? Nein, irgendjemand weiß, dass Walther tot ist und glaubt, ich sei arbeitslos."

„Ein Traumjob für jeden von uns? Gleichzeitig?" Er schüttelte den Kopf und schob die halb volle Schüssel weg. „Das ist kein Zufall. Das ist unser Mörder."

Mathilda räumte den Tisch ab. „Unsinn, wie kommen Sie denn darauf? Ok, ist schon seltsam, aber warum sollte er das machen? Das ist ja, wie mit Wattebäuschchen werfen. Was kommt als nächstes? Ein Lottogewinn? Wenn das stimmt, warte ich mal auf das folgende Angebot."

„Ich finde das nicht so harmlos wie Sie." Sam räumte die Spülmaschine ein und holte Obst und Gemüse aus dem Kühlschrank. Mathilda beobachtete ihn interessiert.

„Er will uns damit etwas sagen. Er kennt uns beide ganz genau. Er weiß, was wir uns wünschen und er weiß, dass wir an ihm dran sind. Damit macht er uns ein Friedensangebot. Wir können die Jobs annehmen, dann lässt er uns in Ruhe und wir sind raus aus dem Detektivspiel."

Sam stopfte alles, was grün war, in einen Mixer, füllte ein bisschen Wasser dazu und schaltete ein. Es war lauter als ein Presslufthammer. Als er die Maschine wieder ausschaltete, schwappte eine dunkelgrüne Suppe in dem Krug. „Smoothie?"

Er holte zwei Gläser aus dem Schrank und stellte, bevor sie ablehnen konnte, eins davon vor sie auf den Tisch.

„Und wenn wir nicht annehmen, sondern weitermachen?" Sie roch vorsichtig an dem Glasinhalt. Der Geruch erinnerte sie an die Pellets, die sie als Kind ihren Kaninchen gegeben hatte.

„Dann wird er uns erneut beweisen, dass er uns kennt, aber beim nächsten Mal nicht so freundlich. Es wird ihn einiges an Mühe gekostet haben, so gute Angebote für uns zu finden."

„Glaub ich nicht. Hollunder kannte uns nicht, als wir dort waren. Er scheint auch nicht die hellste Kerze auf der Torte zu sein. Die chinesischen Importeure haben dafür nicht die Kontakte und woher sollten die uns kennen.

Der Wurm ist zwar nicht dumm, aber der hat andere Interessen. Höchstens noch die beiden aus dem Stapel, den Sie durchgesehen haben. Also, ich würde sagen, das ist eine Theorie, ok, aber die, die wir die ganze Zeit im Visier hatten, sind als Mörder verdächtiger."

Sam, der gerade mit Gummihandschuhen und einer Spray-Flasche dabei war, die Küche zu desinfizieren, sah sie entrüstet an. „Das ist nicht einfach nur eine Theorie. Ok, Sie sind jetzt noch mit den Informationen der letzten Nacht beschäftigt. Ich behalte das für uns beide im Auge und überleg mir, wie wir darauf am besten reagieren."

Er wischte weiter, als befürchte er einen Ausbruch der Cholera. Dann hielt er plötzlich inne. „Oder wollen Sie das Angebot annehmen? Das würde natürlich alles ändern. Seien Sie ganz ehrlich bitte. Sie wären außer Gefahr und hätten ein geregeltes Gehalt."

Mathilda grinste. „Niemals. Was ich gegen diese Importeure machen kann, hilft viel mehr Tieren als in dem Heim. Die finden jemand anderen. Und Sie? Astronomisches Einkommen? Nichts für Sie?"

Sam seufzte resigniert. „Das war immer mein Traum. Ein sicherer Job, der mir Ansehen und Renommee bringt. Ich hab mich schon als Chirurg gesehen."

Er sah auf seine Hände. „Und als das nicht ging ... ich kann Ihnen gar nicht sagen, wie unendlich nutzlos ich mich gefühlt habe. Monatelang. Onkel Walther meinte es nur gut mit mir, als er mich unterstützte, aber das verstärkte es noch. Ich bekam eine handfeste Depression und weiß nicht, wie lang das noch so weitergegangen wäre. Damit ist nicht zu spaßen, glauben Sie mir."

Mathilda schüttelte den Kopf. „Hatte ich auch nicht vor."

„Mit den Herausforderungen, die wir haben, geht es mir wesentlich besser. Adrenalin kann genauso süchtig machen wie Alkohol. Zumindest mich. Ich kann jetzt die Extremsportler ein bisschen verstehen. Man fühlt sich lebendiger. Etwas, das einem die Depression nimmt."

„Wann hatten Sie denn einen Adrenalinstoß? Sie vermeiden doch alle Gefahren."

„Immer, wenn Sie was Verbotenes tun. Das reicht mir schon."

„Das werden wir aber nicht dauernd haben, das meiste ist langweilig."

Sam lachte. „Langweilig? Niemals Frau Rosenberg, nicht mit Ihnen. Sie würden selbst den Dalai Lama aus der Fassung bringen. Die Arbeit für das Pharmaunternehmen wäre interessant gewesen und sicher. Angesehen und abwechslungsreich, keine Frage. Jedoch weiß ich auch, dass das kein Dienst an der Menschheit ist, sondern knallhartes Geschäft. Ich hätte alte Medikamente mit neuen Namen an den Mann und die Frau gebracht. Und das nicht immer zu deren Besten. Vor zwei Wochen wär mir das egal gewesen, aber jetzt ..."

„Ein Dienst an der Menschheit ist das auch nicht, was wir machen. Sobald Hollunder im Knast sitzt und mit dem Chinesen dort frühstückt, haben wir Tagesgeschäft. Fremdgänger, Unterhaltsachen, Blaumacher fotografieren.

Apropos Unterhalt. Was haben Sie denn jetzt mit der arbeitenden Mutti vor? Wenn Sie der sagen, dass sie ihr helfen wollen, den Klienten zu belügen, spricht sich das schneller rum, als ein Freibierabend in der Dorfkneipe. Ich glaube nicht, dass wir dann noch sehr gefragt sind."

„Dessen bin ich mit durchaus bewusst. Ich hab ihren Ex-Mann sich selbst verraten lassen, wenn man so will."

„Ach, wie das denn? Hypnose?"

„Nein, das beherrsch ich zwar auch, wäre aber in dem Fall nicht angebracht. Ich hab die junge Mutter in das Spa eingeladen, das von der neuen Freundin ihres Exmannes regelmäßig besucht wird. Die Massageliegen sind nur durch einen Vorhang voneinander getrennt und so lagen die beiden Frauen nebeneinander, ohne sich zu sehen, aber sie konnten sich hören. Ich hab dann kurz den Masseur vertreten und die neue Freundin unter den Händen gehabt." Er sah jetzt lächelnd auf seine Hände und räusperte sich verlegen.

„Was haben Sie mit ihr gemacht um Gottes willen?"

„Nichts Schlimmes, schauen Sie mich nicht so an! Aber die menschliche Anatomie ist mir nicht fremd, ich weiß, wie man massiert, dass es sich anfühlt wie im Himmel. Medizinisch völlig sinnlos, doch sehr angenehm. Ein bisschen Konversation, wie verspannt man doch sei, dass das auf Beziehungsprobleme hindeuten würde, und schon redete die Dame wie ein Wasserfall, auch von dem Detektiv, den ihr Liebster seiner Ex hinterherschickt. Wenn ihr Freund ihr mehr zuhören würde, wäre sie nicht so gesprächig. Jedenfalls hat auch die Exfrau nebenan alles mit bekommen und sich gegen Ende kurz zu erkennen gegeben."

„Raffiniert. Die Freundin bekommt eins auf den Deckel, die Exfrau wird nicht mehr bespitzelt und unsere Rechnung wird trotzdem bezahlt. Sie sind ja brauchbarer als gedacht."

„Wie bitte?"

„Entschuldigung. Am Anfang dachte ich, Sie wollten nur im Büro sitzen und mich bemuttern."

„Ich will mich nicht in Gefahr begeben. Das ist alles."

Sam war ein bisschen eingeschnappt.

„Nehmen Sie es als Kompliment. So, ich mach mich dann mal auf und fahr nach Hause. Mal sehen, was der Wurm macht. Der wird sich schon gemeldet haben. Danke für das Gästebett, ich konnte ihn gestern Abend nicht weiter ertragen und er hätte mit Sicherheit keine Ruhe gegeben." Sie packte ihre Handtasche, fuhr sich mit den Fingern durch die Haare und wollte gehen.

„Warten Sie, ich fahr Sie zu ihrem Auto. Kommen Sie vor dem Einbruch bei Hollunder noch mal ins Büro?"

Mathilda grinste. Sam war schon deutlich cooler geworden. Die neuen Fachbücher lagen wahrscheinlich schon beim Altpapier. Im Auto schaltete sie ihr Handy wieder ein. Ihre Kopfhaut kribbelte und Magensäure stieg langsam hoch. 56 Nachrichten und 124 verpasste Anrufe. Wortlos zeigte sie ihrem Fahrer das Gerät.

„Sie brauchen eine neue Nummer, ich muss Sie ja erreichen können. Ich kümmer mich darum. Konzentrieren Sie sich auf den Abend."

„Danke."

Sie schloss die Augen und versuchte zu verdrängen, was ihr da noch alles bevorstand. Sam fuhr dreimal langsam an ihrem Auto vorbei, damit sie nachschauen konnten, ob Peterson irgendwo schon auf sie wartete, aber die Luft war rein.

24.

Als sie das Haus durch die Hintertür betrat, ließ Ulla vor Schreck die Katzenfutterdose auf den Boden fallen. Das bemerkte Mathilda aber nur am Rande. Auffallender waren die Rosensträuße und -gestecke, die überall im Raum verteilt standen, in allen Rot-Schattierungen, die der Blumenhandel zu bieten hatte.

„Du scheinst ihn ja sehr beeindruckt zu haben, letzte Nacht." Ulla hatte sich wieder gefangen und kämpfte nun mit den Tränen, die vor lauter unterdrücktem Lachen in ihre Augen stiegen. Ihre Stimme klang kratzig und ein wenig atemlos. Ein Hustenanfall schüttelte sie und sie drehte ihr den Rücken zu. Mathilda war sprachlos.

Nur langsam sickerte durch, was ihre Freundin meinen könnte. Sie hatte abends eine Verabredung, tauchte erst am nächsten Vormittag wieder auf und bekam rote Rosen geschickt. Viele rote Rosen.

„Uah, Ulla, du glaubst doch wohl nicht ... Boah hast du eine schmutzige Fantasie. Das ist ja eklig! Ich dachte, das sind deine!" Ein Würgereiz machte sich in ihrem Hals breit.

Mit Ullas Selbstbeherrschung war es vorbei. Sie lachte so laut, dass die Katzen, die das Futter vom Boden und aus der Dose geschleckt hatten, panisch das Weite suchten.

Zwischen all den Blumen steckte auch ein Briefumschlag. Mathilda traute sich kaum, ihn zu öffnen. Sie wollte nicht wissen, was da drin stand. Ihre Neugier siegte aber, und auf einem fliederfarbenen Bogen Büttenpapier war eine wortreiche Entschuldigung zu lesen, für den gestrigen Abend. Dafür, dass er ihr das Fleisch auf den Teller gelegt hatte und dafür, dass er laut geworden war. Vor allem für seine letzten Sätze, die sie gar nicht mehr mitbekommen hatte.

Und er wollte sie unbedingt sehen und alles wieder gut machen und ihr ein Geschenk überreichen und sie auf Händen tragen und seine Therapie weitermachen, wenn es das war, was sie gestört hatte und so weiter und so weiter.

Mathilda schob die atemlose Ulla auf die Couch, hockte sich mit einem Kaffee dazu und erzählte auch ihr ausführlich vom vergangenen Abend. Das führte zwar erst mal zu einem erneuten Lachanfall, aber dann wurde sie sehr ernst, als der Teil mit den Nashörnern und der Bärengalle kam. Ein rotes Tuch für jeden Tierfreund, und der engagierten Ulla blieb vor Wut die Luft weg.

„Und dann hab ich bei Sam im Gästezimmer übernachtet. Du warst ja bei Roger und allein wollte ich auf keinen Fall hierbleiben. Wer weiß, was dem noch alles eingefallen ist, was wir nicht mitbekommen haben."

„Er hat vor der Haustür geschlafen." Ulla klang schon wieder etwas erstickt. „Haben die Nachbarn gleich als erstes erzählt, als ich heute Morgen gekommen bin. Hedwigs von gegenüber haben ihn dann um sechs gebeten zu gehen. Zuerst dachten sie, er sei ein Obdachloser. Aber als sie ihn geweckt haben, haben sie gesehen, dass er dafür zu teuer angezogen war."

„Komisch, alle erkennen so was, nur ich nicht."

„Ist doch egal, es gibt Wichtigeres. Jedenfalls kamen kurz danach die ersten Blumen an. Laut Frau Hedwig ist er noch ziemlich lang da stehen geblieben. Die Rosen hat er wohl online bestellt. Er war ständig mit seinem Handy beschäftigt, sagte sie. Und sie fand das ganz toll, so romantisch, dass es ihr ans Herz ging."

„Dann soll sie sich mit ihm zusammentun. Er hält sich auch für romantisch. Komm, hilf mir mal, den Kram draußen auf den Komposthaufen zu werfen."

„Das kannst du doch nicht machen!"

„Doch, kann ich. Aber wenn du willst, schenk die Riechbesen Frau Hedwig oder bring sie auf den Friedhof. Ich will die Dinger hier jedenfalls nicht haben!"

Entschlossen packte Mathilda so viele Sträuße, wie sie umfassen konnte, nicht ohne Verwünschungen, weil sie sich an den Dornen verletzte und ging, von Charles gefolgt, in den Garten. Ulla kam mit zwei Gestecken hinterher, platzierte sie aber erst mal auf dem Gartentisch und begutachtete die Wirkung. Mathilda kam vom Kompost zurück und setzte sich neben sie auf die Bank.

„Der wird noch eine Menge Ärger bringen." Sie sah auf ihr lautlos geschaltetes Handy. 118 Nachrichten und 221 verpasste Anrufe. „Sam besorgt mir eine neue Nummer und wehe dein Lover verrät sie wieder irgendwem!"

„Wird er schon nicht. Das war ihm im Nachhinein ganz schön peinlich." Ulla zog ein paar Stiele aus einem der Gestecke und platzierte sie um.

Mathilda zog auch einen heraus und knibbelte die Dornen ab. „Wie geht's denn mit euch zwei Turteltäubchen?"

„Es ist wie ein Wunder!" Ulla schloss die Augen, roch an der Rose in ihrer Hand und lächelte selig. „Ich fühl mich wie ein Teenager, und er ist ganz verrückt nach mir! Dass mir das noch mal passiert, hätte ich mir ja nicht träumen lassen."

„Echt nicht? Du hattest doch dauernd irgendwelche Lover. Auch schon bevor wir uns kannten. Warst du eigentlich jemals länger als drei Monate allein?" Mathilda schnüffelte ebenfalls an ihrer Rose, die aber so neutral roch, wie ein Eiswürfel.

„Drei Monate? Um Himmels willen nein. Aber die Herren davor waren nur, wie soll ich sagen? Es ist auf jeden Fall was anderes. Es geht tiefer, weiter ... es ist phantastisch."

Mathilda nahm ihre Freundin in den Arm und drückte sie fest an sich.

„Ich freu mich für dich! Demnächst unternehmen wir mal was zusammen, ich würde ihn gern etwas besser kennenlernen."

Ulla strahlte sie an und steckte ihre Blume zurück ins Gesteck. „Machen wir. Ich organisier uns eine Grillparty! Wird eh mal wieder Zeit! Wozu haben wir sonst den Garten. Werd aber erst mal deinen Wurm los, der wird sich noch zum Stalker entwickeln, wenn du nicht aufpasst. Wie geht es denn jetzt weiter?"

„Ich brech heute Abend erst mal bei Hollunder ein und schau nach den Golfschlägern. Sam ist davon überzeugt, dass er welche hat, und hat eine Vermutung wo. Ich seh mich da auf jeden Fall mal um. Hollunder ist bei einer Jagd, der wird nicht auftauchen. Seinen Hund hat er auch dabei. Also fast freier Zugang.

Wir haben dann die Sicherheit, ob er Walther auf dem Gewissen hat. Mit den Unterlagen, die wir haben und dem Angebot, das er Sam geschrieben hat, haben wir außerdem hieb- und stichfeste Beweise gegen ihn und der Bericht für seinen Chef geht raus. Damit ist das abgeschlossen." Mathilda klopfte mit der Rose auf den Tisch.

„Wie du das sagst: Ich brech heute Abend erstmal bei Hollunder ein. Als ob du zu einer Verabredung mit deinem Steuerberater gehen würdest. Nimm das nicht auf die leichte Schulter."

Ulla schüttelte missbilligend den Kopf und steckte eine weitere Blume um. „Und damit habt ihr den Mord nicht aufgeklärt! Ich mein, Walther war kein Heiliger, aber du wolltest das doch übernehmen, oder?"

„Wenn die Golfschläger die sind, die ich vermute, dann war er der Mörder. Er hat alles: Motiv, Gelegenheit, die Tatwaffe. Die Polizei wird uns immer noch nicht glauben, aber das ist egal. So, wie er sich verschuldet hat und vor allem bei wem, ist er geliefert. Der bekommt nie wieder ein Bein auf den Boden. Das hab ich zu Ende gebracht und das ist meine Rache für Walther. Und keine Sorge, ich nehm das nicht auf die leichte Schulter." Die ersten Rosenblätter flogen auf den Tisch.

„So sicher bist du, dass er das war?"

„Ja, absolut. Und dann! Dann kümmer ich mich um diesen Importladen und glaub mir, ich lass da nicht locker, bis der ganze Laden restlos von der Bildfläche verschwunden ist, mitsamt den Hintermännern." Sie rupfte die Blüte auseinander, dass die roten Blätter in alle Richtigen stoben.

„Gut so. Lass mich wissen, wenn ich dir helfen kann! Denen muss dass Handwerk gelegt werden, das geht ja gar nicht. Sollen wir alle, der Club und der Tierschutzverein, mal die Transporter verfolgen? Oder abwechselnd den Laden beobachten? Ich würde wahnsinnig gern da mithelfen und die anderen bestimmt auch." Ulla hatte sich eine kleine Astschere gegriffen und voller Wut angefangen, einen Buchsbaum unkontrolliert zu kürzen.

Mathilda schüttelte den Kopf. „Nein lieber nicht. Wenn so viele mitmachen, passieren schneller Fehler. Immer wenn Leute was Illegales machen, was mit einer Menge Geld und hohem Risiko verbunden ist, sind sie richtig gefährlich. Das hab ich von Walther gelernt. Aber danke, sobald ich dich brauche, sag ich sofort Bescheid. Da ist noch was."

Und dann erzählte sie ihr von den Jobangeboten. Von ihrem und auch von Sams. „Hast du eine Ahnung, wer dahinter stecken könnte? Sam glaubt, der Mörder. Er würde uns damit mitteilen wollen, dass er uns kennt und eine Chance geben, in Frieden zu gehen. Was meinst du?"

Ulla, die in der Zwischenzeit den Buchsbaum im oberen Viertel in eine kugelige Form geschnitten hatte, hielt inne.

„Ein Mörder macht Jobangebote? Davon hab ich noch nie gehört. Nein, das werden deine Eltern sein, oder irgendjemand aus Sams Umfeld." Sie schnitt nachdenklich weiter. „Kümmer dich jetzt um Hollunder und dann um den Chinesen. Die sind wichtiger."

Inzwischen hatte der Buchs eine nicht mehr jugendfreie Form.

Es klingelte und noch bevor sie an der Tür waren, wussten sie, wer davor wartete: Peterson. Mathilda rannte die Treppe hoch und ihre Freundin öffnete. Er war gar nicht erst am Gartentor stehen geblieben, stattdessen stand er direkt vor der Haustür. Er trug frische Sachen, sein Blick fand keinen Punkt, sondern irrte am Boden umher.

Ulla war nicht amüsiert. „Wer sind Sie und was machen Sie hier? Klingeln Sie gefälligst vorne am Tor!"

„Hallo, ich muss zu Mathilda. Sie ist da, oder? Ich will sie sofort sehen!" Er war kurz davor, sich an Ulla vorbei zu drängen, aber die stand wie ein Fels in der Tür und schob ihn nach draußen. „Verschwinden Sie, Mathilda ist nicht da und wenn sie zurückkommt, möchte sie Sie nicht antreffen. Das hat sie Ihnen doch gesagt."

„Lassen Sie mich rein, ich muss mit ihr sprechen!" Peterson sah ihr nicht in die Augen, sondern versuchte nur, die Tür wieder aufzudrücken und an ihr vorbeizugehen. Schließlich gelang es Ulla, die Tür ins Schloss zu stoßen und zu verriegeln. Er klopfte noch Minuten ohne Pause dagegen und gab dann auf. Selbst wenn das Haus sehr alt war, die Tür war neu und das Beste, was als Sicherheitsbollwerk auf dem Markt zu haben war. Auch die Fenster sahen nur aus, wie zum Fachwerk passend. Sie bestanden aus Sicherheitsglas. Wenn er also gewaltsam rein wollte, dann musste er sich durch das Mauerwerk graben. Trotzdem atmete Ulla schwer und suchte das Telefon, um die Polizei zu verständigen. Sie beschrieb kurz, was vorgefallen war und legte auf. Mathilda war in der Zwischenzeit wieder runtergekommen und sah vorsichtig aus dem Fenster. Peterson stand jetzt auf der gegenüberliegenden Straßenseite und beobachtete das Haus.

„Das machen wir demnächst anders." Sie drehte sich zu Ulla, die sich einen Whiskey eingeschenkt und in einem Zug runtergestürzt hatte. „Wenn er noch mal kommt, kümmere ich mich um ihn. Und zwar nachdrücklich."

„Mal sehen." Ulla hatte sich wieder im Griff. „Für heute Abend frag ich mal Robbi, ob er nicht ein paar Mal hier vorbeilaufen kann."

Robbi war Türsteher von Beruf und Mitglied im Tierschutzclub. Sein Hund sah aus, wie die Bestie von Baskerville, war aber so freundlich wie ein Kaninchen.

„Schlaf lieber noch mal bei Roger." Mathilda war ernsthaft besorgt, zumal sie später nicht da war.

„Roger ist auf einer Tagung in Berlin. Er kommt erst in zwei Tagen wieder. Ich würde auch nicht wollen, dass er auf mich aufpasst. Nein, der Club besucht mich doch heute Abend, ich bin nicht allein."

„Gut, dann eben der Club und Robbi." Die Vorstellung, wie die sechs Damen mit ihren Handtaschen auf Peterson losgingen, gefiel ihr. Wirklich gefährlich war er ja nicht. Er war eklig, aufdringlich, abstoßend und hatte große Zähne. Ihr jahrelanges Kampftraining brachte es mit sich, dass sie jeden Menschen, dem sie begegnete, hinsichtlich Schnelligkeit und Stärke einschätzte. Sam war wendiger, als es auf den ersten Blick aussah, trotzdem kein ernst zu nehmender Gegner. Roger war athletisch und kräftig, aber schon etwas älter und aktuell untrainiert. Er würde sich im Zweifelsfall überschätzen. Hollunder war drahtig, schnell und hemmungslos. Der wäre ein gefährlicher Widersacher. Und Peterson? Der war ein schlaffer Hamster nach dem Winterschlaf. Aber er war zutiefst gestört und deshalb ließ er Mathilda keine Ruhe. Solche Leute waren unberechenbar in ihren Reaktionen.

Draußen fuhr inzwischen die Polizei langsam vorbei und sprach Peterson an. Es folgte eine kurze Diskussion. Was auch immer gesagt wurde, er warf einen letzten Blick auf das Haus und ging, den Kopf gesenkt, die Augen auf das Display seines Handys gerichtet, offensichtlich eine Nachricht tippend.

25.

Nachdenklich saß Mathilda vor ihrer Sammlung Haarfarben. Die Beerdigungsfarbe war nicht mehr aktuell, es musste was Neues her. Grübelnd schob sie die Fläschchen, Tuben und Schachteln herum, kombinierte, verwarf und ordnete neu an. Sie sah in den Spiegel. Schulterlang und glatt, wie Schnittlauch, welche Farbe sie ursprünglich hatten, konnte man nicht erkennen. Auf alten Fotos sah es aber so aus, als ob ein rumänischer Straßenhund dafür Pate gestanden hätte. Bis auf die Farbe war es immer noch brav. Ein inkonsequenter Versuch zu rebellieren, der besser in die Altersklasse fünfzehn bis sechzehn passte. Sie musste niemandem was beweisen oder provozieren. Endlich machte sie das, was sie wollte, und es fühlte sich richtig an. Sie war nicht mehr Moneypenny, sie war Bond!

Entschlossen griff sie ein sich ein kühles Platinblond und eine Schere und ging runter zu Ulla in der Garten. „Bitte einmal kurz." Sie setzte sich, ohne ein weiteres Wort auf den nächsten wackeligen Gartenstuhl.

„Wie kurz?"

Als Antwort reckte sie ihren kleinen Finger in die Luft und Ulla begann zu schneiden. Ben, der vor ihr auf dem Tisch lag, sah sie mit zusammengekniffenen Augen an und drehte sich dann ab, als könnte er es nicht fassen, was da passierte.

Ohne dass sie den Schnitt gesehen hatte, kam jetzt noch die neue Farbe dazu. Es roch so scharf, dass alle Insekten den Garten fluchtartig verließen und ihre Kopfhaut kribbelte unangenehm, brannte ein bisschen, aber sie biss die Zähne zusammen. Als Ullas gestellter Wecker klingelte, ging sie hinein und wusch die Paste mit zusammengekniffenen Augen aus, wickelte ein Handtuch drumherum und kehrte wieder zurück in die Sonne, wo sie die neue Frisur trocknen ließ.

„Wow. Ich würd im Laden glatt an dir vorbeilaufen." Ulla war beeindruckt von ihrem Werk.

„Und wie würdest du vorbeilaufen? Kichernd? Voller Bewunderung? Gleichgültig?"

„Daran geht niemand gleichgültig vorbei, glaubs mir. Als Tarnung ist das absolut ungeeignet. Du siehst toll aus! Ich würde grün vor Neid an dir vorbei gehen."

„Quatsch, das ist jetzt einfach nur praktisch. Da passen die Perücken besser drüber und die Mähne hängt mir heute Abend nicht in den Augen." Zaghaft fuhr sie sich mit beiden Händen durch die strubbelige Frisur.

Ulla schwieg und sah sie nur an. Die Haare wirkten noch heller, weil Mathilda ein bisschen Farbe im Gesicht hatte, mit ein paar Sommersprossen über dem Nasenrücken. Ihre hellgrauen Augen strahlten unter den dichten Wimpern hervor und ihre hohen Wangenknochen gaben ihrem Gesicht eine attraktive Form. Vorher hatten die schwarzen Haare sie blass wirken lassen und etwas hohlwangig.

Ulla kam mit einem großen runden Spiegel in den Garten und Mathilda betrachtete sich eingehend, drehte sich hin und her, zupfte und drückte an einzelnen Strähnen und grinste dann breit. „Cool, danke. Besser als ich dachte. Jetzt muss ich mich fertigmachen und meinen Kram zusammensuchen."

Der Vorteil einer Kindheit mit Polizisten in der Familie war, dass man Geschichten hörte, die kein anderer hörte. Da sie Jahre Zeit hatte, die richtige Fragetechnik zu entwickeln, bekam sie bereits in jungen Jahren ihren Vater dazu, ihr zu erzählen, wie Einbrecher einbrachen, und mit Opa zu streiten, was sie falsch machten. Schon früh hatte sie dieses Wissen angewendet, um an Dinge zu kommen, die sie auf anderem Weg nicht erreichen konnte.

Das waren bisher aber immer nur Kleinigkeiten gewesen wie Aufgaben für Klassenarbeiten oder Süßigkeiten aus dem Zimmer ihres Bruders, abendliche Ausflüge mit Freunden und verschlossene Schwimmbadtore in der Nacht. Danach hatte ihr Wissen jahrelang brach gelegen. Jetzt war endlich die Gelegenheit, es wieder auszugraben und sinnvoll einzusetzen!

Sie packte ein Bündel Dietriche, die sie ihrem Vater schon vor zwanzig Jahren gestohlen hatte, Brechstangen, Glasschneider, Zange und noch verschiedene andere Dinge in einen kleinen Rucksack. Das Wichtigste aber war ein Beutel Hundeleckerlis, die mit einem starken Narkosemittel gefüllt waren. Eins davon ließ einen Dobermann zuverlässig schlafen, sollte er wider Erwarten da sein. Denn sie konnte sich nicht vorstellen, dass Hollunder ihn mit auf die Jagd nehmen würde.

Die Leckerlis waren eine Spezialmischung von Ulla, die sie verwendete, wenn ein bissiger Hund aus schlechter Haltung geholt werden musste. Sie bestand unter anderem aus Katzenfutter und Hanf-Öl, was auf die meisten Hunde unwiderstehlich wirkte, selbst wenn sie nicht ohne entsprechenden Befehl fressen durften. Den Rest hatte der Tierarzt des Vereins beigesteuert.

Es war noch viel zu früh, um aufzubrechen, aber einer plötzlichen Idee folgend, packte sie sich Charles und sein Lieblingsspielzeug, eine weiche Frisbee-Scheibe, ins Auto und fuhr zu Hollunders Hof um die Lage zu erkunden.

Das Tor war wie erwartet verschlossen. Womit sie nicht gerechnet hatte, war, dass auf der Straße ein Nachbarschaftsfest tobte. Bierzeltgarnituren standen in einer langen Reihe, voll besetzt mit Feiernden, die schunkelnd was von Fliegen und Pferden sangen. Mathilda war sich nicht sicher, ob das gut oder schlecht für sie war. Sie ging mit Charles an der Leine um den Block. Auch hier erwartete sie eine Überraschung: Auf dem Satellitenbild, mit dem sie sich am PC einen Überblick verschafft hatte, war nicht zu sehen gewesen, dass das Grundstück, über das sie auf Hollunders Hof gehen wollte, ein verwilderter Garten war, der von einer wunderbar blühenden aber sehr dornigen Wildrosenhecke umgeben war. Auch die zahlreichen Spinnennetze in dem Busch stellten eine nicht zu unterschätzende Hürde dar.

Sie spielte während des Gehens mit Charles, der ungeduldig an ihr hochhüpfte und erwartete, dass sie endlich die Scheibe werfen würde. Die Scheibe flog rein zufällig genau über die Hecke. Das war gemein, aber so konnte sie sehen, wo der leichteste Durchgang war.

Charles rannte kläffend an den Rosen entlang, bis er einen kleinen Durchschlupf entdeckte, den Mathilda übersehen hatte. Hier war die Hecke nicht so tief und löchriger, die nächste Straßenlaterne stand weit entfernt und gegenüber nur ein Bürogebäude.

Charles kam mit dem Frisbee wieder zu ihr. Jetzt suchte sie einen Stock, den sie werfen konnte, aber erst mal zum Entfernen der Netze verwendete. Die Spinnen sollten nicht sterben, doch bitte für eine Nacht umziehen.

Ulla hatte bei den Blumenlieferanten der Stadt angerufen und darum gebeten, von künftigen Lieferungen abzusehen. Ein Schild hing am Tor, das besagte, dass sie nichts in der Richtung mehr annehmen würden, und Robbi drehte seine ersten Runden. Von Peterson war weit und breit nichts zu sehen, trotzdem parkte Mathilda etwas entfernt. Heute Abend durfte sie nicht gestört werden.

Der Club war im Garten und bestaunte einen Rosenstrauch, der zwar schon vor Jahren aus England gekommen war, aber erst jetzt geruhte zu blühen. Als Mathilda zu der Gesellschaft stieß, wurde sie gebührend bewundert, ihre neue Frisur kam bei den Damen sehr gut an und die ersten beiden überlegten, es ihr nachzutun. Die anderen redeten es ihnen sofort und vehement wieder aus. Mathilda zog sich aus der Diskussion zurück und rief Sam an, um zu erfahren, ob es etwas Neues gab und er Hinweise hatte, was sie noch beachten müsste.

„Passen Sie auf den Hund auf. Wenn er gestresst ist, baut er das Schlafmittel schneller ab, als ein ausgeglichenes Tier. Und hinterlassen Sie keine Fingerabdrücke und keine Fasern. Und kein Blut natürlich oder anderes DNA-Material. Und nichts verlieren oder liegen lassen." Sams Stimme klang rau und zittrig, er musste sich mehrmals räuspern. „Ich habe heute zum wiederholten Male die Literatur bemüht. Egal wie groß unser Verdacht ist und wie schuldig er auch sein mag, es gibt keine mildernden Umstände für Sie, wenn Sie erwischt werden. Wollen wir nicht noch mal überlegen, ob es das wirklich wert ist?"

„Ja danke für Ihr Vertrauen in meine Fähigkeiten. Ich bin, was das betrifft, kein Anfänger. Ich trage fusselfreie Kleidung, dünne Handschuhe, ein Haarnetz und habe nicht vor, mir einen Finger abzuschneiden und auf dem Schreibtisch zu postieren. Oder das Brecheisen vor die Tür zu legen. Und ja, es ist das Risiko wert. Ich muss wissen, ob er es war. Sonst finde ich keine Ruhe. Und Sie übrigens auch nicht. Sie hätten ewig Angst, dass der Mörder hinter Ihnen her ist. Geben Sie es ruhig zu."

Sam seufzte. „Ja vielleicht, aber es könnte doch einen anderen Weg geben."

„Sie machen mich noch ganz verrückt. Ich geh da heute Nacht rein und ich melde mich bei Ihnen, wenn ich wieder zurück bin. Haben Sie auf dem Schirm, wo er jetzt ist?" Mathilda packte während des Gesprächs alles, was sie sonst noch brauchte, in den kleinen Rucksack.

„Ja, er ist an seinem Ziel angekommen. Der kommt Ihnen nicht in die Quere. Ich seh auch eher die Gefahr bei Hund, Nachbarn und Polizei."

„Das hab ich im Griff, ich erwarte keine besonderen Überraschungen."

26.

Die meisten Häuser um sie herum waren jetzt dunkel, das letzte Auto war vor einer Viertelstunde an ihr vorbeigefahren, das Gebäude gegenüber war schon etwas länger verlassen. Von Weitem hörte sie die Feiernden lachen und singen, lauter, schräger und schriller als am Nachmittag. Inzwischen war mehr Alkohol als Kaffee im Spiel.

Sie trug dunkle, eng anliegende Kleidung mit einer Kapuze, die ihre hellen Haare verdeckte. Eine kleine Astschere hatte sie schon griffbereit, ebenso dicke Bauhandschuhe, die sie vor den Rosendornen schützen würden. Nach einem Rundumblick, der ihr bestätigte, dass niemand in der Nähe war, zerschnitt sie die Ranken, um in den Garten neben Hollunders Hof zu kommen.

Plötzlich hörte sie ein Kichern und Gemurmel. Ein Pärchen kam langsam unter der nächsten Straßenlaterne genau auf sie zu. Schnell bückte sie sich in die Mulde, die sie geschnitten hatte und hielt die Luft an.

„Nein, lass das, wenn man uns sieht." Die Stimme der Frau klang etwas schleppend.

„Hier ist keiner, hab dich nicht so." Seine war auch nicht frischer.

Genau, aber wirklich haargenau vor Mathildas Versteck blieben die beiden eng umschlungen stehen. Sie konnte sie schmatzen hören.

„Nicht hier, lass uns zu dir gehen." Sie atmete schwer beim Sprechen. Der Mann schien einen Nerv bei ihr getroffen zu haben.

„Nein, da ist nicht aufgeräumt. Wo wohnst du denn?" Er grunzte mehr, als dass er Worte formte.

„Oh, sehr weit weg. Aber dahinten ist ein Spielplatz. Lass uns d..."

Den Rest konnte Mathilda nicht hören, da die beiden ziemlich schnell in Richtung dahinten verschwanden. Nicht aufgeräumt. Klar.

Vorsichtig fing sie an, sich zu befreien, aber sie hing an zahlreichen Dornen fest und hörte immer wieder Stoff reißen, als sie daran zog. Einige der Dornen hatten sich nicht mit ihrer Kleidung zufriedengegeben, sondern sich in ihrer Haut festgekrallt. So viel zum Thema nichts zurücklassen.

Als sie sich wieder ungehindert bewegen konnte, untersuchte sie die Stelle mit Hilfe einer kleinen Taschenlampe, die aber nicht nur ihre Spuren zeigte, sondern auch zahlreiche heimatlose Spinnen, die sie vorwurfsvoll ansahen und dabei waren, ihre zerstörten Netze wieder aufzubauen. Trotzdem sammelte sie die Stoffstückchen ein, die sie fand.

Endlich stand sie vor der etwa zwei Meter hohen Mauer zu Hollunders kleinem Garten, der an sein Büro grenzte. Von dem Hund war nichts zu hören. Vermutlich hatte er ihn doch mitgenommen oder bei jemandem gelassen, der ihn versorgte.

Sie zog sich an der Wand hoch, schwang ein Bein hinüber und saß dann rittlings oben. Sofort duckte sie sich, damit sie niemand aus den umliegenden Häusern sah. Es war zwar überall dunkel, aber wer wusste schon, welche schlafgestörten Gestalten hinter den Gardinen lauerten. Um zu sehen, wo sie landete, schaltete sie kurz die Taschenlampe ein.

Und da stand der Dobermann.

Er starrte sie, ohne ein Geräusch von sich zu geben, an. Geifer tropfte von seinen Lefzen, und seine angespannten Muskeln zitterten. Mathilda entfuhr ein kleiner Schreckensschrei. Beinah wäre sie auf dem Tier gelandet.

Mit zitternden Fingern packte sie die präparierten Leckerli aus und ließ zwei fallen. Der Hund beachtete die Brocken nicht, sondern starrte, ohne zu blinzeln, weiter hoch. Sie seufzte und legte sich so bequem, wie es nur ging, hin und wartete. Irgendwann würde die Spannung nachlassen und dann sollte sich zeigen, wie gut die Fellnase erzogen war.

Es dauerte lange, aber als Mathildas Muskeln schon hart wie die Steine in der Mauer unter ihr waren, schluckte der Hund wiederholt, leckte sich über die Schnauze, über die Nase und wurde unruhig. Er fiepte, wandte seinen Blick von ihr ab, hin zu den beiden Brocken vor ihm und schließlich siegte der Hunger. Er schlang sie herunter, suchte weitere und sah sie dann erneut an. Diesmal eher bettelnd. Er hatte eindeutig Kohldampf, der arme Kerl.

Mathilda bemerkte erst jetzt, wie mager er war und dass er ein Stachelhalsband trug. So müde der Hund auch wurde, so wach war sie wieder. Zorn überkam sie, wie jedes Mal, wenn ihr gequälte Tiere begegneten.

Sobald er schlief, sprang sie in den Garten und hockte sich neben ihn. Sein Hals war wund gescheuert, und seine Rippen waren deutlich unter dem kurzen braunen Fell zu sehen. Da er ruhig und gleichmäßig atmete, ließ sie ihn liegen und holte eine kleine Brechstange aus dem Rucksack.

Die Tür aufzuhebeln war ein Kinderspiel, sie nahm wieder die Taschenlampe und öffnete systematisch alle Schränke und Schubladen. Hinter der Tür, die Sam genannt hatte, fand sie tatsächlich eine Tasche und ein Bündel schmutziger Golfschläger. Da sie keine Ahnung hatte, woher sie stammen könnten, legte sie sie ausgebreitet auf den Boden und machte mit ihrem Handy ein Foto davon.

Sogar mit dem Waffenschrank hatte er recht gehabt. Er war nicht, wie vorgeschrieben, abgeschlossen, was ihr die Arbeit erleichterte. Es gab zwar ein paar Lücken zwischen den aufgestellten Gewehren, aber trotzdem fotografierte sie auch diese. Genauso wie herumliegende Unterlagen, sämtliche Schubladeninhalte, den Tisch-Kalender, ein kleines altmodisches Telefonverzeichnis und einen Notizzettel. Sie hatte nicht die Ruhe, alles genauer anzuschauen und auszuwählen, was sie für wichtig hielt.

Ihr Herz klopfte lauter als ein Presslufthammer und sie sah immer wieder nach draußen, ob jemand auftauchen würde. Die Tür zum Flur war verschlossen und da sie hatte, was sie suchte, verließ sie das Büro durch die Tür zum Garten.

Ihr Blick fiel erneut auf den schlafenden Hund. Mager, zerschunden, voller Angst. Er würde von Hollunder mit Sicherheit bestraft werden, womöglich erschossen, weil er als Wachhund versagt hatte. Solche Fälle gab es zur Genüge. Sie konnte ihn nicht dort lassen. Auf dem Arm tragen kam nicht in Frage, er war schwer und völlig schlaff.

Kurz entschlossen zog sie ihre Jacke aus und band ihn sich damit auf den Rücken. Er wog, trotz seiner mageren Erscheinung, zwanzig, wenn nicht fünfundzwanzig Kilo. Nach einem Versuch, mit ihm über die Mauer zu klettern, gab sie auf. Das war aussichtslos.

Da das Straßenfest vorbei war, ging sie zum vorderen Tor. Es lief auf einer Schiene und ließ sich elektrisch öffnen. Durch einen Spalt sah sie nach, ob jemand auf der Straße war, aber die Luft war rein.

Mit aller Kraft stemmte sie sich dagegen, um es ein Stück aufzuschieben. Mit einem ohrenbetäubenden Kreischen gab es nach. Ringsum gingen Lichter an und es dauerte nur Sekunden, bis jemand die kluge Frage „Ist da jemand?" aus dem Fenster brüllte.

Mathilda quetschte sich und ihr Bündel auf dem Rücken durch die schmale Öffnung, blieb mit dem Ärmel der Jacke hängen.

Fluchend zerrte sie sich frei und spurtete die Straße entlang, um die nächste Ecke. Nur raus aus der Wohnsiedlung.

Ein Auto näherte sich, mit Blaulicht. Es stoppte, ein Polizist stieg aus, rief etwas und lief hinter ihr her. Mathilda senkte das Kinn und rannte schneller, sie holte die letzten Reserven aus sich heraus, bog ab auf ein unbebautes Gelände, aber ihre schwere Last hielt sie auf.

Den Hund fallen zu lassen, um zu entwischen, kam nicht in Frage. Ihr Verfolger keuchte und holte auf. Seine Schritte waren dicht hinter ihr.

„Bleiben Sie stehen, Polizei!"

Sie hatte verloren. Ein harter Griff um ihren Arm riss sie herum und der Freund und Helfer leuchtete ihr mit einer Taschenlampe ins Gesicht, als sie ihm, nach Luft ringend, gegenüberstand.

„Mathilda? Was machst du denn hier?" Michael. Ihr Bruder rang ebenfalls nach Atem.

„Lass mich laufen, ich hab nichts gemacht." Mathildas Stimme klang eher wie ein Zischen.

„Das hast du früher auch immer gesagt. Aber das kann ich nicht, du bist eingebrochen."

„Ich hab nur einen Hund von einem Tierquäler befreit. Hier, sieh selbst!" Sie drehte sich um und hielt ihm die Jacke mit dem Dobermann entgegen, der langsam wach wurde und Michael anblinzelte.

„Trotzdem. Ich muss dich bitten mitzukommen. Auch wenn du meine Schwester bist, es gibt keine Ausnahme. Und einen Rassehund zu entwenden, ist Diebstahl."

Ihr blieben nur noch Sekunden, bis der Kollege bei ihnen war. „Lass mich sofort los, oder ich sag Papa, dass du schwul bist."

Der Griff um ihren Arm erschlaffte und sie rannte ins Dunkel. Sein Kollege kam von der Straße und sie hörte nur noch von Weitem die Stimmen.

Ihre Last auf dem Rücken wurde stetig unruhiger. Der Hund konnte sich nicht recht entscheiden, ob er knurren oder jaulen sollte, er zappelte immer mehr, sodass Gefahr bestand, dass er sich aus der Jacke befreite. Mit Mühe erreichte sie über Umwege ihr Auto, legte das benommene Tier auf die Rückbank und steckte ihm ein weiteres Leckerli zwischen die Zähne, was es ohne zu Zögern schluckte.

Während sie wartete, dass er wieder einschlief, realisierte sie erst, was sie eben getan hatte. Sie hatte ihren Bruder erpresst. Nicht, dass sie ihn besonders mochte, aber es tat ihr leid, ihn ausgerechnet mit seinem Liebesleben unter Druck zu setzen. Morgen würde sie sich bei ihm entschuldigen und sich als selbst auferlegte Buße die unausweichliche Predigt anhören.

Mit letzter Kraft trug sie den Hund ins Haus. Hinter den Bäumen im Garten wurde es bereits hell und sie fühlte jeden Muskel und alle Knochen einzeln. Ihre Idee, leise zu sein und Ulla nicht zu wecken, scheiterte an Charles, der die Ankunft der Last auf ihrem Rücken hysterisch wie ein Groupie am Bühnenrand aufnahm. Nur notdürftig in einen Bademantel gewickelt, kam sein Frauchen die Treppe heruntergerannt, einen Baseballschläger im Anschlag und den heiligen Zorn in den Augen.

Abrupt bremste sie, ließ das Holz fallen und fiel ihr erleichtert um den Hals. „Ich dachte, du bist schon längst zurück und schläfst bei Sam! Was hast du denn da mitgebracht? CHARLES HALTS MAUL!" Charles hatte Schnappatmung, verkniff sich aber das Bellen. „So lang hat das gedauert? Ist alles gut gegangen?"

Mathilda legte den Hund auf das Sofa und ließ sich daneben fallen. „Nein, nicht wirklich. Es ist kompliziert."

Erschöpft schloss sie die Augen. „Pass auf, ich ruf jetzt Sam an und erzähl euch beiden gleichzeitig, was passiert ist. Dann spar ich mir einen Durchgang und komm schneller ins Bett. Ach ja, der hier muss irgendwo eingesperrt werden, der ist ziemlich bissig, sobald er wach ist."

Mit vereinten Kräften trugen sie den Hund nach draußen in die Gartenhütte, wo sie ihm noch einen Napf Wasser und eine Schüssel Hundefutter von Charles hinstellten, damit ihm nichts fehlte, wenn er aufwachte.

Sam ging sofort ans Telefon und klang hellwach. Mathilda stellte an ihrem Gerät den Lautsprecher ein, setzte sich zusammen mit Ulla an den Tisch und erzählte den beiden, was sie erlebt hatte. Sie bemühte sich, kein Detail auszulassen, schickte Sam die Bilder aufs Handy und zeigte sie Ulla. An der Stelle, an der sie von Michael geschnappt wurde, stöhnten die Zuhörer unisono auf.

„Ich weiß, das war großer Mist und ihr könnt mich in mindestens fünf Stunden dafür auch vierteilen, wenn es sein muss, aber jetzt geh ich schlafen."

27.

Lautes Bellen weckte sie. Nicht Charles hohes Kläffen, sondern tiefes Donnern, das mehr nach einem Grizzlybären klang. Es würde einiges an Arbeit kosten, aus diesem Tier den besten Freund des Menschen zu machen, den man ruhigen Gewissens an eine Familie vermitteln konnte.

Mühsam stemmte sie sich aus dem Bett und tastete sich an der Wand entlang zum Bad. Der Schreck, als sie in den Spiegel sah, ersetzte den ersten Kaffee. An die neue Frisur würde sie sich noch gewöhnen müssen.

Nach und nach kamen die Erinnerungen an die letzte Nacht zurück und verdrängten den Rest Bettschwere. Von unten hörte sie leise Stimmen und das Klappern von Geschirr. Ein Lichtblick, Ulla machte Frühstück.

Mit noch nassen Haaren von der Dusche, ging Mathilda in den Garten und fand nicht nur ihre Freundin, sondern auch Sam am Tisch. „Guten Morgen. Gut sehen Sie aus! Der Haarschnitt steht Ihnen ausgezeichnet. Ach Ulla, reich mir doch bitte die Marmelade rüber, vielen Dank."

Mathilda ließ sich auf einen Stuhl fallen, nahm eine Tasse Milchkaffee entgegen und schlürfte ausgiebig. „Warum ist denn unser neuer Mitbewohner jetzt plötzlich ruhig? Hat er sich überfressen?"

Ulla nickte. „Ich glaub schon, der war ja nur noch Fell und Knochen. Er liegt an der langen Leine dahinten auf der Wiese."

Erstaunt sah Mathilda, dass er friedlich hechelnd ein wenig entfernt lag, sie aufmerksam beobachtete, aber keinen Ton von sich gab.

„Gut. Kam was in den Nachrichten wegen des Einbruchs? Oder steht was im Internet?"

„Nein, nicht ein Wort." Sam gab ihr ein Brötchen. „Ich hab alles abgesucht, es hat niemand Anzeige erstattet. Hollunder müsste benachrichtigt worden sein, aber er scheint nichts zu vermissen."

Mathilda starrte nachdenklich auf ihren Teller. „Ich hab ja, bis auf den Hund, auch nichts mitgenommen. Trotzdem, die Tür ist kaputt. Um den Schaden von der Versicherung bezahlt zu bekommen, muss er Anzeige erstatten."

„Der Hund ist ihm egal, und er will keinen Wind machen. Er darf öffentlich nicht auffallen und in der Presse erscheinen, er arbeitet immer noch bei seiner alten Firma und hat nicht genug eigene Aufträge. Und uns kann das doch nur recht sein. Warum haben Sie so ein schlechtes Gewissen? Wegen ihres Bruders?"

„Hören Sie auf, mich zu analysieren! Ja, wegen meines Bruders. Das war fies. Ich ruf ihn jetzt an."

Um diese Zeit war er noch zu Hause, wenn er Spätschicht gehabt hatte, und schlief wahrscheinlich. Sie ließ das Telefon solang klingeln, bis er endlich abnahm. „Was willst du? Mich weiter erpressen? Papa, Papa, Micha hat was ganz Böses gemacht!" Er hatte ihre Telefonnummer erkannt.

„Ich will mich entschuldigen. Das war superblöd von mir."

„Was? Der Einbruch oder die Drohung?"

„Die Drohung. Du hast mich festgehalten und da ist mir das rausgerutscht."

„Ja sicher hab ich dich festgehalten! Du bist eingebrochen und hast einen Hund geklaut! Es ist mein Job, dich dann festzuhalten." Michael wurde mit jedem Wort lauter.

„Ich weiß, aber wäre es besser gewesen, wenn ich dir eine reingehauen hätte? Ich musste mich doch irgendwie wehren."

„Ach? Du hättest mir eine reingehauen? Sobald ich dich das nächste Mal seh, bekommst du eine verpasst! Und dann kannst du zu Papa heulen gehen! Alles andere erzähl ich ihnen selbst, wenn sie aus Kanada zurückkommen. Dir vertraue ich nicht mehr."

„Micha bitte ..." Aber er hatte schon aufgelegt.

Mathilda fühlte sich so mies, dass ihr übel war. Sie ging in den Garten, hockte sich vor den Dobermann und fotografierte seine Halswunden und heraustehenden Rippen.

Die Bilder schickte sie an Michael mit einer Nachricht. „Deswegen bin ich eingebrochen und würde es immer wieder tun. Aber ich werde dir nie mehr drohen. Sondern ich vertrau dir jetzt mein Geheimnis an, dass Papa nicht kennen sollte. Du kannst entscheiden, ob du es ihm erzählst: Ich bin Detektivin." Absenden. Warum sie wirklich dort war, musste er ja nicht wissen.

Jetzt fühlte sie sich erleichtert genug, um frühstücken zu können. „Was sind das für Golf-Schläger? Passen die zu dem, der bei Walther gefunden wurde?"

Sam betrachtete die Bilder erneut. „Tja, schwerer zu sagen, als ich gehofft hatte. Sie sind mit Sicherheit billig, aber so ziemlich jeder ist von einer anderen Marke, als ob er die alle auf einem Flohmarkt zusammengesammelt hätte. Könnte also passen. Muss aber nicht. Man müsste eine Analyse der Verschmutzungen machen, ob eine vom gleichen Golfplatz stammt. Und selbst dann kann man sich nicht sicher sein. Schade. Wirklich schade."

„Sie meinen, ich bin umsonst eingebrochen?"

„Nein, das nicht, Sie haben ja immerhin den Hund befreit. Das arme Tier. Ich hab seine Wunden schon versorgt."

„Wie denn das? Er ist doch total verstört und bissig. Und er hat Haare, falls Sie das nicht bemerkt haben."

„Ach was." Ulla stand auf und ging zu ihm. Sie ließ sich vor ihm auf die Knie und streichelte den schmalen Kopf, was er mit geschlossenen Augen genoss. Dann nahm sie die Leine und führte ihn zum Tisch.

„Er ist nur angebunden, weil er sonst die Katzen jagt. Aber er ist total lieb."

Als er an Mathilda geschnüffelt hatte, wedelte er so aufgeregt mit dem Schwanz, dass sein ganzes Hinterteil mitschwang. Er leckte ihre Hände und Knie, drängte sich an sie, und kletterte auf ihren Schoß, dabei gab er kleine glucksende Töne von sich. Sie war so erstaunt wie gerührt und nahm ihn vorsichtig in den Arm. Er trug jetzt ein Geschirr statt eines Halsbands und hatte Salbe auf den Schürfwunden.

Sam räusperte sich. „Ich habe mir erlaubt, ihm einen neuen Namen zu geben. Er heißt ab heute Willi, wie der Wellensittich, den ich als Kind hatte, bis ich allergisch wurde."

„Kommen wir noch mal auf den Schläger zurück. Er ist also kein Hinweis darauf, ob es Hollunder war, der mit Walther gespielt hat. Und in dem Kalender war am Tag des Mordes kein Eintrag. Weder ein Spiel noch was anderes. Somit auch kein Anhaltspunkt. Und was jetzt?" Sie fühlte sich frustriert, als ob sie versagt hätte.

„Geben Sie nicht sich die Schuld, es war ein Versuch. Wir schließen den Fall trotzdem ab, ich hab den Bericht an seinen Chef bereits vorbereitet, der geht gleich raus und damit ist er zumindest schon mal von der Straße.

Bleibt nur noch der Chinese und die beiden anderen, die ich in dem Stapel gefunden habe. Die können Sie sich ja später anschauen, wenn wir ins Büro fahren. Oder wollen Sie sich heute freinehmen? Verdient hätten Sie es."

Mathilda kraulte Willi unterm Kinn und nickte dann. „Ich mach heute Pause. Ich könnte mit ihm hier ein bisschen spazieren gehen. Wahrscheinlich kennt er das gar nicht."

28.

Am nächsten Morgen war sie mit Willi früh im Büro. Zu Hause lassen konnte sie ihn nicht, wegen der Kater, die sich für einen längeren Machtkampf rüsteten. Einer der beiden hatte auf die Hunde-Schlafdecke gepinkelt, der andere ihm eine geköpfte Blaumeise in den Wassernapf gelegt. Es würde noch spannend werden.

Charles ging als heimlicher Sieger daraus hervor, weil er zur Zeit nicht im Fokus der Aufmerksamkeit stand und zum ersten Mal tun konnte, was er wollte.

Ihr tat alles weh von der Nacht des Einbruchs, und sie wollte den bequemen Schreibtischsessel von Walther ergattern. Der ihr ihrer Meinung nach jetzt mehr zustand als je zuvor. Doch Sam war ihr zuvorgekommen, da er im Büro geschlafen hatte.

„Wie lang wollen Sie das machen? Eis ein Prozess gegen Hollunder läuft, kann es noch ein paar Wochen dauern. Und wer weiß, vielleicht war er es ja gar nicht." Mathilda gab Willi eine Schüssel Wasser und bereitete Sam und sich Kaffee zu.

„Wir werden es bald erfahren. Haben Sie schon auf das Job-Angebot reagiert?"

„Ja, ich hab abgesagt. Und Sie?"

„Noch nicht, aber ich schreibe sofort dorthin und werde mein Bedauern äußern, dass ich dafür nicht zur Verfügung stehe. Ich will gleich mal kurz nach Hause fahren und duschen und mich umziehen. Sie haben nicht zufällig Zeit, mich zu begleiten?"

„Echt jetzt? Steigern Sie sich da nicht gerade in was rein? Nehmen Sie Willi mit, an den traut sich niemand ran."

Sam sah den Hund nachdenklich an, der Hund sah fragend zurück und wedelte zaghaft. „Das ist eine gute Idee. Ich verspüre auch keine Allergie gegen ihn, schon gestern nicht. Liegt vermutlich an den kurzen Haaren."

„Klar, das wird's sein. Dann mal los, ich schau mir in der Zwischenzeit die beiden Fälle an, die vielleicht in Frage kommen. Ach so, noch was. Wissen Sie rein zufällig, was aus der verschwundenen jungen Frau geworden ist? Irgendwie lässt mir das keine Ruhe."

„Sie ist von allein wieder aufgetaucht und hat ihren Ex wegen Körperverletzung angezeigt. Die Polizei kümmert sich darum."

Mathilda nagte an ihrer Unterlippe. Zufrieden war sie mit der Auskunft nicht. Schlagende Männer wurden viel zu schnell freigesprochen. Aber nun musste sie sich erst um die beiden Akten und vor allem um die Medikamentenschmuggler kümmern.

Kaum war Sam mit Willi aus der Tür, nahm sie sich die erste der zwei Mappen vor. An diesen Fall konnte sie sich gut erinnern, er lag etwa vier Jahre zurück. Ein Immobilienhändler hatte in Auftrag gegeben, etwas über die damalige Bürgermeisterkandidatin zu finden, weil sie vorhatte, einem seiner Projekte im Weg zu stehen. Walther hatte sich nur sehr halbherzig darum gekümmert, schließlich eine nicht bezahlte Handwerkerrechnung ausgegraben und dann den Fall abgeschlossen. Die Frau war gewählt worden, das Geschäft des Maklers kam nicht zustande und sie war noch immer im Amt. Demnächst wollte sie in den Landtag. Sie hatte viel vor. Geld und Macht, die beiden richtigen Zutaten, um verdächtig zu sein. Mathildas Kopfhaut kribbelte und ihre Nackenhaare stellten sich auf, während sie die Protokolle erneut las.

„Oh mein Gott!" Sie flüsterte, obwohl niemand im Raum war. Die Politikerin verfügte über ausreichend Kontakte, um die beiden Jobangebote arrangieren zu können. Was, wenn Walther etwas ausgegraben hatte, was nicht in der Akte stand. Wenn er sie damit erpresst hatte. Wenn sie jetzt davon ausging, dass Sam und Mathilda über diese Information Bescheid wussten. Es passte zusammen, besser als bei Hollunder oder dem Chinesen.

Sie stand auf, trat ans Fenster und sah auf die Straße. Ihr Puls ging schnell, wie nach einem anstrengenden Training und ihr Mund war trocken. War das alles doch eine Nummer zu groß für sie?

Mit einzelnen Tätern wie Hollunder traute sie es sich zu, es aufzunehmen, aber ein unübersichtliches Netzwerk, wie das der Politik? Mit gesundem Menschenverstand, Konfliktbereitschaft und Gerechtigkeitsempfinden kam man da nicht weiter. Vielleicht mit Diplomatie, sicherlich mit Beziehungen, doch beides fehlte ihr.

War das Sams Part? Sie mussten darüber reden, das konnte nur sein Job sein. Mathilda hasste es, auf andere angewiesen zu sein. Sie kannte ihn erst seit kurzer Zeit und würde ihm vertrauen müssen. Aber vielleicht hatte er ja Angst davor, diese Rolle zu übernehmen, dann mussten sie aufgeben. Das hasste sie noch viel mehr.

Sie schrieb ihm eine Nachricht mit der Aufforderung, so schnell wie möglich ins Büro zu kommen. Im letzten Moment wandelte sie den Satz in eine Bitte um.

„Was ist denn so dringend?" Sam ließ Willi von der Leine, der sich auf seinen Wassernapf stürzte.

„Die Bürgermeisterin. War sie es? Verdächtiger geht es ja schon nicht mehr." Mathilda klopfte mit einem Bleistift einen schnellen Rhythmus auf den Tisch, bis Sam ihn ihr abnahm.

„Sieht zwar vielversprechend aus, glaub ich aber nicht. Die beiden hatten mal eine Beziehung miteinander. Das hat Onkel Walther mir damals erzählt, und sie haben sich im Guten getrennt, kurz bevor sie in die Politik ging. Aber ich hab sie mal kennengelernt und werde morgen Abend mit ihr essen gehen, vorausgesetzt, Sie haben Zeit und kommen mit."

„Warum soll ich mitkommen? Ach so ... weil sie die Mörderin sein könnte. Glauben Sie wirklich, sie hat sich selbst die Finger schmutzig gemacht? Jemand wie sie hat doch bestimmt Leute, die ihr einen Gefallen schulden und so was übernehmen."

„Kann schon sein. Kommen Sie bitte trotzdem mit, dann fühl ich mich sicherer. Ich kenn den Inhaber des Restaurants. Sie können dort morgen Abend bedienen, da fällt das gar nicht auf."

Mathilda riss die Augen auf. „Ich soll was? Ich soll Sie bedienen? Mit einem Schürzchen um den Bauch und weißem Blüschen? Haben Sie was getrunken? Ehrlich Mann, Sie kommen vielleicht auf Ideen."

„Na ja, es ist schon eine gehobene Gaststätte, Sie sollten einen kurzen schwarzen Rock, eine weiße Bluse und hautfarbene Strumpfhosen tragen. Ach ja und schwarze Pumps mit mindestens kleinem Absatz. Das ist die Voraussetzung. Es ist doch nur für einen Abend. Nehmen Sie es als Erfahrung mit, wer weiß, vielleicht haben Sie ja sogar Spaß daran." Sam lächelte aufmunternd.

„Strumpfhosen? Im Sommer? Die einzige Strumpfhose, die ich in meinem Leben getragen habe, war zur Beerdigung meiner Oma. Es war Winter und ich war acht Jahre alt. Und ich besitze keinen solchen Rock mit Bluse."

Sie gingen einkaufen.

29.

Ulla holte abwechselnd Luft, wischte sich die Tränen aus den Augen und zog an der Strumpfhose, die an Mathildas verschwitzten Beinen klebte und den Schritt auf halber Schenkelhöhe hielt. Sie versuchte das gestaute Material an der Wade zu fassen zu bekommen und es über das Knie zu ziehen. Dabei kniff sie herzhaft in den Muskel, was Mathilda aufschreien ließ und fiel dann rückwärts auf das Bett und lachte, bis sie puterrot im Gesicht war.

„Wer hat den Scheiß erfunden? Ey, ich hol gleich eine Schere und dann hat sich das Ding erledigt, soll Sam doch sehen, wie er klar kommt. Das war die dämlichste Idee, von der ich je gehört hab."

Mathilda redete sich in Rage, hatte aber Erfolg damit, das zarte Kleidungsstück an die richtige Stelle zu ziehen. Anschließend schob sie sich in den Rock und zog die Bluse über. „Wie sieht das denn aus?" Sie starrte sich entsetzt an.

„BH wäre nicht schlecht, aber so bekommst du definitiv mehr Trinkgeld." Ulla prustete schon wieder los.

Mathilda zerrte einen Sport-BH aus der Schublade."Oh Gott, ich hab die Bluse bisher nur ohne den Rock an mir gesehen. So kann ich doch nicht unter Leute gehen, ich seh ja aus, wie ... wie ..."

„Du siehst aus wie eine Kellnerin in einem guten Restaurant. Nu hab dich nicht so. Glaubst du, die, die in den Läden arbeiten, finden sich damit alle stylisch? Das ist eine Uniform, eine Arbeitskleidung. Und ich muss Sam recht geben, du hast eine Verwandlungsfähigkeit, die ist schon enorm. Jetzt noch das Tattoo abdecken und die Haare nach hinten föhnen, ein dezentes Make-up und dich erkennt deine eigene Mutter nicht mehr. Wo ist eigentlich Willi?"

„Der hat Sam adoptiert oder Sam Willi, das weiß man bei denen nicht so genau. Ist, glaub ich, nicht die schlechteste Lösung für die beiden." Sie drehte sich vor dem Spiegel hin und her und fluchte weiter, weil die Schuhe drückten.

„Was war denn in der anderen Akte für ein Fall? Sam hatte doch zwei gefunden, die als Erpressungsopfer in Frage kamen."

„Ach, so eine langweilige Erbschaftsgeschichte. Mutter tot, die Leibesfrüchte streiten sich, weil die Tochter glaubt, dass viel Schmuck, Kunstwerke und Bargeld da sein müssten, vor allem ein Poll, Prollock, irgendwie so ähnlich, ich hab den Namen vergessen. Der Sohn sagt nein, ist schon alles vor Jahren verkauft worden. Die Tochter glaubt, dass ihr Bruder sich alles unter den Nagel gerissen hat und engagierte Walther. Der hat aber nichts mehr gefunden. Ende der Geschichte. Klang alles plausibel."

„Pollock? Wow, da ging es nicht um weinende Clowns in Öl, sondern um ein paar Millionen. Unterschätz das mal nicht." Ulla hatte sich beruhigt und sah jetzt interessiert aus.

„Meinst du? Eins nach dem anderen. Heute Abend ist die künftige Landesmutter dran, dann die streitende Brut. Und ich will mich endlich um den Chinesen kümmern. Je länger wir warten, desto mehr Tiere sterben. Ich werde morgen damit anfangen. Und du? Was machst du?"

Ulla lag auf der Seite und schnurrte wie Eddi und Ben, wenn sie es geschafft hatten, den Kühlschrank zu öffnen. „Ich treff Roger gleich. Er ist wieder da und hat ein Mitbringsel angekündigt. Hoffentlich ist er ausgeruht. Ich hab ihn wirklich sehr vermisst."

„Grüß ihn von mir und kommt ja nicht in den Laden, wo ich heute Abend bin. Dann bring ich euch um." Sie stolzierte aus dem Zimmer ins Bad, nicht ohne einmal auf den Absätzen umzuknicken und den Türrahmen anzurempeln.

„Für den Anfang räumen Sie nur die Tische ab und achten darauf, ob irgendwo Getränke fehlen. Seien Sie freundlich und lächeln sie. Immer lächeln, egal was passiert. Wenn Sie etwas gefragt werden, holen Sie die Kollegin oder mich. Und halten Sie sich gerade."

Das Stirnrunzeln des Restaurantchefs erreichte die Tiefe des Grand Canyons. „Sie haben noch nie im Service gearbeitet. Das sieht man sofort. Aber was tut man nicht alles für Freunde."

Er schob mit zwei Fingern seine Brille hoch, strich sich das graumelierte Haar aus der Stirn und lotste Mathilda in den noch leeren Gastraum, der die Größe eines Handballfeldes hatte.

Mit Seidenpapier bespannte Raumteiler und deckenhohe Pflanzen schufen Nischen für die weiß gedeckten Tische. Über jedem hing eine kleine Lampe, deren Lichtkegel die Sitzbereiche warm beleuchteten und einzelne Räume bildeten. Es duftete bereits nach den ersten Speisen und leise Jazzmusik klang im Hintergrund.

Ein Aquarium blubberte heimelig neben der Bar. Mathilda stand wie vom Blitz getroffen davor. Sechs lebende Hummer ruderten über den blanken Boden, kratzten mit den zusammengeklebten Scheren an der hinteren Wand, die ein Bild von einem farbenfrohen Korallenriff zierte. Mit ihren langen Fühlern tasteten sie umher, um den Ausgang zu finden. Ohne Erfolg.

„Die sind alle vorbestellt." Der Chef klopfte an die Scheibe des Behälters und sah dabei nicht, dass sich neben ihm ein Vulkan auf den Ausbruch vorbereitete. Aber bevor Mathilda die Gelegenheit zur Eruption hatte, kamen zwei Frauen herein, die exakt so gekleidet waren wie sie, und wurden sofort mit Anweisungen in Empfang genommen.

„Ich hol euch hier raus. Versprochen." Sie strich über das kalte Glas des Aquariums und folgte dann den Kolleginnen in die Küche, wo sie vorgestellt wurde, als Aushilfe für den Abend.

Eine halbe Stunde später erschienen die ersten Gäste und Mathilda war davon überzeugt, keine fünft Minuten mehr stehen zu können. Sie hatte bis dahin nicht gewusst, dass man leblose Objekte so sehr hassen konnte, aber die Schuhe holten ihre dunkelsten Seiten in ihr hervor. Sie hatte den anderen beiden Kellnerinnen geholfen, Getränke aus dem Keller zu holen, und Gläser poliert. Dabei lauschte sie dem Gespräch über Sonderangebote im Drogeriemarkt und schlafunwillige Kleinkinder. Hätten ihre Füße nicht so weh getan, wäre sie im Stehen eingeschlafen.

Sam kam in Begleitung einer zierlichen Frau mit grau meliertem Kurzhaarschnitt, eisblauen, aufmerksamen Augen und einem schmalen Mund, der unentwegt lächelte. Sie trug einen schlichten dunkelblauen Hosenanzug und keinen Schmuck.

Sam im dunklen Anzug und hellgrauem Hemd passte hervorragend zu ihr und in diesen Raum. Nachdem er Mathilda entdeckt hatte, wirkte er zufrieden und bewegte sich sicher und entspannt.

Er rückte der Bürgermeisterin den Stuhl zurecht und wartete ab, bis sie vom Restaurantchef ausgiebig begrüßt worden waren. Dann vertieften sich beide in ihre Speisekarten und tauschten bester Laune Empfehlungen aus. Mehr konnte Mathilda nicht beobachten, da sie vom Chef des Abends angetrieben wurde, schneller und vor allem sorgfältiger zu polieren und die Gäste nicht anzustarren. Man sah, wie der Anteil seiner grauen Haare jedesmal zunahm, wenn er sich mit ihr beschäftigen musste.

Mit zusammengebissenen Zähnen ging Mathilda von Tisch zu Tisch und räumte leere Gläser ab. Sie gab sich redlich Mühe, nicht zu humpeln, sondern zu lächeln, und warf, wann immer sich die Gelegenheit ergab, Sam mörderische Blick zu, die er fröhlich zwinkernd erwiderte. Er lachte und redete, hörte seiner Begleiterin zu, nickte mit begeistertem Gesichtsausdruck.

Die Zeit verging, ihre Zehen wurden langsam taub und alles ging gut, bis sie zu einem Tisch mit einem älteren Paar kam, an dem auch eine der Kellnerinnen stand und die Bestellung aufnahm.

„Wir bekommen die beiden blauen Hummer." Die Stimme des Mannes klang ein bisschen atemlos und sein rotes Gesicht verriet einen sehr hohen Blutdruck, der seine Zeit auf Erden begrenzen würde.

Mathilda stellte das Tablett, mit dem sie gerade die leeren Gläser abgeräumt hatte, wieder ab und wandte sich ihm zu. „Sie wissen schon, dass die Tiere lebend in kochendes Wasser geworfen werden? Ihre Panzer verhindern, dass sie schnell sterben, sie verbrühen ganz langsam und qualvoll. Ihre Augen werden gekocht, während sie noch leben."

Die Frau am Tisch gab ein würgendes Geräusch von sich und verschwand, mit einer Hand vor dem Mund, in Richtung Toiletten.

Ihr Mann warf seine Serviette auf den Teller und wurde noch eine Spur dunkler im Gesicht. „Den Geschäftsführer! Sofort." Er schnappte nach Luft wie ein Ertrinkender.

Der Restaurant-Chef kam angewiesen, den Kopf bereits schuldbewusst eingezogen wie eine Schildkröte und mit einem unsicheren Lächeln auf den feuchten Lippen, unaufhörlich mit zwei Fingern die Brille hochschiebend, die immer wieder von der verschwitzten Nase glitt. Während er sich von dem Gast anhören musste, wie unmöglich sich seine Mitarbeiterin benommen hatte, war Mathilda schon Richtung Aquarium verschwunden.

„Wo sind die Hummer?" Der Inhaber des Lokals sprach leise und kniff die Augen gefährlich zusammen, während der Küchenchef mit einem Tranchiermesser hinter ihm stand und aussah, als ob er Mathilda statt der Schalentiere servieren wollte.

„Keine Ahnung. Ehrlich. Ich war doch bei den Gästen." Sie sah so unschuldig aus, wie die Jungfrau Maria. Ohne vorherige Probe lieferte sie den herzzerreißenden Augenaufschlag von Ulla, den diese einsetzte, wenn sie Spenden für den Tierschutzverein sammelte. Mit einem Gedanken an Bobby, den längst verschiedenen Hund ihrer Kindheit, und ihre jetzt schmerzenden Fersen, gelangen es ihr sogar, eine malerische Träne über die Wange laufen zu lassen. „Bitte. Das war nicht meine Absicht.

Mir taten die Tiere nur so leid, aber ich hab sie nicht gestohlen. Wie sollte ich das denn machen?"

Er seufzte resigniert. „Ist jetzt auch egal. Nach Ihrem Hinweis will die eh keiner mehr essen. Ihnen ist klar, dass es mich ein Vermögen kostet, die Gäste wieder zu beruhigen?"

„Ja natürlich, ich werde das abarbeiten und jeden Tag kommen, bis alles beglichen ist."

„Nein! Ich meine nein, nicht nötig. Es reicht, wenn Sie einfach nur gehen. Ich glaube, Sie passen nicht in unser Team." Damit drehte er sich um und ging mit hängenden Schultern in die Küche.

Mathilda schrieb schnell eine Nachricht für Sam, legte sie auf ein silbernes Tablett und brachte es zu seinem Tisch. „Das ist soeben für Sie abgegeben worden."

Die Bürgermeisterin sah ihm neugierig zu, wie er den Zettel las, und wartete auf eine Erklärung. „Wie wunderbar altmodisch, in einer Zeit, in der jeder nur noch auf sein Handy sieht."

Sam rang sich nur ein Lächeln ab und nickte Mathilda zu. Dann wandte er sich wieder zu seiner Begleiterin. „Nichts Wichtiges. Wo waren wir stehen geblieben? Sie planen eine Verlängerung der U-Bahn-Linie? Das ist ja ungeheuer spannend. Gibt es bereits Details?"

Sam sank wortlos auf den Beifahrersitz seines Autos, in dem Mathilda eine Stunde auf ihn gewartet hatte.

„Man, das hat ja gedauert. Nun sagen Sie schon! War sie es?" Sie wandte sich zu ihm und klopfte ungeduldig auf das Lenkrad.

Er schloss die Augen, als ob er sich sammeln müsste, und drehte sich dann zu ihr. „Wo sind die Hummer? Wissen Sie eigentlich, was Sie da heute Abend getan haben? Sie haben mich unmöglich gemacht! Sie haben mich bis auf die Knochen blamiert! Das war keine Freizeitveranstaltung, sondern eine Ermittlung! Denken Sie gelegentlich auch mal nach, bevor Sie handeln?"

Mathilda zuckte zurück. Im hinteren Teil des Wagens konnte man ein leises Plätschern erahnen.

„Natürlich denke ich nach. Ich hab vom ersten Moment an nichts anderes gedacht als daran, wie ich die Tiere da raus bekomme. Der Rest war ihr Job. Also, war sie es?"

„Nein, ich glaube nicht. Hören Sie, das Thema ist noch nicht beendet. Wir müssen uns dringend über den Umgang mit Kontakten, Beziehungen und das Nervensystem von Hummern unterhalten. Aber das verschieben wir jetzt."

Mathilda biss die Zähne zusammen und zählte bis zehn. „Gut. Wir verschieben das. Warum war sie es nicht?"

„Sie und Walther waren vor hundert Jahren mal ein Paar. Aufgrund der alten Verbundenheit hatte er ihr gesagt, dass sie beobachtet werden sollte, aber keine Gegenleistung für diese diskrete Auskunft gewollt. Sie meinte jedoch, dass man einem Walther Schulz besser keinen Gefallen schuldig blieb und hat ihm wohl im Gegenzug die Mitgliedschaft im Golfclub verschafft. Freiwillig, wie sie sagte."

„Warum hat sie Ihnen das erzählt?"

„Sagen wir es mal so. Sie haben Ihre Technik, um Hummer und Hunde zu befreien, ich hab meine, um Leute zum Erzählen zu bringen."

Mathilda dachte einen Moment darüber nach.

„Glauben Sie ihr?"

„Ja, man kann Lügen sehr gut an der Körpersprache erkennen. Das ist nur schwer zu verbergen, zumal wenn Alkohol im Spiel ist und die Frage unerwartet und indirekt kommt. Und jetzt fahren Sie endlich, bevor der Kofferraum unter Wasser steht."

30.

„Blaue Hummer. Ach Gott, sind die schön! Was machen wir denn mit denen?" Ulla saß im Negligé am Frühstückstisch und stupste eins der Tiere vorsichtig wieder in den mit Salzwasser gefüllten Mayonnaise-Eimer zurück, als es ausbrechen wollte. Die Kater schlichen neugierig näher, hielten aber respektvoll Abstand, da die Hummer, trotz der zusammengebundenen Scheren, sofort auf sie losgingen. Charles hatte sich hinter Ullas Beinen versteckt.

Mathilda nahm sich das dritte Brötchen. Sie hatte die Erfahrung machen müssen, dass in einem Restaurant zu arbeiten, nicht unbedingt hieß, auch etwas zu essen zu bekommen, und sie war ausgehungert. „Ich ruf gleich mal bei meinen ganzen früheren Kollegen an, irgendjemand fährt bestimmt demnächst ans Meer."

Roger räusperte sich. „Freunde von mir fahren morgen nach Helgoland zu einer Segelregatta. Sie könnten die Tiere mitnehmen."

Mathilda sah nicht überzeugt aus. „Und woher wissen wir, dass die sie nicht selbst essen oder verkaufen? Soweit ich weiß, sind die alle zusammen gute 3000 Euro wert."

„Ich verbürge mich dafür. Das wäre meine Chance, den Fauxpas mit deiner Telefonnummer wieder gut zu machen." Er lächelte sie strahlend an, und Ulla tätschelte begeistert seine Hand.

„Wunderbar, mein Schatz. Dann ist das doch geklärt. Bis dahin bringen wir sie im Keller unter, da ist es kühl. Und wie war es mit der Bürgermeisterin?"

Mathilda wiederholte, was Sam gesagt hatte. Roger war noch nicht ganz überzeugt. „Sie ist Politikerin und ist es gewöhnt, sich im Griff zu haben, das macht sie schon ganz automatisch. So schnell würde ich den Verdacht nicht aufgeben. Frag doch mal in ihrem Umfeld nach, wenn ihr schon mal dabei seid."

Ulla sah ihn von der Seite an. „Du magst sie nicht?"

Roger lächelte nur vielsagend und zwinkerte ihr zu.

Mathilda zuckte die Schultern. „Da verlass ich mich auf Sam Schulz, sonst kommen wir ja gar nicht mehr weiter. Er ist wirklich gut darin. Als wir Hollunder im Büro besucht haben, konnte er mir anschließend genau sagen, was für Sachen in welchem Schrank liegen."

„Dann scheint das ja seine Superkraft zu sein. Habt ihr weitere Verdächtige?" Roger schenkte ihr Kaffee nach.

„Na ja, ich glaub ja immer noch, dass es Hollunder war, wenn nicht die Bürgermeisterin. Und es gibt ein Geschwisterpärchen, das sich nicht einig war, wo Mamas Erbe geblieben ist."

„Ich finde die sehr verdächtig." Ulla schaltete sich ein, während sie Charles mit Wurststückchen fütterte. „Es geht um einen verschwundenen Pollock. Das ist doch mal ein Fall nach meinem Geschmack. Millionen wert und von den Kretins der Welt für sinnloses Geschmiere gehalten, nur weil sie keinen röhrenden Hirsch darauf erkennen können."

Roger hob eine Augenbraue. „Das klingt aber wirklich nach einem Verdacht. Hat Walther das Gemälde nicht gefunden?"

„Nein, er hat ein bisschen gesucht und dann geschrieben, dass es wohl in einer privaten Sammlung verschwunden ist. Wer weiß, vielleicht hat die Tochter danach noch einen Detektiv mit mehr Kunstverstand beauftragt."

Mathilda kraulte die beiden Kater, die sich auf ihrem Schoß knäulten und fütterte sie ebenfalls, damit Charles eine Chance hatte, den nächsten Tag zu erleben.

„Ich kümmer mich jetzt endlich mal um den Chinesen. Kam eigentlich noch mal was von Peterson?"

„Ja, er marschierte gestern Abend durch den Garten und hat dich gesucht. Roger hat ihn sehr überzeugend vertrieben." Ulla sah ihren Liebsten so stolz an, als ob er Godzilla besiegt hätte.

„Danke. Tut mir leid, dass er so einen Ärger macht. Ich werde ihn mir demnächst gründlich zur Brust nehmen."

Ihr Telefon klingelte. Es war Sam, der sich erst gar nicht mit Begrüßungen und anderen Floskeln aufhielt. „Kommen Sie sofort ins Büro, bitte. Hier ist … Kommen Sie einfach, und sehen Sie es sich an. Schnell." Seine Stimme verebbte zu einem Flüstern und er legte auf.

Willi stand leise winselnd am Treppenabsatz und wedelte schwach, als sie kam. „Sie müssen dem Hund mehr Sicherheit geben, sonst denkt er irgendwann, er sei ihr Herrchen und nicht umgekehrt. Was ist denn los? Ach du Scheiße." Sie blieb im Türrahmen stehen und sah in das verwüstete Büro von Walther.

Alle Ordner lagen auf dem Boden, Schubladen waren ausgekippt, die Schränke leer und oben auf dem Haufen stand ein Käfig. Sam sah Mathilda an, seine Hände zitterten, Schweiß glänzte auf seiner Stirn.

Sie ging näher und sah im Stroh des Käfigs zwei Ratten liegen. Die dickere große bewegte noch eine Pfote und erstarrt dann. Die andere lag mit weit aufgerissenen Augen und offener Schnauze daneben. Sie war weiß und hatte auf dem Kopf schwarze Haare mit blauen Spitzen.

Sie saßen nebenan in Mathildas ehemaligem Büro am Tisch und überlegten, was zu tun sei.

„Ich habe schon versucht, die Polizei zu verständigen, aber da nichts gestohlen wurde und wegen zweier toter Ratten wollten die Damen und Herren nicht ausrücken. Man empfahl mir den Kammerjäger." Sam zitterte immer noch und rieb sich mit der Hand ein paarmal übers Gesicht.

„Na toll, dann mach ich denen jetzt mal ein bisschen Dampf!" Mathilda sprang auf und suchte das Telefon.

„Nein, lassen Sie das. Es gibt momentan eine Einbruchserie, bei der auch Leute verletzt wurden. Die haben wirklich gerade was Wichtigeres zu tun." Er klang erschöpft. „Aber das ist ja wohl ein eindeutiges Zeichen, oder sehen Sie das immer noch anders?" Sein Blick war anklagend.

„Nein, natürlich nicht." Sie ließ sich wieder auf einen Stuhl fallen. „Die armen Tiere. Was meinen Sie? Wurden sie vergiftet?"

Sam hielt in der Bewegung inne und sah sie fassungslos an. „Ist das Ihr Ernst? Darüber machen Sie sich jetzt Gedanken? Sie wissen schon, dass mit der weißen Ratte Sie gemeint sind, oder? Das ist kein Spaß! Dem Mörder ist klar, dass wir die Jobs nicht angenommen haben, und schickt eine Warnung. Die Zeit der Friedensangebote scheint vorbei."

Mathilda senkte den Kopf und nickte. „Verdammt, wie reagieren wir denn darauf? Wir müssen schneller sein, ihn finden!"

Sam schlug sich entschlossen mit den Händen auf die Schenkel. „Jedenfalls sind wir jetzt nicht mehr die Jäger. Kommen Sie, lassen Sie uns aufräumen und die nächsten Schritte planen. Wir werden tun, was unser Job ist. Wir werden ermitteln."

Verschwitzt und mit schmerzenden Rücken saßen Sam und Mathilda drei Stunden später im wieder hergestellten Büro und ruhten sich aus. Körperliche Anstrengung half gegen lähmende Angst.

Der Computer von Walther ließ sich zum Glück noch starten, er erkannte nur die Tastatur nicht mehr, was eine verschmerzbare Investition sein würde. Sie nahmen vorläufig die aus Mathildas Büro. Die Akten waren, soweit sie das beurteilen konnten, vollständig, wenn auch teilweise lädiert, und die Möbel hatten ein paar Kratzer. Vor ihnen auf dem Tisch stand der Käfig mit den toten Ratten.

„Ich besorg uns mal was zu essen, dann sehen wir weiter." Mathilda stemmte sich hoch und ging.

Den Fehler, Sam loszuschicken, hatte sie nur einmal gemacht. An einigen Tagen hatte sie immer noch das Gefühl, dass sie das mitgebrachte Vollkornbrot noch nicht verdaut hatte. „Sie haben ja Willi, der auf Sie aufpasst."

Mit zwei Schachteln Spinat-Pizza kehrte sie zurück und stellte die heißen Pappen vorsichtig auf die äußerste Kante des großen Besprechungstisches. Am anderen Ende stand Sam mit einem Mundschutz und dünnen Gummihandschuhen und rasierte die graue Ratte.

„Was zum Teufel machen Sie da? Sind Sie jetzt völlig durchgeknallt?"

„Ich ermittel, das sagte ich doch. Eine der Spuren, die unser Täter zurückgelassen hat, sind die beiden Ratten und die untersuch ich jetzt genau. Ich will wissen, wo die Tiere herkommen, vielleicht führt uns das ja zum Mörder."

Er ging ins Bad, wusch sich recht lang die Hände, zog den Mundschutz ab, setzte sich zu Mathilda, und begann zu essen.

Nachdenklich kaute auch Mathilda auf ihrer Pizza und versuchte, nicht das nackte Tier anzusehen. „Aus dem Zoogeschäft stammen die beiden nicht, dazu sind sie zu alt."

„Eben. Weiße Ratten gibt es nicht in der Natur, also muss er sie irgendwo anders gekauft oder gestohlen haben. Ich will sehen, ob ich Einstiche oder andere Wunden finde. Vielleicht sind es ja Laborratten."

„Ich hab hier in den Räumen nach Spuren gesucht und mir den Eingang näher angeschaut. War kein Profi, aber er kannte sich mit Türen aus. Er wusste, wie und wo er den Hebel ansetzen musste, um relativ geräuschlos und schnell reinzukommen. Nicht elegant, aber effektiv."

„Und er hat Sie schon seit ein paar Tagen nicht gesehen. Er wusste nicht, dass Sie sich die Haare wieder umgefärbt haben. Das würde ich jedoch in Klammern setzen, die schwarzblauen Haare waren natürlich eindeutiger, als das Blond, das Sie jetzt haben." Er hatte sich mehrere Zettel genommen und mit Marker die bisherigen Erkenntnisse darauf notiert. Viel war es nicht, trotzdem ein Anfang.

„Bei der dunklen find ich keine Auffälligkeiten, aber bei der Weißen." Er zog einen der Handschuhe wieder an und hob das kleinere Tier vorsichtig auf. „Sehen Sie hier, sie war schwanger und das nicht zum ersten Mal, die Zitzen sind schon ganz ausgeleiert. Also eine Ratte, mit der gezüchtet wurde."

Mathilda schluckte schwer. „Ich ruf mal die Tierheime in der Umgebung an. Vielleicht stammen sie ja von dort. Von dem, mit dem wir zusammenarbeiten, kommen sie nicht, das wüßte ich."

„Ja, aber warten Sie, bis wir mehr über die beiden wissen. Je genauer die Frage desto brauchbarer die Antwort." Sam holte ein Skalpell aus seiner Tasche und schnitt der rasierten dunklen vorsichtig den Bauch auf, klappte mithilfe zweier Büroklammern die Haut zur Seite und entnahm mit einem Kaffeelöffel ein kleines Organ. „Hier. Der Magen. Mal sehen, ob wir noch erkennen können, was drin war."

Mathilda erbrach einen Teil der Pizza auf den Tisch.

Sam sah sie über den Mundschutz hinweg tadelnd an. „Das war jetzt aber nicht hilfreich."

Er schlitzte den kleinen Klumpen auf und heraus quoll ein körniger Brei, der Spuren von kräftig blauem Farbstoff aufwies. „Rattengift. Ok, das ist keine große Überraschung. Wirkt zeitverzögert. Deshalb lebten die beiden noch, als ich ankam."

Mathilda beseitigte, immer weiter würgend, ihren Mageninhalt und trank ein Glas Wasser. „Hat uns das jetzt vorwärtsgebracht?"

„Ein bisschen. Die meisten Rattengiftprodukte sind kräftig rot. Anhand der blauen Farbe können wir die Marke bestimmen. Ein weiteres Puzzleteilchen."

Sie nickte erschöpft. „Gut, dann telefonier ich jetzt noch und geh zum Training. In zwei Stunden bin ich zu Hause. Sie können mich über mein Handy erreichen, wenn sich in dem Lagerhaus etwas tut. Dann fahr ich hin. Kommen Sie zurecht?"

Eine neue Entschlossenheit blitzte in Sams Augen. „Ja. Ich hab Angst, aber ich hab Willi."

31.

Ulla war völlig außer sich. Als sie vom wöchentlichen Arbeitseinsatz im Tierheim zurückkam, hatte sie atemlos der Erzählung von Mathilda gelauscht. „Ok, das reicht. Ihr müsst noch mal zur Polizei und mit der Sucherei aufhören, bis der Spinner gefasst ist." Sie sprang auf und nahm ihre Freundin in den Arm. „Du bist meine Familie, nimm dich mir nicht weg."

„Keine Sorge, Sam ist jetzt richtig aktiv und entschlossen. Ich frag mich nur, warum der kaum noch Angst hat, allein zu bleiben. Nur an Willi kann das doch nicht liegen. Meinst du, der nimmt irgendwelche Pillen dagegen?"

„Hoffentlich nicht. Angeblich bekommen Soldaten ja irgendwas verabreicht, damit sie nicht abhauen, sondern kämpfen."

„Ach du meine Güte, die haben Nebenwirkungen ohne Ende, hab ich mal gelesen. Und schaden langfristig mehr, als sie nützen. Vielleicht fahr ich später noch mal hin. Das ist mir unheimlich. Aber jetzt ist der Chinese dran. Der Laden lässt mir keine Ruhe.

Sam kümmert sich um die erbenden Geschwister, er wird sich umhören, ob das Bild inzwischen wieder aufgetaucht ist. Die Geschichte ist ja immerhin fast drei Jahre her."

„Was meinst du damit, dass der Chinese dran ist? Willst du da auch einbrechen?"

„Nein, da ist immer einer und passt auf. Das wissen wir von der Überwachungskamera. Aber heute sind ein paar Leute mehr da. Vielleicht bekommen sie bald eine Lieferung.

Ich fahr mal hin und versteck mich im Gebüsch. Wenn jemand kommt, verfolge ich ihn, um zu sehen, wer das ist. Die Kennzeichen sind nicht erkennbar auf der Webcam. Vor allem bei schlechten Lichtverhältnissen."

Sie drückte Ullas Hand, die immer noch unglücklich aussah. „Mach dir keine Sorgen, ich pass auf mich auf." Dann ging sie die Treppe hoch in ihr Zimmer.

Kaum hatte sie die Tür geöffnet, wünschte sie sich spontan einen Gartenschlauch wie damals, als die Waschbären den Garten verwüsteten.

In ihrem Bett lag Peterson. Nackt, auf der Seite liegend, ein Bein angewinkelt aufgestellt und wie er glaubte, verführerisch lächelnd und mit stetig wachsender Erregung. Eine Wolke von Herrenparfüm waberte über ihm, seine Hand näherte sich seinem rotgelockten Schritt mit dem herausragenden Gemächt und er zwinkerte ihr zu.

„Was zum Henker …?" Das war laut genug, um Ulla die Treppe hoch rennen zu lassen.

„Überraschung Baby, ich dachte, wir feiern Versöhnung. Auf meine Anrufe reagierst du ja nicht."

Ulla drängte sich neben Mathilda in den Rahmen, während Peterson probierte, die klassischen Unterhose-Model-Positionen einzunehmen. Bei dem Versuch, seine nicht vorhandenen Bauchmuskeln anzuspannen, entwich ihm ein Furz, was ihm vor Anstrengung nicht auffiel.

„Das kann doch wohl nicht wahr sein." Ihre Stimme war nur noch ein Kieksen und auf Petersons gepresst klingende Bemerkung hin „Oh, du bringst deine Freundin mit" brach sie in schallendes Gelächter aus und rutschte am Türrahmen runter, bis sie auf dem Boden saß. Ihre ganze Anspannung löste sich in diesem Lachanfall, der die wachsende Erregung Petersons schnell zu einer vertrockneten Dattel schrumpfen ließ.

Mathilda fand die Situation überhaupt nicht lustig, da sie keine Ahnung hatte, wie sie damit umgehen sollte. Am liebsten hätte sie ihn hochkant rausgeworfen, am besten durch das offene Fenster, durch das er vermutlich auch reingekommen war. Aber sie wollte um jeden Preis vermeiden, seine nackte Haut anzufassen.

„Ziehen Sie sich augenblicklich an, Herr Peterson, sonst werde ich zur Furie."

Mit spitzen Fingern packte sie ein Kleidungsstück nach dem anderen, wobei sie die Unterhose mit dem Hemd zusammen aufnahm, um sie nicht berühren zu müssen, und warf sie ihm aufs Bett.

„Anziehen und dann raus hier. Ich fass es nicht." Sie hielt die Luft an, da der Furz sich sehr ungünstig mit der Parfümwolke verband.

Ulla hatte sich wieder beruhigt. „Komm, Mathilda, nu ist gut. Lass mich jetzt endlich die Polizei rufen."

„Nein, den bugsier ich selbst raus. Los! Anziehen. Oder sprech ich chinesisch?"

Er rieb seinen Hintern immer noch an ihrer blauen Bettwäsche und schnüffelte an ihrem Kissen. Dann erhob er sich langsam und zog sich Stück für Stück an, jeden Moment, den sie ihn anschaute, genießend. Bis sie das bemerkte und zur Seite sah.

Als er endlich bekleidet war, drehte sie ihm einen Arm auf den Rücken, drückte seinen Kopf runter und schob ihn zur Tür. Dabei drängte er sich immer wieder an sie.

„Lass mich los Schätzchen. Komm schon, lass das. Au das tut weh. Hey, was ist los? Wie soll ich denn … aua … mit dir reden, wenn du mir nicht … au verdammt, hör auf damit … antwortest? Hast du eine neue … ahhh nicht so feste … Telefonnummer?"

Ulla hielt die Tür auf, und Mathilda warf den zeternden Peterson mit Schwung hinaus, sodass er auf den Gehweg stürzte und sich die Knie aufschürfte. Da saß er, endlich ruhig und sah sie nur entgeistert an, bis die Tür krachend ins Schloss fiel. „Ich komm wieder! Bis du mir gehörst!"

Die Freundinnen standen aufatmend nebeneinander im Bad und schrubbten sich die Hände.

„Warum willst du ihn nicht anzeigen? Er ist ein Stalker, das würde ich bezeugen. Der kann noch richtig unangenehm werden. Das heute war nur ein Vorgeschmack, glaub mir das." Ulla gab Mathilda ein Handtuch. „Was machen wir jetzt?"

„Mach bitte mal den Grill an. Und ich will ihn im Moment nicht anzeigen, bevor ich nicht mit seinem Arbeitgeber fertig bin. Wer weiß, vielleicht muss ich ihn ja mal was fragen. Da kann ich doch keine Kontaktsperre brauchen." Mathilda trocknete sich ab und ging zum Fenster. Peterson war verschwunden.

„Ok, aber geh ihm aus dem Weg. Und wozu möchtest du den Grill? Willst du jetzt noch essen?" Ulla war erstaunt.

„Ich will die Bettwäsche verbrennen."

„Ach so. Ja klar. Ich mach das für dich. Keine Sorge."

Zurück in ihrem Zimmer zog sie das Bett ab und warf die Wäsche die Treppe runter, wo ihre Freundin sie auffing. Dann zündete sie eine Kerze an, um den Gestank zu vertreiben, und zog sich um.

Diesmal würde sie sich besser vorbereitet und mit professioneller Ausstattung auf die Lauer legen. Schwarze Kleidung mit Kapuze, feste Handschuhe, um notfalls auch Dornengestrüpp anfassen zu können, eine Nachtsichtkamera mit starkem Zoom, mit dem sie Einzelheiten wie Nummernschilder erkennen und aufzeichnen konnte, eine große Taschenlampe, eine kleine Astschere, Ullas Urinal, mit dem sie inzwischen geübt hatte, und noch einiges mehr.

Sie verstaute alles in ihrem dunkelgrauen Rucksack, als ihr einfiel, dass sie bei dieser Gelegenheit die Akkus der Überwachungskamera austauschen könnte. Es war wichtiger denn je, dass sie Tag und Nacht funktionierte. Frische Akkus lagen im Büro.

Als sie das Büro erneut betrat, entdeckte sie sofort das Geheimnis von Sams neuer Gelassenheit. Er stand hinter dem Schreibtisch und hielt ihr eine Waffe entgegen. Aufatmend ließ er sie sinken, als er sah, dass es seine Kollegin war.

Ein wenig peinlich berührt, legte er die Pistole vor sich auf die Unterlage. „Die hab ich in Onkel Walthers Schrank gefunden."

„Ok, das geht zu weit. Wollen Sie jetzt jeden erschießen, der reinkommt? Wir haben unten ein Schild an der Tür, dass wir eine Detektei sind. Hier können potenzielle Kunden reinkommen."

Sam sank auf den Schreibtisch-Thron und ließ den Kopf nach hinten fallen. „Nein selbstverständlich nicht."

„Man kann einiges tun, um das Büro und auch Ihr Haus einbruchsicher zu machen. Das wäre sinnvoller und sicherer. Können Sie mit dem Ding überhaupt umgehen?"

„Natürlich, ich habe eine sehr gute Dokumentation darüber gesehen und die Bedienungsanleitung gelesen. Aber ich weiß gar nicht, ob sie geladen ist." Er nahm sie wieder in die Hand, drehte sie hin und her, bis sich ein ohrenbetäubender Schuss löste.

„Ja, sie ist geladen. Das wissen wir jetzt schon mal." Seine Stimme war eine ganze Oktave höher als vorher. Wie ein rohes Ei legte er sie in die Schreibtischschublade und nahm ein Pillenfläschchen heraus, aus dem er sich zwei rosa Kapseln auf die Hand schüttelte und das er dann Mathilda hinhielt. „Auch welche? Helfen gegen hohen Blutdruck und den haben wir jetzt bestimmt."

Mathilda hörte einen anhaltenden Piepston, der sie sicherlich einige Stunden begleiten würde und sah sich nach Willi um. Der lag seelenruhig vor der Tür. Sein Ex-Herrchen war Jäger, so ein Knall konnte ihn nicht schocken.

„Ich werde die Waffe in den Tresor schließen und wieder meine Meditations- und Yogaübungen aufnehmen." Den Kapseln folgte noch eine Tube mit einem weißen Gel, das er sich direkt in den Mund schüttete.

„Sie brauchen eine Therapie, kein Yoga."

„Glauben Sie? Gut, dann gehe ich mal zu einer Fachkraft und rede darüber, dass ich Angst verspüre, weil ich einen Mörder jage, der mir bereits zweimal mitgeteilt hat, dass er mit meinem Tun nicht einverstanden ist."

„Die Fachkraft wird Ihnen raten, sich einen anderen Job zu suchen."

„Die Fachkraft wird wissen, dass das Überwinden von Ängsten mit einer hohen Serotoninausschüttung einhergeht. Glückshormone für den Laien. Außerdem werden wir uns ja künftig wohl nicht mehr mit Mördern beschäftigen. Ich habe eben mit der Erbin gesprochen. Sie will sich mit mir treffen. Der potenzielle Täter ist ja der Bruder, nicht sie. Dann werde ich den Termin ohne Ihre Begleitung bewältigen können."

Mathilda packte kopfschüttelnd die Akkus ein und fuhr los.

32.

Sie parkte in einiger Entfernung vom Lagerhaus und näherte sich dem Gebüsch, in dem sie beim letzten Mal gesessen hatte, von hinten. Da es noch hell war, suchte sie sich in aller Ruhe und ohne die Nähe hier wohnender Tieren ein Versteck, wo sie es auch mehrere Stunden aushalten konnte. Um sie herum summten ein paar Insekten, es roch nach Gras und warmem Asphalt.

Kurz nach Sonnenuntergang kam Bewegung in die Geschichte. Der Erste, der sich dem Lagerhaus näherte, war Peterson.

Mathildas Hals verengte sich ein wenig und sie sah ihn wieder deutlich vor sich, wie er sich auf ihrem Bett gerekelt hatte. Er betrat durch einen Nebeneingang die Halle.

Dann kam der rote Lamborghini, dessen Fahrer ebenfalls im Lager verschwand. Er war relativ klein und trug einen auffallenden tiefschwarzen Irokesen-Haarschnitt mit einem gezackten Muster auf der Seite. Seine Gesichtszüge waren asiatisch, sein Alter schwer zu schätzen. Mathilda fotografierte ihn und den Wagen und notierte das Nummernschild.

Ein paar Minuten später fuhr ein Laster mit einem Überseecontainer auf der Ladefläche ein. Bingo! Sie konnte eine Lieferung beobachten. Leider setzte der Fahrer den LKW rückwärts an das große Hallentor, das jetzt geöffnet wurde, sodass von außen nicht zu sehen war, was ausgeladen wurde. Aber sie filmte und fotografierte, was sichtbar war, den Fahrer, die

Helfer, die anscheinend in der Halle schon gewartet hatten, und die Kennzeichnungen des Containers.

Da alle, auch der Fahrer, mit Ausladen beschäftigt waren, entschloss sie sich spontan dazu, näher zu schleichen, um einen Sender an dem Lamborghini anzubringen.

Geduckt schlich sie ein paar Meter hinter dem Gebüsch zu dem Teil, durch den sie unbeobachtet auf den Bürgersteig gehen konnte, und dann erst auf die Straße. Sie zog die Kapuze tief in die Stirn und band sich ein dunkles Tuch vor Mund und Nase, sodass nur noch ihre Augen zu sehen waren.

An der dunkelsten Stelle zwischen zwei Straßenlaternen huschte sie auf die andere Seite und ging langsam, an die Mauer des Nachbargrundstücks gepresst, zurück. Immer wieder hielt sie inne und lauschte, was durch das Piepsen im Ohr und ihren heftigen Herzschlag erschwert wurde.

An der Grundstücksgrenze zur Lagerhalle standen nur Disteln und buschige Gräser. Sie ging auf Hände und Fußspitzen, als ob sie Liegestütze machen wollte, und kroch so langsam weiter.

Nur wenige Meter vor ihr lachten und fluchten die Männer beim Abladen der Kisten. Auch von hier aus konnte sie nicht erkennen, um was es sich handelte. Aber wie schon bei ihrem letzten Besuch glich kein Behälter dem anderen, doch alle waren anscheinend wertvoll, da sie nicht geworfen, sondern nur sehr vorsichtig getragen wurden.

Als sie das rote, flache Fahrzeug endlich erreicht hatte, zitterten ihre Muskeln und ihre Handflächen waren wund. Schnell klebte sie den Sender an den Boden, als der Fahrer um den LKW herumlief und in die Fahrerkabine einstieg. Gerade noch konnte sie sich hinter einer Mülltonne ducken. Der Laster fuhr an.

Der Container war leer und sechs Männer kamen einer nach dem anderen heraus, darunter auch Peterson und der kleine Fahrer des Lamborghini. Zwei zündeten sich Zigaretten an und unterhielten sich. Die anderen tranken aus Plastikwasserflaschen und reckten sich nach der Anstrengung.

Mathilda wagte kaum zu atmen. Die Tonne bot keinen besonders guten Schutz und stank nach verwesendem Fleisch. Sollte jemand auf die Idee kommen, auch nur ein paar Schritte in ihre Richtung zu gehen, würde sie sofort gesehen werden.

Einer der Männer näherte sich dem roten Auto, konnte aber zum Glück den Blick nicht abwenden. Ein weiterer gesellte sich dazu und sie tauschten sich in einer Sprache, die Mathilda nicht erkannte, offensichtlich über die Vorzüge aus. Das Lächeln, die Bewunderung, gepaart mit Gier und Neid in den Augen waren international.

„Hab ich auch nur Staub von Kippe auf Lack, drück ich sie dir auf Stirn aus. Kommt rein." Die Stimme des Irokesen-Trägers war schrill und aggressiv.

„Vorher ich steck dir in Arsch." Vorsichtshalber murmelte einer der Raucher leise vor sich hin und schloss sich den anderen an, die gemeinsam zurück in die Halle gingen. Mathilda nutze den Moment sofort, um wieder zu verschwinden.

Mit ihrem Ausflug hatte sie leider die Chance vertan, alle Männer zu filmen und einen Blick in das Lager zu werfen, als der LKW wegfuhr. Als sie schwer atmend und entkräftet wieder hinter ihrem Gebüsch saß, waren die Tore bereits verschlossen. Sie konnte nur hoffen, dass der angebrachte Sender diesen Verlust wettmachen würde.

Weit nach Mitternacht betrat sie ihr Zimmer in der Hoffnung, sich sofort ins Bett legen zu können. Doch es gab kein Bett mehr, nur noch einen leeren Rahmen. Die Matratze, das Oberbett und das Kissen waren verschwunden. Zu müde, um sich darüber zu wundern, tappte sie nach dem Zähneputzen ins Gästezimmer und schlief dort.

Einer der Kater lag auf ihrem Hals, als sie wach wurde, der andere massierte mit den Vorderpfoten ihre volle Blase. Vorsichtig schob sie die beiden zur Seite und ging ins Bad.

Ulla war schon wieder aktiv und schickte Frühstücksdüfte durchs Haus. „Ich hab dein Bett entsorgt, heute Abend kommt eine Schamanin und räuchert es aus, damit von dem Wurm keine negativen Spuren zurückbleiben."

„Was ist denn eine Schamanin?"

„So was wie eine spirituelle Kammerjägerin. Wenn du nicht dran glaubst, ist es auch nicht schlimm. Nach ihrem Besuch riecht es wieder gut nach Kräutern und nicht mehr nach Wurmfurz." Sie öffnete ein flaches Paket, das auf dem Tisch lag und hatte plötzlich leuchtende Augen.

Das monatlich erscheinende englische Magazin „Royalty" war geschickt worden. Sechs Exemplare für den ganzen Club. Die wichtigste Informationsquelle neben dem „Royal News Magazin". Die Damen würden also spätestens am Nachmittag erscheinen und die Hefte aufsaugen. Ulla hob vorsichtig die erste Seite an.

„STOP!" Mathilda sah sie streng an und Ulla ließ das Blatt sofort los. Der Ehrenkodex des Clubs besagte, dass sie nicht vor den anderen ihr Exemplar aufschlagen durfte, damit alle auf dem gleichen Stand waren. „Pack sie weg und lass uns shoppen gehen. Ich brauch eine Matratze und Bettzeug. Neue Bettwäsche war eh fällig."

33.

„Über die Containernummer sollte ich ein bisschen was herausbekommen. Aber im Prinzip könnten die auch Gemüse abgeladen haben."

Sam sah sich die Aufnahmen der letzten Nacht an. „Der Lamborghini parkt seit heute Morgen neben dem Parkhotel. Wir wissen nicht, ob der Besitzer da ein Zimmer hat oder in der Nähe wohnt. Oder ob er überhaupt der Besitzer ist. Also wenn ich ehrlich sein soll, hat die Aktion nicht viel gebracht, außer, dass Sie sich in Gefahr begeben haben."

Er ließ sich auf Walthers Chefsessel zurücksinken und gähnte hinter vorgehaltener Hand.

„Was ist denn mit Ihnen los? Natürlich hat das was gebracht. Sehen Sie zu, dass Sie rausbekommen, was das Ding offiziell geladen hatte und wo es herkam, wem es gehört und wer dahinter steckt. Und über das Kennzeichen sollten Sie ja wohl den Besitzer ermitteln können. Und vielleicht ist der ja im Club der Lamborghini fahrenden Gemüsehändler. Dann gebe ich Ihnen recht. Aber erst dann."

Mathilda kraulte Willi mit der einen Hand und kochte sich einen Espresso mit der anderen. Sie hatte ein neues Bett, Bezüge mit Fischen drauf und eine Nachttischlampe aus Treibholz. Das stimmte nachsichtig. „Schlecht geschlafen?"

„Natürlich hab ich schlecht geschlafen, ich schlafe schlecht, seit wir im Visier des Mörders sind. Jetzt behaupten Sie nicht, dass Ihnen das gleichgültig ist. Außerdem habe ich seit Tagen das Gefühl, verfolgt zu werden. Jaja, sagen Sie nichts, ich weiß, dass ich unter Verfolgungswahn leide und mir alles nur einbilde." Er nahm sich mit einem Kaffeelöffel Zucker, ließ ein paar Tropfen aus einem braunen Fläschchen darauf fallen und schluckte die Mischung.

„Ich hatte noch keine Zeit dazu, schlecht zu schlafen. Wenn die Kamera Bilder von Käufern schickt, fahr ich wieder hin und häng mich an die dran. Sollten die wirklich nur Tomaten abholen, fahr ich anschließend zu Ihnen, setz mich vor Ihre Tür und pass abwechselnd mit Willi auf Sie auf."

„Ja, machen Sie sich nur lustig. Sie leben ja auch nicht allein." Sam war wirklich schlecht gelaunt, sortierte Papiere, kramte in der Schublade, ohne etwas herauszunehmen.

„Ich hab Ihnen schon mal gesagt, dass Sie bei uns wohnen können, bis die Sache durchgestanden ist. Ulla freut sich, die hat einen Narren an Ihnen gefressen. Denken Sie tatsächlich, dass jemand Sie verfolgt? Ich mein, haben Sie jemanden gesehen?"

Er schnaufte und sank ein Stück in sich zusammen. „Danke. Ja, ich glaube schon. Aber ich kann mich auch täuschen. Tut mir leid, ich werde immer nervöser. Jetzt, nach den Ratten, mach ich mir wirklich Sorgen. Die stammen übrigens aus einer Zucht für Futtertiere für Schlangen. Der Verkäufer konnte sich jedoch kaum mehr erinnern, wie der Mann aussah, an den er die zwei verkauft hat. Jedenfalls kein Stammkunde. Er beschrieb ihn als mittelgroß, zwischen 40 und 60, trug eine Kapuze und eine Sonnenbrille, nicht dünn, nicht dick. Also ein Viertel aller Männer. Ich sag Ihnen was. Die Leute schauen nur noch auf ihre Handys und nehmen ihre Umgebung gar nicht wahr."

„Na das ist doch ein bisschen Information. Schreiben Sie das unter die Täterbeschreibung, wir werden schon mehr herausfinden. Gab's sonst noch was?"

„Ja, die Rechnung für die Hummer ist gekommen. 2400 Euro. Und das ist ein Freundschaftspreis."

„Sie sollten sich andere Freunde suchen." Mathilda verließ ohne ein weiteres Wort das Büro, ging zum Bäcker, der in derselben Straße sein Geschäft hatte und kaufte ein halbes Blech Butter-Streuselkuchen. Unterwegs hielt sie unauffällig Ausschau nach jemandem, der der Beobachter sein könnte. Dann kehrte sie wieder zurück. „Hier, essen Sie, Sie sind unterzuckert. Und Sie bilden sich nicht ein, verfolgt zu werden. Unten sitzt einer der Stümper von der Detektei Luns im Auto und tut so, als ob er Zeitung liest. Very old school."

Sam, der gerade versuchte, Butterstreusel mit einer Kuchengabel zu essen, statt ihn in die Hand zu nehmen, wie sich das gehörte, sah sie entgeistert an. „Wie bitte? Ein Detektiv, der einen Detektiv beobachtet? Wo gibt es denn so was?"

„Das weiß ich nicht, aber ich dachte mir, ich bring ihm mal einen Kaffee runter und frag ihn. Kommen Sie mit."

„Na Meister?" Mathilda klopfte an das Seitenfenster des grauen Golfs, hinter dem der Zeitungsleser immer kleiner wurde und schließlich aufgab, sodass sie ihm einen Pappbecher mit extra dünnem und lauwarmen Kaffee geben konnte. „Sie sind ja ein richtiger Könner. Kann ich Ihnen irgendwie weiterhelfen?"

Der Mann schüttelte nur den Kopf und nippte an dem Gebräu, ohne eine Miene zu verziehen.

„Gut. Ich geh mal davon aus, dass Sie mir nicht sagen, für wen Sie arbeiten."

Erneutes Kopfschütteln.

„Ist nicht schlimm, wir fragen einfach Ihren Chef. Schauen Sie doch gerade mal da rüber." Mathilda drehte sich zur Tür, in der Sam wartete und ein Foto machte, wie sie neben dem Detektiv stand und winkte.

„Hören Sie, falls Sie das schicken, bin ich meinen Job los." Der Mann sah sie an wie Charles, wenn ihn die Kater wieder terrorisierten.

„Ist mir klar und wir stellen Sie sicher nicht ein. Ihre Fähigkeiten scheinen nicht ganz ausgereift. Haben Sie mal daran gedacht, die Branche zu wechseln? Vielleicht wäre die Bühne was für Sie. Da dürfen Sie auffallen."

„Ich weiß nicht, wer der Auftraggeber ist. Ich soll nur Ihren Kollegen beschatten. Das ist alles."

„Warum nur mich und nicht Sie?" Sam und Mathilda saßen wieder im Büro, nachdem der frustrierte Berufsgenosse sich aus dem Staub gemacht hatte.

„Keine Ahnung. Wir könnten bei Luns einfach mal anrufen." Sie nahm das Telefon, stellte den Lautsprecher an und wählte. Nach nur wenigen Floskeln wurde sie sofort zum Chef des Unternehmens durchgestellt.

„Oh, Sie haben ihn bemerkt, hätte ich nicht gedacht."

Luns lachte dröhnend.

„Wie meinen? Wieso hätten Sie das nicht gedacht, das war doch nicht zu übersehen?"

„Ach, bei euch zweien wundert sich doch jeder, dass ihr die Haustür morgens findet. Ihr seid echt ein tolles Pärchen, die ganze Branche lacht sich über euch schlapp. Ein dicker Versager und seine Tippse. Sie sind doch die, die vor drei Jahren Schulz an diese Nazi-Truppe verraten hat. Versehentlich natürlich. Nur weil die ein Spanferkel grillen wollten. Die haben ihn fast umgebracht, war doch so, oder? Da war Schulz ja noch besser." Luns Lachen ging in ein keuchendes Husten über.

„Ja, sehr schön. Sie beobachten uns aber nicht, um uns zu beleidigen, sondern weil Sie von jemandem bezahlt werden."

„Hey, Sie sind ja richtig scharfsinnig! Wie haben Sie das denn erraten?"

„Hören Sie auf mit dem Spielchen Luns, wer will was über uns wissen?"

„Nene, das wäre zu einfach. Ihr seid doch Profis, das bekommt ihr bestimmt raus." Luns legte immer noch hustend auf.

Mathilda war heiß und kalt geworden, als Luns die Geschichte mit den Nazis erwähnte. Damals wollte sie unbedingt als Walthers

Assistentin arbeiten. Sie hatten viel zu tun und nach der Zeit im Büro fühlte sie sich fit und fähig, sich als Detektivin zu versuchen. Sie hatte so lang darum gebeten, bis Walther sie zu einer verdeckten Ermittlung mitgenommen hatte. Sie sollten eine Gruppe Neo-Nazis beobachten und herausbekommen, wo die nächste Aktion geplant war. Leider hatte Mathilda die Nerven verloren, als das tote Ferkel für den Grill geliefert wurde und jemand ihm einen Namen gab. Als man das Tier mit vielen geschmacklosen Witzen aufspießte, hatte sie sich und damit auch Walther verraten. Walther hatte die nächsten zwei Wochen im Krankenhaus verbracht und von ihrer Detektiv-Karriere war nie wieder die Rede gewesen.

Sam beruhigte sich trotz der neuen Erkenntnisse, nachdem er das Gebäck mit viel Kaffee runtergespült hatte. Er bemerkte, dass sie still und den Tränen nah war.

„Ich kannte die Geschichte schon. Onkel Walther hatte sie mir seinerzeit erzählt. Kommen Sie. Jeder macht mal einen Fehler."

Er lächelte ihr aufmunternd zu und gab Willi ein paar Brocken Kuchen ab.

„Also. Wir können davon ausgehen, dass der Mörder uns Luns auf den Hals gehetzt hat, und wir werden jetzt hier und heute nicht herausfinden, wer das ist. Die Frage ist, wie wir darauf reagieren.

Entweder wir werfen demonstrativ alles hin. Das will ich auf keinen Fall, dazu bin ich viel zu sehr an dem Pollock interessiert und Sie an dem Chinesen. Oder wir engagieren Bodyguards, das würde aber unsere Arbeit erschweren. Oder wir machen einfach weiter.

Angenommen, der Bruder, der übrigens Herr Hut heißt, oder der Chinese ist tatsächlich der Täter gewesen, dann werden wir ihm bald das Handwerk legen und es kommt zur Konfrontation. Oder keiner von beiden ist es, und davon geh ich aus. Dann sieht der Mörder, dass wir ihm nicht auf der Spur sind, ist beruhigt und lässt uns in Ruhe."

Mathilda runzelte die Stirn. „Soweit die Theorie. Aber mit der Konfrontation und dem Handwerk legen ist das so eine Sache, das müssen wir erst mal hinbekommen."

„Wir schaffen das. Wir sind nämlich kein lächerliches Pärchen, sondern wir sind richtig gut. Wir ergänzen uns und wir denken nicht in alten Bahnen, wir gehen intelligent und unvoreingenommen an die Geschichte ran. Das ist unser Vorteil. Sie besuchen doch noch regelmäßig das Training, oder?"

Sie nickte, hatte aber an den Beleidigungen von Luns schwerer zu schlucken, als sie zugegeben hätte.

Themawechsel. Sie würden so nicht weiter kommen. „Waren Sie bei der Frau, deren Bruder angeblich das Bild gestohlen hat?" Mathilda schob die Streuselreste zusammen und schaufelte sie sich in den Mund.

„Ja, das war sehr interessant! Sie sucht immer noch nach dem Gemälde und hat keinen Kontakt mehr zu ihrem Bruder. Sie glaubt aber weiterhin, dass er hinter dem Verschwinden steckt, bzw. es vor drei Jahren verkauft hat."

„Jetzt sagen Sie bloß, wir sollen es suchen."

„Sozusagen. Wir haben eine Erfolgsprämie vereinbart, für die Sie eine Menge Hummer retten könnten."

„Wie viel?" Mathilda kaute langsamer.

„Fünfhunderttausend, wenn wir ihn finden und nichts, wenn nicht."

„Fünfhundert …"

„Moment. Das ist vor Steuer und wir haben laufende Kosten, die wir noch nicht gesenkt haben! Ein günstigeres Büro sollten wir uns trotzdem langsam suchen. Und Rüdiger hab ich auch noch nicht verkaufen können. Davon abgesehen haben wir das Gemälde noch nicht. Wie gesagt, es ist eine Erfolgsprämie, kein Weihnachtsgeschenk."

„Natürlich. Haben Sie schon eine Idee, wo es sein könnte?"

„Nein, nicht wirklich. Es steht im ‚The Art Loss Register', ist jedoch bisher nicht aufgetaucht. Wir sollten beim Bruder, bei Herrn Hut, anfangen. Ich habe mit ihm ein Treffen für morgen

Nachmittag vereinbart. Sie müssen aber mitkommen. Er ist ein potenzieller Killer und Willi kann ich ja schlecht mitnehmen."

„Ach, ich bin der Ersatz, wenn Willi mal nicht bereitsteht?" Mathilda war irritiert. „Steigt er damit offiziell ins Büro ein und bekommt von allen Einnahmen ein Drittel?"

„Entschuldigen Sie, nein, natürlich nicht. Sie sind übrigens bei dem Besuch meine Partnerin."

„Aha. Als was treten wir denn dort auf?"

„Als Detektive."

„Ist ja originell."

„Ja, nicht? Wir suchen im Auftrag eines Pollok-Sammlers das Gemälde und beginnen beim letzten bekannten Besitzer. Am besten Sie treten äußerlich wieder wie die Sekretärin auf. Es ist besser, wenn er Sie unterschätzt."

„Gut, aber ohne Strumpfhosen. Lieber färb ich mir die Beine. Und dann würde ich sagen, Sie konzentrieren sich auf das Bild und ich achte auf alles, was darauf hinweisen kann, dass er Walther auf dem Gewissen hat und uns an den Kragen will."

Sie planten den Besuch weiter und notierten Fragen, bis Willi sich meldete und auf einem Spaziergang bestand.

Mathilda setzte sich auf den angewärmten Thron und startete das Überwachungsprogramm. „Ich kontrollier noch die Kamera und das Auto, dann fahr ich nach Hause. Ach ja, Ulla will heute Abend grillen. Sie sind auch eingeladen. Bringen Sie ihre und Willis Zahnbürste mit, es wird spät."

34.

Der Lamborghini stand noch am gleichen Platz. Das Lagerhaus lag wie ausgestorben in der Sonne des Spätnachmittags da, man hätte die Filmaufnahme glatt für ein Standbild halten können.

Bevor sie sich auf den Heimweg machte, fuhr sie einen kleinen Umweg, um sich die Umgebung anzusehen, in der der rote Flitzer stand. Sie parkte, stieg aus ihrem Wagen und stellte sich neben den Portier des Hotels. Er war ungefähr in ihrem Alter und trug eine bunte Uniform, die an einen erzgebirgischen Nussknacker erinnerte.

„Können Sie mal ein Foto von mir mit dem Lambi machen?" Sie drückte ihm ihr Handy in die Hand und posierte neben dem Auto, leicht vorgebeugt und mit gespitzten Lippen, als ob sie dem Wagen einen Kuss zuwerfen würde. „Tolles Teil, finden Sie nicht auch? Wem gehört der? Einem Ihrer Gäste?"

Der Portier schüttelte den Kopf und sah ebenfalls sehnsüchtig nach dem Auto. „Nein, der Besitzer wohnt hier in der Gegend. Ein Herr Wang. Trägt einen Handfeger auf dem Kopf als Frisur, Sie erkennen ihn sofort."

„Wissen Sie wo? Den würd ich gern kennenlernen und mal eine Tour mitfahren."

Sie zwinkerte ihm verschwörerisch zu, doch der Mann in der peinlichen Uniform zuckte nur bedauernd mit den Schultern.

„Kein Ahnung. Aber ich könnte Ihnen eine Runde in meinem E 46 anbieten. Ich hab in einer Stunde Feierabend. Und danach trinken wir zwei Hübschen noch was zusammen."

Mathilda verdrehte die Augen und ging zurück zu ihrem eigenen Auto.

„Geldgeile Bitch!"

Dann war er wieder ganz der freundlich lächelnde Mann, der die Türen aufhielt, Koffer und Trinkgelder entgegennahm und für allein reisende Damen einen besonderen Service bereithielt.

„Meine Güte, hab dich nicht so. Du bist jung, du siehst toll aus und er hat dich ein bisschen angebaggert. Du könntest dich ruhig mal um dein Liebesleben kümmern, sonst wirst du noch eine vertrocknete alte Rosine. Sex hält frisch und stärkt das Immunsystem."

Ulla saß mit Mathilda in der Küche und beaufsichtigte den Gärtner, der heute Abend gebucht war, um den Grill zu betätigen und das Essen mit vorzubereiten. Sie schnippelten dabei Salat und spießten Gemüse und Grillkäse auf Holzstäbchen, unterstützt von einem Gläschen Prosecco.

„Ja, du hast ja recht, aber da hab ich im Moment weder Zeit noch Lust zu. Der Hoteltürsteher war echt nicht mein Fall und sonst ist niemand in erreichbarer Nähe." Mathilda schob sich kleine Paprikastücke in den Mund.

„Ach, natürlich findet sich da jemand. Du musst nur mal ein bisschen offen sein und dein Beute-Schema ändern. Mit den Bisherigen bist du immer unglücklich geworden. Abenteurer, die die Welt retten, sind nur in Filmen cool. In Wirklichkeit sind die alle auf einem Egotrip und haben in jedem Democamp 'ne andere Braut. Aber wem erzähl ich das."

„Hab ich doch schon geändert. Ich bin jetzt Special Agent Leroy Gibbs treu. Und Sherlock Holmes. Und Lucifer. Und an wen denkst du da so? Doch wohl nicht an Sam!" Mathilda ließ das Gemüsemesser sinken und sah ihre Freundin eindringlich an.

Ulla lachte gackernd. „Ja das wär's ja noch. ‚Oh Herr Schulz würden Sie mir bitte Ihre Zunge ins Ohr stecken.'. Natürlich, Frau Rosenbaum, aber vorher muss ich es noch desinfizieren. Von Ohrenschmalz bekomm ich immer Sodbrennen.' Ahhhh, pure Erotik."

Nach und nach kamen die Damen des Clubs und die Mitglieder des Tierschutzvereins, ein paar Nachbarn und Mathildas Kampfsport-Gruppe. Sam war mit Willi da, der sich im Garten wie zu Hause fühlte, und sich sofort mit den Hunden der Tierschutzgruppe gegen die Katzen verbündete.

Charles wollte mitmachen, wurde jedoch weitgehend ignoriert, obwohl er doch der Rudelführer hätte werden müssen. Das hier war sein Revier. Aber trotz strengstem Pinkelverbot im Garten wurden alle seine heimlich angebrachten Markierungen überdeckt, und als er sich dazwischen werfen wollte, er auch.

Die Kater nahmen die Kriegserklärung an, und was kein Mensch mitbekam, war, dass eine denkwürdige Schlacht an diesem Abend stattfand, die in die Geschichte der Katzen einging. An deren Ende robbten alle Hunde unter dem Esstisch zwischen den Beinen der Menschen herum und brachten die heruntergefallenen Häppchen den beiden Gewinnern Eddi und Ben.

Der Gärtner hatte sich Verstärkung mitgebracht, da er den Grill bedienen würde, während zwei andere Studenten Getränke servierten und sich um den Rest kümmerten. Sie waren ein eingespieltes Team, da Ulla auch bei vorangegangenen Festen nichts davon gehalten hatte, sich um all das als Gastgeberin zu kümmern. Robbi war ebenfalls vor Ort, um Peterson, sollte er auftauchen, wieder vor die Tür begleiten zu können.

Mathilda genoss den Moment des Friedens, sie war nur von Freunden umgeben, die sie nicht bedrohten und keine dunklen Geheimnissen hatten. Der Killer war weit weg, die Rosen dufteten zusammen mit dem blühenden Lavendel, unterbrochen vom Rauch des zögerlich anbrennenden Holzes, über dem später gegrillt werden würde, und den Bemühungen der Hunde, Charles Revier zu ihrem zu machen.

Sie inspizierte den Tisch neben der Feuerstelle mit den großen Platten und Schüsseln mit marinierten Maiskolben, Jackfruit, Salat, Gemüsespießen, Grillkäse und Veggi-Burgern. Heimlich schnappte sie sich ein Stück Brot mit Grillbutter und beobachtete grinsend Sam und einige andere, die verstohlen nach Würstchen und Steaks suchten, und sich gegenseitig mit der Vermutung beruhigten, dass sich diese im Kühlschrank versteckten. Der Gärtner raubte ihnen die Illusion und teilte ihnen mit, dass das Fleisch noch auf der Weide stand und lebte. Der Haushalt war vegetarisch.

Roger kam etwas verspätet, da er auf einer Baustelle zu tun hatte, wurde aber umso herzlicher empfangen. Als Erstes küsste Ulla ihn ein bisschen länger als nötig vor aller Augen. Sie markierte die Reviergrenzen auf ihre Art. Die Hälfte des Clubs schwärmte für ihn und wanderte schwankend auf dem schmalen Grat, Ulla zu beneiden oder zu verärgern.

Er gesellte sich nur zu gern zu den Damen und badete regelrecht in der Aufmerksamkeit und der Hingabe, mit der sie über wirklich jeden seiner Witze lachten, selbst über die, die keine waren. In regelmäßigen Abständen versorgte er seine Liebste mit einem Kuss auf die Schulter, einem warmen Lächeln und Zwinkern oder auch mit einem Flüstern ins Ohr, was sogar Ulla erröten ließ.

Sam war wider Erwarten wie alle anderen Fleischesser nicht nur satt geworden, sondern hoch zufrieden mit dem, was geboten wurde. Der Nachtisch, in Form von Tiramisu, Eis mit heißen duftenden Himbeeren und warmem Apfelkuchen, war bis auf den letzten Krümel verschwunden.

So sehr Ulla und der Club Anhänger der britischen Krone waren, Anhänger der britischen Küche waren sie nicht. Das waren vermutlich noch nicht einmal die Windsors selbst.

Mathilda hatte sich immer wieder für wenige Minuten zurückgezogen und überprüft, was die Kameras sagten. Als der

Lamborghini losfuhr, war sie kurz davor, die Party zu verlassen, aber dann sah sie, dass er vor einem Sterne-Restaurant hielt.

Gegen Mitternacht verabschiedeten sich die Gäste und nur Roger, Ulla, Mathilda und Sam blieben am Feuer zurück, umgeben von den aufräumenden Studenten.

„Deine Eltern haben übrigens wieder angerufen, Sie kommen demnächst aus Kanada und werden eine Nacht hier übernachten." Ulla streckte sich auf der Bank aus.

Mathilda stöhnte auf. „Was heißt denn hier? Etwa hier im Haus?"

„Nein, ich hab ihnen ein Zimmer im Hotel bestellt. Sam sollte hier im Haus bleiben. Wenn wir zu dritt sind, und manchmal zu viert, kann uns nichts passieren." Ulla angelte die letzten Kirschtomaten aus der Salatschüssel.

„Wo wir jetzt beim Thema passieren sind", Roger setzte sich gerade hin und räusperte sich verlegen, „glaubt ihr nicht, der Killer könnte auch hier auftauchen? Ich will mich ja nicht in eure Wohnsituation einmischen, aber ich werde das Gefühl nicht los, dass Ulla unnötig gefährdet wird. Als sie mir erzählte, dass dieser komische Kerl, dieser Peterson hier eingebrochen ist, hab ich mir schon so meine Gedanken gemacht."

Ob Ulla zuerst „Quatsch!" rief oder Sam „Das stimmt!" ließ sich nicht genau sagen.

„Wir sollten in Ruhe darüber reden." Mathilda sah nachdenklich in die Glut der Feuerstelle. „Roger hat recht. Ulla, sei vernünftig. Wir schlafen heute Nacht hier und danach werde ich bei Herrn Schulz wohnen, bis die Sache ausgestanden ist."

Sam nickte „Und wir können beide Häuser gegen Einbruch sichern lassen. Roger, du hast doch bestimmt Kontakte und Firmen bei der Hand, die so was zu einem vernünftigen Preis machen, oder?"

„Nein! Die Häuser sichern ja, aber ihr zieht nicht aus! Das kommt nicht in Frage!" Ulla war rot angelaufen und völlig außer sich. „Dann zieh ich auch bei Sam ein."

Roger nahm sie liebevoll in den Arm und gab ihr einen Kuss auf die erhitzte Wange. „Lass uns eine Nacht schlafen und morgen noch einmal darüber reden. Wir finden bestimmt eine Lösung."

Grummelnd fügte sie sich und kuschelte sich an ihn. Es war doch etwas abgekühlt und die Glut gab kaum mehr Hitze ab.

Sam wechselte schnell das Thema. „Schön, dass Ihre Eltern herkommen. Sie sind sicher stolz auf Sie, dass Sie jetzt selbst aktiv werden. Von der Gefahr durch den Mörder müssen Sie ja nichts erwähnen."

Mathilda, die den ganzen Abend über Wasser getrunken hatte, da sie nicht wusste, ob sie noch fahren musste, verschluckte sich an ihrem ersten Glas Rotwein.

„Ich darf überhaupt nichts erwähnen. Nicht mal, dass Walther tot ist. Wenn meine Eltern erfahren, dass ich jetzt Detektivin bin, werden sie versuchen, mich zu entmündigen und notfalls in einen Harem verkaufen, solang ich noch gebärfähig bin. Mein Vater ist Erster Kriminalhauptkommissar aD, sein Vater ebenfalls und davor dessen Vater. Die Reihe lässt sich fortsetzen bis zum ersten Höhlenmenschen, der ein Mammut wegen Kacken in der Öffentlichkeit verhaftet hatte. Und ich war schon der Schandfleck der Familie, weil ich als Bürokraft für einen Detektiv gearbeitet habe. Detektive rangieren in seinen Augen in einer Liga mit molwanischen Gebrauchtwagenhändlern."

Sam schwieg nachdenklich, auch Roger sah betreten zur Seite.

„Was ist? Ich tu so, als würde ich immer noch Rechnungen tippen, das werd ich für ein Wochenende ja wohl hinbekommen. Ich spiel im Moment ganz andere Rollen."

Ihr Kollege stocherte mit einem Stock in der Glut und ließ Funken aufsteigen. „Verstehen Sie mich nicht falsch, aber haben Sie schon mal daran gedacht, dass vielleicht Ihr Vater … ich meine, womöglich hat er Walther ja nur getroffen und dann kam es zu einem Unfall."

„Mein Vater ist von allen gesetzestreuen Spießern das Vorbild, die Urform. Er würde niemals sein Ansehen aufs Spiel setzen.

Außerdem war er zu der Zeit mit meiner Mutter in Kanada." Sie schüttelte entschlossen den Kopf und goss sich Rotwein nach.

„Und wenn es jemanden gab, der ihm einen Gefallen schuldete? Oder was ist mit deinem Bruder? Wie Sam schon sagte, es war ja vielleicht ein Unfall. Einer von ihnen wollte mit ihm reden und schon rutschte er in den Teich." Roger warf noch ein Holzscheit auf die Glut, während Ulla leicht schwankend die Studenten bezahlte und zur Tür begleitete.

„Dann hätten sowohl mein Vater als auch mein Bruder ihn aus dem Wasser gezogen und notfalls wiederbelebt. Nein, das trau ich denen nicht zu. Die würden mich zur Adoption freigeben, aber niemals das Gesetz brechen. Die beiden haben noch nicht mal ein Knöllchen wegen falschem Parken bekommen."

„Was? Mathildas Eltern? Ach hört auf! Nu wirds absurd. Die schicken doch keine halb toten Ratten ins Büro. Jetzt hat's euch aber aus der Kurve getragen." Ulla setzte sich wieder in die Runde und warf eine Kirschtomate hoch. Bei dem Versuch, sie mit dem Mund zu fangen, fiel sie mit dem Stuhl hintenüber, rappelte sich auf und schritt so würdevoll, wie es nach dieser Darbietung noch möglich war, ins Haus. Ohne ein weiteres Wort. Mathilda trank ihr Glas leer und verabschiedete sich. Sie wusste schon, welche Folge Navi CIS sie sich jetzt ansehen würde, um besser schlafen zu können. Auch die anderen zogen sich in ihre Betten zurück und dachten über ihre Theorien nach.

Ulla beharrte auf ihrer Meinung. Sogar ein drohender erster Streit mit Roger hielt sie nicht davon ab, darauf zu bestehen, dass Mathilda und Sam im Haus blieben.

„Roger, vergiss es. Noch heute kommt eine Firma, die eine Alarmanlage einbaut, wir haben Willi und notfalls Robbi. Ich werde nicht allein hier wohnen bleiben und auf keinen Fall Tilda und Sam im Stich lassen!" Ihre Stimme war tief und fest, sie hatte nichts mehr von der verliebten Wuchtbrumme, sondern klang nach der früheren Geschäftsfrau, die selbst wusste, was sie wollte und Entscheidungen niemand anderem überließ.

Roger war erfahren genug, um zu wissen, wann eine Diskussion beendet war. Sam nicht, er hatte zuerst noch vorsichtig versucht, ihm Recht zu geben, aber ein einziger Blick von Ulla reichte, um ihn zum Schweigen zu bringen.

Nur Mathilda hatte sich nicht eingemischt, sondern stocherte in ihrem Rührei herum und machte sich Gedanken darüber, was sie hier eigentlich tat. Sie hatte Sam, der Angst vor dem Leben hatte, überredet, nach einem Mörder zu suchen. Nach jemandem, der schon unter Beweis gestellt hatte, wie gefährlich er war. Und das, obwohl sie wusste, dass Sam absolut unfähig war, sich zu wehren. Und sie lockte womöglich den Killer in ihr Haus und brachte somit den wichtigsten Menschen in ihrem Leben, ihre beste Freundin, in Gefahr.

Wem war damit gedient? Der Gerechtigkeit? Walther? Ihrem eigenen Seelenfrieden? Und das, um jemandem hinterherzujagen, der zuerst nur ein Phantom war, bis er seine Existenz selbst bestätigte, indem er zum Gegenangriff ausholte.

Roger lehnte sich zurück und beobachtete sie. „Du denkst daran aufzugeben, richtig? Das ist deine Entscheidung. Mir geht es einzig und allein nur um Ulla. Worum es dir geht, musst du wissen." Dann lächelte er freundlich in die Runde und stand auf. „Ihr Lieben, ich muss los. Der Schreibtisch ruft."

Ulla begleitete ihn zur Tür und gab ihm einen verhaltenen Kuss auf den Weg.

Sam schwieg die ganze Zeit und sah ihm nach. „Wir geben nicht auf. Sie nicht und ich auch nicht. Lassen Sie sich nicht manipulieren." Er sprach so leise, dass Ulla und Roger ihn nicht hören konnten.

Mathilda sah ihn überrascht an. Als Ulla wieder am Tisch war, herrschte einen Moment ein unangenehmes Schweigen, das von Sam beendet wurde.

„Wir haben schon einmal darüber gesprochen, warum wir das alles hier tun. Und ich bleibe dabei. Meine Entscheidung ist, dass ich weitermachen werde. Ich habe Angst vor Onkel

Walthers Mörder, aber ich will ihn hinter Gittern sehen, damit wir uns endlich mit unseren anderen Fällen beschäftigen können.

Die Suche nach dem verschwundenen Pollock ist für mich ein Traum, eine Perspektive. Und wenn ich dafür vorher ein Risiko eingehen muss, dann sei es so.

Vorausgesetzt Sie, Frau Rosenbaum, sind in den entscheidenden Momenten an meiner Seite. Physisch sozusagen. Oder Willi. Der Sie natürlich nicht ersetzt. Ich will sagen, das ist ..."

„Jaja, schon gut, ich weiß, was Sie sagen wollen. Ich werde ebenfalls weitermachen, aber nicht, wenn ich dich damit in Gefahr bringe, Ulla." Sie sah ihre Freundin an.

„Jetzt hört mal gut zu ihr zwei und eigentlich auch der, der gerade verschwunden ist. Es ist ja ganz schön, dass ihr mich alle so sehr schätzt, dass ihr Angst um mich habt. Aber ich bin erwachsen und kann selbst entscheiden. Ich will dabei bleiben. Nicht als Mitarbeiterin, aber als die Erste, die alles erfährt, die über alles informiert ist. Und ich will, dass ihr hier wohnt, bis der Typ hinter Gittern sitzt. Roger muss das akzeptieren. Ich bin mal gespannt."

Mathilda warf genervt ihr Brötchen auf den Teller. „Na toll, jetzt bin ich nicht nur schuld, wenn einem von euch was passiert, sondern auch noch, wenn deine Beziehung den Bach runtergeht. Schönen Dank auch."

„Du bist für gar nichts verantwortlich, hast du mir nicht zugehört? Das ist meine Entscheidung, nicht deine. Ich hatte die Wahl."

35.

Mathilda killte zwei Strumpfhosen, bevor die dritte ihren Kräften standhielt und am Bein saß wie eine zweite Haut. Wenn sie mit dem grauen Kostüm und der beigen Bluse auf die Straße gefallen wäre, hätte man sie für eine Bodenwelle gehalten. Urbane Camouflage. Auch Sam war eher unauffällig und schlicht gekleidet.

Sie teilten die Fragen, die sie stellen würden, unter sich auf, damit beide die Gelegenheit hatten sich ganz auf die Reaktionen zu konzentrieren und die Umgebung zu beobachten.

Das Haus, nein, das Anwesen, zu dem sie fuhren, hatte ein Tor, das sich automatisch öffnete und eine mit weißem Kies bestreute Auffahrt, die zum Eingang führte.

„Hab mal gelesen, dass man solche alten Kästen manchmal für einen Euro kaufen kann. Da sind dann die Dächer undicht oder die stehen so unter Denkmalschutz, dass man noch nicht mal die Fenster putzen darf." Mathilda versuchte, nicht beeindruckt zu sein.

„Sagen Sie Bescheid, wenn Sie wieder so ein Angebot sehen. Ich würde trotzdem zuschlagen." Sam parkte direkt vor der Steintreppe, die zu einem mit Schnitzereien verzierten Portal ging.

„Herr Hut erwartet sie in seinem Arbeitszimmer." Ein älterer Mann ließ sie ein und führte sie durch die Eingangshalle eine breite Treppe hinauf. Sam und Mathilda sahen sich ungläubig an und liefen hinterher.

„Ist der Butler in dem einen Euro inbegriffen?" Sam wagte es nur, zu flüstern.

Zuerst waren Mathildas Absätze noch hell und scharf auf dem Marmorboden zu hören, danach verschluckten dicke Teppiche die Schritte, ein rundes Fenster aus farbigem Glas warf bunte Lichtreflexe auf das Geländer und die Gemälde an den Wänden. Porträts längst verstorbener Männer und Frauen mit Obst, Hund oder Kind auf dem Schoß, alle mit düsterem Hintergrund und Gesichtsausdrücken, als ob Obst, Hund oder Kind schlecht riechen würden. Die Natur hatte es mit der abgebildeten Familie nicht gut gemeint.

Sams Gesicht spiegelte das Unwohlsein, das auch Mathilda verspürte. Aber rechtzeitig vor der Tür mit den glänzenden Messingbeschlägen hatte er sich wieder im Griff. Der Bedienstete, der sie heraufgeführt hatte, klopfte dezent und öffnete. „Ihr Besuch, Herr Hut."

„Danke James, bringen Sie uns bitte den Kaffee." Die Stimme kam vom Fenster her, wo sich jetzt ein schlanker Mann, Mitte vierzig, im hellen Leinenanzug zu ihnen umdrehte. Er trug einen weißen Seidenschal lässig um den Hals drapiert und hielt ein Glas mit einer bernsteinfarbenen Flüssigkeit in der Hand. Sein Lächeln entblößte einen Goldzahn, der außerhalb der Musikszene nur noch selten zu sehen war.

Sein Gesicht ähnelte dem des römischen Caesars, aristokratisch, scharf geschnitten und mit einer beeindruckenden Nase.

Mit einer einladenden Handbewegung deutete er auf die wuchtigen, samtbezogene Sitzgruppe, in die er sich selbst fallen ließ. Breitbeinig mit ausgebreiteten Armen lächelte er sie an, bevor er sich vorbeugte und das Gespräch eröffnete. „Was kann ich für Sie tun?"

Sam hüstelte und suchte, in den weichen Polstern eine selbstbewusste Sitzposition.

„Wir suchen, im Auftrag eines Klienten, den Pollock, der zuletzt Ihrer verstorbenen Frau Mutter gehörte. Wir sind …"

„Ich weiß, wer Sie sind, Sie sind die Nachfolger von Walter Schulz, diesem unfähigen Scharlatan. Und? Was hat meine Schwester Ihnen versprochen, als Sie bei ihr waren? Einen Anteil? Bezahlen kann sie Sie ja nicht, hat alles verprasst. Was schauen Sie mich so an? Ich bin gern im Bilde - verzeihen Sie mir dieses Wortspiel - darüber, mit wem ich es zu tun habe und hole Erkundigungen ein. Sie sind der Neffe und Erbe und Sie, gnä Frau, sind die ehemalige Sekretärin."

Mathilda rührte sich nicht, sie war völlig aus dem Konzept gebracht. Sam fing sich schneller und beeilte sich, das Thema zu wechseln, bevor es wieder peinlich wurde. „Sie haben Ihren Erb-Anteil anscheinend erfolgreicher angelegt."

„Das, was Sie hier sehen," er umfasste mit einer Geste den ganzen Raum und das darum liegende Anwesen, das die Ausmaße der Southfork Ranch in Dallas hatte, „das ist nicht geerbt, sondern erarbeitet. Das vergleichsweise kleine Erbe war die Basis, aber was danach kam, habe ich nur mir selbst zu verdanken. Und das könnten Sie auch haben, nebenbei bemerkt. Ganz legal."

„Wie bitte? Legal? Wie meinen Sie das?"

„Na kommen Sie, machen wir uns nichts vor. Ihr Onkel war ein Erpresser, das wußten Sie doch, oder?" Er sah sie immer noch mit glitzernden Augen an. Caesar ließ die Löwen in die Arena.

„Ja, das ist mir bedauerlicherweise bekannt. Hat er Sie unter Druck gesetzt?" Sam hatte sich ein mit Schafen und Schäferin besticktes Kissen in den Rücken gestopft, sodass er aufrecht sitzen konnte.

„Sagen wir es mal so, er hat es versucht. Aber niemand erpresst Christian Hut. Christian Hut ist immer eine Nasenlänge voraus."

Mathilda bemühte sich, nicht auf Huts gewaltigen Zinken zu starren. Die Andeutung klang bedrohlich. Vor der Tür klapperte es und der Kaffee wurde gebracht. Diesmal kam nicht James, sondern eine zierliche dunkelhaarige Frau von vielleicht zwanzig Jahren, die einen Teewagen hereinschob und schweigend servierte. „Danke Liebling, bitte schau doch noch, ob der Gärtner die Rosen zurückgeschnitten hat."

Mit einem kurzen Nicken zog sie sich zurück und Hut sah Sam und Mathilda triumphierend an.

„Und wie meinten Sie das, dass wir das auch haben könnten?" Mathilda hatte ihre Sprache wiedergefunden.

„Wissen Sie, was immer mein Motto war?" Hut ließ sich wieder in die Polster sinken. „Vertraue nur dem Rat von jemandem, der dort steht, wo du hinwillst. Und ich bin da, wo viele hin wollen. Schauen Sie sich um, Sie sehen nur einen Bruchteil von dem, was mir gehört, und den Weg dahin, den kann ich Ihnen zeigen.

Ich bin Finanzberater. Aber nicht einer von den armen Schluckern, die Omas um die Rente bringen und ihre eigene Verwandtschaft in den Ruin stürzen. Ich bin einer, der es geschafft hat und der Sie auf diesem Weg mitnimmt."

„Weil Sie ein Menschenfreund sind?" Sam nippte an seinem Kaffee.

„Nein, weil ich mich gern mit Menschen umgebe, die so ticken, wie ich. Die nicht wohlhabend sein wollen, sondern reich. Stinkreich. Aber Reichtum kann einsam machen. Ich ziehe mir Weggefährten heran, Leute, die mir dankbar sind und die mir einen Gefallen schulden. Einen großen Gefallen."

„Ja sehr schön." Mathilda war nicht interessiert. „Was ist jetzt mit dem Bild? Sie sagten, Ihre Mutter hätte es vor ihrem Tod verkauft. Darüber gibt es aber weder einen Kaufvertrag noch Geld auf der Bank oder einen Zwischenhändler."

Hut zuckte nur die Schultern. „Was weiß denn ich? Sie hat es mir nie verraten, und glauben Sie mir, mein Interesse daran, ihn zu finden, war genauso groß wie das meiner Schwester. Es hätte mir das Leben sehr erleichtert."

Sam schaltete sich ein. „Sie sagten, mein Onkel versuchte, Sie zu erpressen. Mit was denn?"

„Mit einem ganz anderen Thema. Er hatte bei der Recherche über mich etwas herausgefunden. Jugendsünden.

Sie erwarten jetzt bitte nicht von mir, dass ich Ihnen verrate welche." Er lächelte und zwinkerte Mathilda zu.

„Nein, natürlich nicht." Sam nickte verständnisvoll. „Vielleicht habe ich Sie ja unterschätzt. Das würde ich gern wieder gut machen. Wollen wir mal eine Runde Golf zusammen spielen?"

„Auf dem Platz, auf dem Ihr Onkel ums Leben kam? Was für ein plumper Versuch. Nein, ich spiele kein Golf. Ich spiele Polo."

Und damit waren alle weiteren Fragen hinfällig. James begleitete die beiden zur Tür. Sams Vorstöße, ihn in ein Gespräch zu verwickeln, waren erfolglos und die Hoffnung, noch ein wenig auf dem Grundstück stöbern zu können, war verpufft, da er wartete, bis sie das Auto bestiegen und das Gelände verließen. Der Zaun, der das Anwesen umgab, sah aus, als hielte er nicht nur Wildschweine ab, sondern notfalls auch eine ganze Armee.

Nach nur wenigen Minuten hielt Sam an einem Café an, nachdem sie beide bis dahin nachdenklich geschwiegen hatten. Sie setzten sich in den Garten unter einen Sonnenschirm und Sam bestellte Kaffee und Kuchen. „Was empfehlen Sie mir denn? Laktosefrei bitte. Und ohne Nüsse. Wenn es geht auch ohne Ei."

Die Kellnerin schaute ihn ratlos an. „Wir hätten da noch Schnitzel vom Mittag. Möchten Sie davon eins zum Kaffee?"

„Ja, das nehm ich. Mit Brot. Roggen wenn Sie haben. Kein Weizen. Dinkel ginge auch."

Dann holte er ein paar Notizzettel und zwei Stifte raus und gab einen Mathilda. „Wir sollten unsere Eindrücke festhalten."

Sie malte Kringel auf ihr Blatt. „Mann, war das schräg. Wo soll ich denn anfangen?"

Sam nickte. „Ich versuch's mal. Nichts, von dem, was da los war, war echt. Nicht einmal James oder die Frau. James war kein Butler, die Frau nicht seine Freundin, die Bilder waren samt und sonders neueren Datums und ich würde fast behaupten, das Haus gehört ihm nicht."

Mathilda sah ihn verblüfft an. „Was wirklich? Wie kommen Sie denn darauf?"

„So guckt kein Butler. Der hat nur den Diener gespielt, genau wie die Freundin. Und Huts Auftritt war inszeniert. Jemand, der dort wohnt, bewegt sich in vertrauten Räumen anders. Er hat einen Stammplatz auf der Couch und zögert nicht, sich zu setzen. Es standen keine persönlichen Gegenstände herum, Fotos, Andenken. Außer einem Familienfoto und da war definitiv nicht die angebliche junge Freundin drauf abgebildet. Wenn sie es wirklich wäre, wäre das das Erste, was sie aus dem Fenster geworfen hätte. Ich wage mal die These, er mietet sich dort regelmäßig ein, um seine Kunden zu beeindrucken, aber mehr auch nicht."

„Jetzt, wo Sie es sagen. Wenn er Polo spielt, müssten irgendwo Reitklamotten liegen. Alle Pferdebesitzer haben Bilder ihrer Tiere rumhängen, Trophäen rumstehen, irgendwas. Da war nichts."

„Aber er wußte gut über uns Bescheid. Also fühlt er sich von uns bedroht, sonst hätte er den Aufwand nicht betrieben. Ich würde sogar meine Taschenuhr darauf verwetten, dass er es war, der Luns beauftragt hat. Und er wußte über Onkel Walther Bescheid."

Mathilda leckte ihre Kuchengabel langsam ab. „Niemand will Ihre Taschenuhr haben. Aber Sie haben Recht. Da stimmte noch was nicht. Er wußte von Ihrem Besuch bei seiner Schwester, also hatte er uns schon beobachten lassen, bevor die Schwester uns überhaupt beauftragt hat oder sie hat ihm davon erzählt."

Sam blieb der Mund kurz offen stehen. „Das ist richtig, in der Tat ein Umstand, der mir noch gar nicht aufgefallen ist. Ich hatte gedacht, dass seine Beobachtungen mit meinem Besuch von Frau Hut zusammenhingen. Die beiden sind bis aufs Blut zerstritten, sie hat ihn ganz sicher nicht angerufen. Was heißt das für uns? Wir wurden schon seit längerem beobachtet."

„Und er hatte von Anfang an ein Interesse daran, dass wir aufhören, also hat er uns die Jobangebote geschickt und dann die Ratten. Stichwort Leute, die ihm einen Gefallen schulden."

„Und er hat ein Motiv. Sowohl für Onkel Walthers Tod als auch für unseren. Wahrscheinlich hatte mein Onkel herausgefunden, dass alles nur Lug und Trug ist. Wenn wir durchblicken lassen, dass wir das ebenfalls glauben, sind wir genauso dran."

Sams Stirn und Nasenrücken wurden feucht, seine Gabel fiel klirrend vom Tisch.

„Na, rufen Sie ihn doch morgen an und sagen ihm, dass Sie an diesen ominösen Anlagestrategien interessiert sind. Dann fühlt er sich gebauchpinselt und nicht ertappt."

„Gute Idee, so machen wir das. Vielleicht ist er ja tatsächlich unser Mörder. Jetzt frag ich mich nur, wie wir ihm das nachweisen sollen."

„Gar nicht erstmal. Wenn Sie sich nach der wundersamen Geldvermehrung erkundigen und wir uns ansonsten als blöd und unfähig darstellen, verliert er ja vielleicht das Interesse an uns. Sollte uns nicht schwerfallen. Besonders erfolgreich waren wir ja noch nicht."

„Vielleicht. Vielleicht aber auch nicht. Ich glaube nicht, dass ich mit einem „Vielleicht" gut einschlafen kann." Sam bestellte einen weiteren Kaffee.

„Natürlich nicht, wir machen beides. Wir stellen uns doof und recherchieren heimlich. Wenn Sie erst mal als potenzieller Kunde bei ihm bekannt sind, haben Sie ja vielleicht ganz andere Möglichkeiten an Informationen zu kommen."

„Niemals. Sie wissen, dass ich ohne Sie dort nicht hingehen werde. Das ist mir die Erkenntnis nicht wert."

„Nehmen Sie Willi mit."

„Frau Rosenbaum. Ich sagte mehr als einmal, dass der Hund Ihre Begleitung nicht ersetzt."

„Ist ja schon gut, war ein Scherz."

Als sie von ihrem inzwischen leeren Teller aufsah, blieb sie mitten in der Bewegung stecken. Sam folgte ihrem Blick. Peterson kam durch den Garten auf sie zu.

„Was machst du hier? Wer ist der Mann?" Ohne zu zögern, setzte er sich und schob sich zwischen Sam und Mathilda.

Die Atmosphäre kühlte merklich ab. Die Vögel in den Bäumen hörten auf zu singen und sahen interessiert zu, was jetzt als Nächstes passierte. Aber kurz bevor Mathilda ihre Abneigung gegen Peterson herauslassen konnte, malte Sam ein kleines

Nashorn auf eine Serviette und hielt es so, dass sie es sehen konnte. Sie presste die Lippen aufeinander, lächelte verkrampft und entspannte die Hände unter dem Tisch wieder. „Das ist mein Kollege, Herr Schulz. Herr Schulz, das ist Herr Peterson. Er ist ein Bekannter, der mir erstaunlich oft über den Weg läuft, wenn ich gar nicht damit rechne."

„Ich bin der Traum deiner schlaflosen Nächte Baby. Du kannst dem ruhig sagen, wer ich bin."

Sam sah interessiert zu und wackelte mit dem Nashorn hin und her.

„Herr Peterson, Sie stören gerade eine geschäftliche Besprechung. Könnten Sie uns bitte allein lassen."

„Du kannst mir nichts verbieten! Ich kann hier so lange bleiben, wie ich will." Seine Mundwinkel zeigten nach unten zu dem pickeligen Adamsapfel und die Unterlippe begann zu zittern.

„Wann studieren Sie eigentlich? Müssten Sie nicht um diese Uhrzeit in der Uni sein?"

„Du lässt mir ja keine Zeit zum Studieren! Ich muss immer gucken, wo du bist. Du bist schuld, dass ich zu nichts anderem mehr komme." Hastig griff er nach einem Glas Wasser, das eigentlich für einen anderen Tisch bestimmt war, und trank es leer.

„Was? Haben Sie etwa alles aufgegeben? Glauben Sie, irgendeine Frau interessiert sich für Versager?"

„Ich bin kein Versager! Ich liebe dich und ich will bei dir sein, wann kapierst du das endlich?" Er rülpste, seine Nase lief und Sam winkte der Bedienung, um zu zahlen.

„Nehmen Sie ihr Studium wieder auf, sonst wird es böse mit Ihnen enden." Mathilda ging mit schnellen Schritten hinter Sam her, der sich schon dem Auto näherte. Peterson folgte ihr, wurde aber von einem kräftigen Kellner aufgehalten, da er nicht bezahlt hatte.

36.

„Ich schreib heute den Bericht." Sam sah in den Rückspiegel, als ob er befürchtete, dass Peterson sie zu Fuß verfolgte. „Der braucht die mütterliche Resolutheit."

Mathildas Handy begann zu piepen. „Verdammt, jetzt hat der auch noch meine neue Nummer." Entnervt zog sie es aus der Tasche, sah aber sofort, dass es sich um eine Nachricht handelte, dass der Lamborghini sich bewegte. Der Sender zeigte in Richtung Lagerhalle.

„Schnell, wir müssen dahin! Da passiert was!" Mathilda trat unwillkürlich fast ein Loch in das Bodenblech auf der Beifahrerseite. „Los, geben Sie Gas!"

„Oh nein, da komm ich nicht mit. Und bei aller Liebe zum afrikanischen Großwild, aber meine Haut ist mir im Moment näher als deren Hörner. Lassen Sie uns bitte erst Hut überführen und dann die Tierwelt retten."

„Wir fahren jetzt zu der Lagerhalle und sehen, was da los ist! In der Zeit wird Hut uns nicht um die Ecke bringen! Wissen Sie eigentlich, wie die Bären leiden, wenn denen die Gallenflüssigkeit abgezapft wird? Dass es nicht mehr viele Nashörner gibt? Tiger? Schuppentiere?"

„Es gibt nur einen Sam Schulz und sobald der getötet wird, ist er ausgestorben. Frau Rosenbaum, sehen Sie doch ein, dass wir in dieser Situation erst mal an uns selbst denken müssen!

Hut weiß jetzt definitiv, dass wir das Bild suchen, dass wir ihm auf der Spur sind, dass wir eine Bedrohung für ihn sein können.

Er hat versucht, uns einzuschüchtern und als Nächstes wird er uns beseitigen! Und da richten wir nichts aus mit Kameras und Trackern. Wir können da auch nichts beobachten. Er hat Beziehungen und Abhängigkeiten. Wie die Mafia!"

„Ach, jetzt ist Hut plötzlich die Mafia? Vor Kurzem hatte noch der Chinese diese Rolle. Und das Beziehungsgeflecht der Bürgermeisterin hatte durchaus ähnliche Züge. Wird langsam ein bisschen inflationär mit der organisierten Kriminalität. Was wollen Sie denn machen? Im Büro sitzen und warten? Worauf denn?"

Sam hatte rote Flecken am Hals und an den Wangen. Er fuhr bedenklich schnell und wäre beinah in den Gegenverkehr geraten, als er einen Traktor überholte. „Wir können mehr tun, als nur warten. Moderne Detektivarbeit findet auch am Schreibtisch statt. Ich hab mir ein Handbuch zum Thema Hacken von Computern besorgt. Damit werden wir vieles erledigen können, ohne die Räume verlassen zu müssen."

„Ein Handbuch zum Hacken. Ja klar. Kapitel eins: Wie überführ ich einen Betrüger. Kapitel zwei: Wie füll ich mein Konto auf. Kapitel drei: Wie führ ich meinen Hund auf der Datenautobahn Gassi."

„Es gibt noch andere Möglichkeiten. Bonitätsprüfungen zum Beispiel oder Bewertungen oder die Suche nach enttäuschten Anlegern. Die wird es auch geben. Freunde und Verwandte finden, die Sie interviewen werden ..."

„Setzen Sie mich bei meinem Auto ab. Ich fahr allein zu dem Lagerhaus, wenn es dann nicht längst zu spät ist. Mensch, den Weg hätten wir jetzt wirklich machen können. Verdammt!"

„Es wäre konstruktiver, Sie würden sich an der Entlarvung Huts beteiligen! Sie haben doch die Erfahrung in Sachen Online-Recherche! Sie sollten ihre Prioritäten überdenken. Wenn Sie tot sind, helfen Sie den Tieren auch nicht mehr."

„Ich habe meine Prioritäten und Sie haben Ihre. Und ich fände es sehr wünschenswert, wenn Sie sich in meine nicht einmischten, Sie ... Sie ... Sie Angsthase."

Es blitzte und in den nächsten Tagen würde ein Foto von Sam und Mathilda ins Haus geschickt, auf dem beide nicht wirklich entspannt aussahen.

„Auch das noch. Ich bin noch nie zu schnell gefahren! Das fehlt mir jetzt gerade noch." Sam, der richtig laut geworden war, trat auf die Bremse und passte sich der zugelassenen Geschwindigkeit an.

„Echt? Das ist ein Problem? Wir streiten uns darüber, wie groß die Gefahr ist, dass uns einer abmurkst und Sie machen sich in die Hose, weil Sie zu schnell gefahren sind? Da vorne ist mein Auto. Lassen Sie mich raus und nehmen Sie eine Pille. Irgendwas werden Sie schon dagegen haben. Gegen ihr So-Sein."

Sam hielt so abrupt, dass Mathilda in den Gurt gedrückt wurde. Sie stieg ohne ein weiteres Wort aus und knallte die Tür zu.

Als sie zum Lagerhaus kam, stand zwar der Lamborghini vor der Tür, aber sonst war niemand zu sehen. Das konnte heißen, dass sie zu spät war, was zur Folge hätte, dass sie Sam in seinen nächsten Kaffee spucken würde oder dass sie rechtzeitig war. Dann müsste sie warten. Im Gebüsch. Mit Kostüm, Pumps und Strumpfhosen.

Mathilda nagte an ihren Fingernägeln, was keinen Spaß mehr machte, seit sie sie lackiert hatte, und dachte nach. Ohne viel Hoffnung wand sie sich durch die Heckklappe in den kleinen Smart und wühlte sich durch das Lager aus leeren Getränkedosen, Eiskratzern, Plastiktüten und Keksschachteln hinter den beiden Sitzen. Ganz unten fand sie ein paar Flipflops. Na also, immer noch besser als die Stelzen, die sie jetzt trug.

Ein älterer Herr mit Dackel ging an ihr vorbei, als sie sich aus der Strumpfhose pellte und grüßte höflich. Dann schlug sie sich ins Gebüsch und schlich zu ihrem angestammten Beobachtungsposten. Brennnesseln streiften ihre nackten Beine, sie rutschte mehrmals aus den Latschen und trat in Dinge, die sie nicht näher betrachten wollte. Einmal blieb sie mit dem Rock in den Brombeerranken hängen.

Als sie ihren Platz erreichte, bluteten ihre Beine und Füße aus unzähligen kleinen Kratzern, worauf sich sofort Heerscharen von Insekten stürzten. Sie erschlug ein paar und hängte sie vor sich in die Spinnennetze, um die Bewohnerinnen gnädig zu stimmen. Mit dieser Aufgabe beschäftigte sie sich die folgenden zwei Stunden. Die Spinnen wurden fett, sie hatten Vorräte für die nächsten drei Winter und die kommende Generation.

Der Streit mit Sam nagte an Mathilda. In Gedanken führte sie ihn weiter. In der ersten Zeit endeten die Auseinandersetzungen jedesmal mit einem KO von Sam, später damit, dass er sich bei ihr entschuldigte, und gelobte, demnächst immer auf sie zu hören.

Kurz bevor sie dazu kam, zu überlegen, ob auch sie sich vielleicht falsch verhalten haben könnte, kam ein weißer Kombi auf den Hof gefahren und wie von Geisterhand öffnete sich das Tor. Der Wagen parkte rückwärts davor und der Fahrer stieg aus. Während er im Büro verschwand, beluden hilfreiche Geister den Kofferraum mit zwei stabilen Holzkisten.

Mathilda hatte gerade noch Zeit, das Nummernschild zu notieren, da kam der Fahrer auch schon wieder heraus. Zum Fotografieren war es inzwischen zu dämmrig und sie hatte nur ihr Handy dabei. Also rannte sie so schnell wie möglich zu ihrem Wagen zurück, ohne auf weitere Verletzungen zu achten, wendete und fuhr hinterher.

Nun ist ein Smart nicht gerade das ideale Fahrzeug, um einem anderen Auto unauffällig zu folgen. Aber da sie aufgrund des Nummernschilds erahnen konnte, welche Richtung der Kombi vermutlich nehmen würde, kam sie leidlich hinterher, ohne zu sehr aufzufallen.

In der Nachbarstadt war die Fahrt dann endlich zu Ende und der Fahrer parkte vor einem Laden, mit großem dunklen Schaufenster. Eine Frau kam sofort heraus und half, die beiden Kisten reinzutragen. Mathilda notierte die Adresse und fuhr nach Hause. Sie hatte genug gesehen. Der Lamborghini war wieder vor dem Hotel, weitere Käufer wurden also heute nicht mehr erwartet.

„Hier ist dein neuer Schlüssel. Sam hat auch einen und Roger. Weitere gibt es nicht. Wer sonst noch rein will, muss klingeln oder einen Tunnel graben." Ulla wedelte mit einem Sicherheitsschlüssel vor Mathildas Nase, als diese nach Hause kam.

„Robbi musste sich schon wieder um den Wurm kümmern, der wollte dringend zu dir. Sam sagte mir, dass er heute bei euch aufgetaucht ist."

„Hat Herr Schulz sonst noch was gesagt?"

„Ja, dass ihr euch gezofft habt. Sag mal, wie siehst du eigentlich aus? Bist du unter einen Mähdrescher geraten? Oh Gott, komm ins Bad, das müssen wir desinfizieren! Das Kostüm ist ruiniert. Was ist denn passiert?"

Mathilda setzte sich auf den Badewannenrand und wusch vorsichtig das Blut und den Schmutz von den Beinen. Es sah aus, als hätte sie mit tollwütigen Katzen gebadet. Ulla tupfte Salbe auf die unzähligen Kratzer. Dabei hörte sie Mathildas Bericht zu.

Am Esstisch suchten sie mit dem alten Laptop nach dem Laden, zu dem die Kisten gebracht worden waren.

„Sieh mal einer an. ‚Drachenklang' Esoterikladen, Heilpraktikerpraxis, Lebenshilfe und Tarot. Dann werden wir mal sehen, was die so unterm Ladentisch alles verkaufen." Mathilda schaute auf.

Sam stand auf der Treppe, unschlüssig ob er zu ihnen oder wieder zurück ins Gästezimmer gehen sollte. „Sie haben sich kasteit? Wäre doch nicht nötig gewesen. Aber wie sagte seine Heiligkeit der Dalai Lama so treffend? Leid adelt den Menschen. Nur wer Leid erträgt, wird Glück erfahren."

„Ulla, könntest du Herrn Schulz bitte mitteilen, dass ich die Verletzungen bei einer Observation davon getragen habe?"

„Vergiss es, er steht vor dir. Das Spielchen kenn ich aus zu vielen Filmen, das ist ausgelutscht."

Sam räusperte sich. „Immerhin, Sie zeigen Einsatz."

„Ja, jeder nach seinen Möglichkeiten. Und? Haben Sie sich Schwielen am Hintern geholt? Oder einen Mausarm?"

„Was bitte ist ein Mausarm?" Ulla sah verwirrt aus.

„So was wie ein Tennisarm. Eine Sehnenscheidenentzündung vom hin- und herschieben der Computermaus. Mensch Ulla, du versaust einem aber auch jede Pointe."

„Ihr zwei versaut mir gerade den Tag. Mathilda, was Sam macht, ist wichtig, damit ihr ohne diese ständige Bedrohung endlich mal zur Ruhe kommt. Dass du das ignorierst, ist kindisch und gefährlich.

Sam, was Mathilda macht, ist ebenfalls wichtig. Tierschutz ist ihr Leben und ihr könnt gute Presse gebrauchen, damit der Laden läuft. Außerdem wisst ihr beide immer noch nicht mit Sicherheit, wer euch ans Leder will.

So und den Rest klärt ihr selbst. Ich hab jetzt ein Treffen mit der Freunden englischer Gärten. Eine Rosenzüchtung zum 60-jährigen Thronjubiläum, die ‚Royal Jubilee', mit einer neuen Duftvariante wird vorgestellt. Have a nice day."

Sam setzte sich an den Tisch und sah erst auf seine Hände, dann auf Mathildas Verletzungen. „Da, an Ihrem Schienbein ist noch ein Splitter unter der Haut. Soll ich mal ...?"

Mit verschränkten Armen und ohne aufzustehen, legte Mathilda mit Schwung das verletzte Bein auf den Tisch. Sam holte eine Pinzette aus dem Bad, reinigte sie mit Alkohol und zog den Span vorsichtig aus der Wunde. „Fertig. Erzählen Sie mir, was passiert ist?"

„Zwei Kisten wurden gekauft. Von 'nem Esoterikladen."

„Welch blumige Schilderung, da hab ich doch glatt das Gefühl, dabei gewesen zu sein. Was in den Kisten drin ist, haben Sie nicht herausbekommen?"

Mathilda schüttelte den Kopf. Dann entspannte sie sich ein wenig. „Und Sie?"

„Tja, Herr Hut ist faktisch bankrott. Und in der Tat gehört ihm das Anwesen nicht. Einige sind wirklich geblendet von seinem

Auftreten und begeistert, aber andere sind auch recht sauer, weil sie durch ihn nicht so viel gewonnen haben wie versprochen.

Er hat mehrere Prozesse am Hals, was ihn jedoch nicht davon abhält, weitere Anleger zu ködern. Warum er pleite ist, ist unklar. Seine Anlagestrategien sind riskant, aber nicht halsbrecherisch. Sie sind so breit gestreut, dass man kaum den gesamten Einsatz verlieren kann, und es war nichts dabei, was in den letzten Jahren Kapital vernichtet hat."

„Das kann er nicht alles an Walther bezahlt haben. So reich war der nun auch wieder nicht. Oder?"

„Gute Frage. Vielleicht schon. Onkels Haus ist abbezahlt und in der Wohngegend gute eineinhalb bis zwei Millionen wert. Die Autos, die Reisen, die Kleidung, der Lebensstil und ich fürchte, er hat nicht unerhebliche Summen im Spielcasino verloren. Ich hab da ein paar Bemerkungen von Bekannten gehört."

Mathilda grübelte. „In der Tierwelt bringen Schmarotzer nur in den seltensten Fällen ihren Wirt um. Das bringt evolutionär nur Nachteile. Ich glaube also nicht, dass Walther so doof war, seine Opfer bis zur Pleite auszunehmen. Da muss noch was anderes sein."

„Ja, das glaub ich auch. Ich bleibe dran. Soll ich morgen mal mit Ihnen zu diesem Laden fahren? Vielleicht bekommen wir ja raus, was dort verkauft wird."

„Ja. Das ist eine gute Idee. Nashornhorn und Produkte mit Tiger-Bestandteilen werden gegen Impotenz gegeben. Das stellen Sie glaubhafter dar als ich."

37.

„Sie sehen sich die Bücher an und ich komme etwas später und schau mal, was ich machen kann." Sam trug eine helle Leinenhose und ein Hemd aus brauner, grober Baumwolle. Immer wieder kratzte er sich verstohlen und stöhnte leise.

„Ein Büßerhemd? Ich hab mich schon lange gefragt, warum das so heißt, aber jetzt wird mir alles klar. Wär doch nicht nötig gewesen." Mathilda konnte ihre Schadenfreude nur schwer unterdrücken.

„Das Hemd hat den Tragekomfort eines Kartoffelsacks. Meine Haut ist empfindlich, sie reagiert sofort auf solche rauen Fasern. Aber alle anderen Kleidungsstücke aus meinem und Onkel Walthers Fundus wären einem Besuch in einem Esoterik-Shop nicht angemessen gewesen. Das hier ist das glaubwürdigste Stück, das ich fand. Und zum Einkaufen, sagen Sie, haben wir ja keine Zeit." Er warf ihr einen genervten Blick zu.

„Nein, haben wir nicht, Sie werden noch ein bisschen länger büßen müssen."

Sam parkte in einiger Entfernung zu dem Laden. Mathilda machte sich auf den Weg, gekleidet in ein wallendes Gewand in fröhlichem Orange aus Ullas vergangenen Zeiten, als sie noch die Farben der Morgensonne trug, und das sie als Andenken daran behalten hatte.

Bunte Kleidung und Windspiele, die leise klingelten, hingen auf Ständern vor der Tür. Im Schaufenster wurden Tücher und

Traumfänger angeboten, es lagen Buddhafiguren aus Holz und Stein auf einem Regal neben Klangschalen und Räucherstäbchen.

Lange Hölzer schlugen gegeneinander, als sie den Laden betrat, dessen patschuligeschwängerte Luft und leise Meditationsmusik sie in eine andere Welt versetzten. Niemand hier stellte die Existenz von Engeln und anderen übernatürlichen Wesen infrage.

Jeder hatte eine Aura, die sicht- und spürbar war, und es gab kein Problem, das nicht gelöst werden konnte mit Meditation, Pulvern und Tinkturen, Heilsteinen und -pflanzen, Ritualen, Yoga oder Akupunktur, Trommeln oder Handauflegen. Niemand wurde mit seinem Leid allein gelassen.

Der Raum war hell und freundlich, wenn auch ein bisschen dunstig. In der hinteren Ecke bildeten riesige Kissen mit orientalischen Mustern eine gemütliche Sitzecke, um einen niedrigen Rattantisch herum.

„Hier ist Kräutertee. Willst du dich erst mal umschauen? Ich hab dich hier noch nie gesehen." Ein junge Frau mit Haaren, die von Natur aus rot wie das Fegefeuer waren, hielt ihr einen Becher aus Ton hin und lächelte.

„Ja danke. Ich hab euch im Internet gefunden und wollte schon immer mal vorbeikommen." Mathilda nahm den Tee und schlenderte zu den Büchern.

„Suchst du etwas Bestimmtes?"

„Ja, ich suche schon länger mein Krafttier. Ich dachte, das wäre der Wal." Sie zeigte ihr Tattoo. „Aber irgendwie fühlt es sich seit einiger Zeit nicht mehr richtig an."

„Ja manchmal ändern sich die Krafttiere oder es kommen welche hinzu. Ich habe Karten, die dich bei deiner Suche unterstützen können. Und Trommeln."

In dem Moment betrat Sam den Raum.

„Ok, ich schau mir das mal an." Mathilda nahm die Karten und den Tee und ließ sich in der Sitzecke nieder.

„Namaste, meine Liebe, Namaste!" Sam sah sich kurz um und ging gleich zum Tresen.

„Namaste, hier ist Kräutertee, kann ich dir helfen?" Wie aus dem Nichts hatte sie einen neuen Becher bereit und hielt ihn diesmal Sam hin, der ihn mit beiden Händen entgegennahm.

„Ich danke dir! Und ich hoffe doch sehr, dass du mir helfen kannst. Du bist Tiponi? Du und dein Sortiment sind mir von wohlmeinenden Geistern ans Herz gelegt worden."

Die junge Frau nickte und lächelte strahlend. „Das hör ich gern, ich habe wirklich alles, was Leib und Seele begehren und noch einiges mehr."

Unschlüssig studierte Sam ein Regal, auf dem große Gläser mit Tees und Kräutern standen. „Beifuß, Rosmarin, Brennnessel, Löwenzahn, Baldrian, Himbeerblätter … ist das alles? Das find ich doch auf jeder Wiese. Man sagte mir, du hättest auch, hm, anderes." Er zog fragend die Augenbrauen hoch und drehte sich zu ihr um.

„Natürlich. Komm hier rüber." Sie zog ihn hinter das Regal, wo farbige Blechdosen ohne Aufschrift standen und senkte die Stimme. „Ich habe Stechapfel, Alraune, Fliegenpilz, Magic Mushrooms, Gras und Engelstrompete. Aber am einfachsten wäre es, wenn du mir sagst, was du suchst. Oder wofür du etwas brauchst." Sie sah ihn mit schräg gelegtem Kopf aufmerksam an. Mathilda, die die ganze Zeit heimlich zugehört hatte, war jetzt sehr gespannt.

Sam räusperte sich und strich mit einer Hand über die Dosen. „Ich suche … wie soll ich es beschreiben? Ich will an einem Tantra-Kurs teilnehmen und habe den nicht unbegründeten Verdacht, dass ich den an mich gestellten Erwartungen nicht gerecht werden kann. Körperlich meine ich."

„Ich kann dir nicht ganz folgen, glaube ich."

„Ich probiere es noch einmal. Meine Seelenverwandte hat einen Tantra-Kurs gebucht, um uns neue Wege der Erleuchtung zu erschließen, die auch den geschlechtlichen Akt einschließen. Und ich fürchte, diesem nicht auf Zuruf standzuhalten. Zumal wenn mehrere Kursteilnehmer anwesend sein werden."

„Ach so. Und Viagra kommt nicht in Frage. Verstehe."

„Gott bewahre. Mein Körper ist ein Tempel, den kann ich doch nicht mit Chemie schänden." Sam verdrehte die Augen und strich sich über den Bauch.

Mathilda bewunderte ihn für sein schauspielerisches Talent, fragte sich aber schon, ob er den Bogen nicht ein wenig überspannte.

„Natürlich nicht." Tiponi war voller Verständnis. „Lass mich mal überlegen."

„Meine guten Geister flüsterten, dass du eine neue Lieferung erhalten hast. Vielleicht ist da ja was für mich dabei." Er zwinkerte ihr verschwörerisch zu.

„Aha. Wer sind denn die guten Geister, wenn ich fragen darf?"

„Mein persönlicher Heiler. Woher er die Informationen bezieht, will ich gar nicht wissen. Jeder hat seine eigene Profession. Und? Hat er recht?"

Tiponi war irritiert, nickte dann zögerlich. „Er muss ein sehr starker Heiler sein, wenn er so etwas weiß, das weiß nämlich sonst niemand. Aber gut, ich schau mal nach."

Sie schob einen Bambusvorhang zur Seite und ging in den Nebenraum. Mathilda war aufgesprungen und näher gekommen, um besser sehen zu können.

„Hier ist was, das könnte was für dich sein." Tiponi hatte eine der Kisten geöffnet und nach einigem Suchen eine Plastiktüte herausgeholt. Sofort verschwand Mathilda wieder nach hinten. Tiponi legte sie vor Sam auf den Tresen.

„Was ist das?" Misstrauisch hielt er die Tüte hoch, in der mehrere kleine pelzige Kugeln lagen.

„Ich nenn es ‚Ei of the tiger', Tigerhoden. Garantiert aus tierschutzfreundlichen Farmen oder von an Altersschwäche dahingeschiedenen Zirkustigern. Ich hab gehört, die halten da kastrierte Haustiger. Hätten ja sonst auch ein schlechtes Karma."

„Ähm, klar. Und was mach ich damit? Vorher lutschen?"

„Um Gottes willen, eins ist fast 500 Euro wert. Ich wiege dir 50 Gramm davon ab und die gibst du deinem Heiler, der macht dir eine Medizin. Oder du wartest ein paar Tage, dann hab ich daraus Extrakt hergestellt."

„Nein, ich das nehm einen viertel Hoden unbearbeitet. Hättest du noch was anderes, falls das versagt?"

„Das versagt nicht. Tigerhoden sind besser als alles andere."

„Ich mein ja nur, wenn ich dagegen allergisch bin. Ich hab eine Katzenallergie."

„Dann geht noch Nashornhorn, gemahlen und mit der gleichen Menge Reiswein vermischt. Wirkt fast genauso gut."

„Ah ja. Ich nehm beides. Pack es mir doch in kleine Gläser und in einen Jutebeutel. Das ist nachhaltiger als diese Tüten. Kann ich mit Karte zahlen?"

„Natürlich. Darf's sonst noch was sein?"

„Ja gerne. Die Hemden draußen haben so eine weiche Haptik, vielleicht könntest du mich beraten, welche Farbe am besten zu meiner Aura passt."

„Sicher, ich seh dich in einem kräftigen Violett, was mit deiner gelben Aura korrespondiert."

Sie gingen hinaus und gleichzeitig stürzte sich Mathilda in den Nebenraum, stemmte den Deckel der Kiste hoch und fotografierte den Inhalt. Als Sam wieder rein kam, mit einem lila Hemd über dem Arm, saß sie in ihrer Ecke, als ob sie nie aufgestanden wäre und studierte die Karten.

„Sie haben 245 Euro für Potenzmittel ausgegeben?"

„Nicht ganz, ich habe 245 Euro für Beweismittel ausgegeben. Auf den Gläsern sind Fingerabdrücke. Das ist der erste Baustein, um einen erfolgreichen Prozess gegen diese Bande führen zu können."

Mathilda sah aus dem Seitenfenster um zu verbergen, dass sie beeindruckt war.

„Und?" Sam trommelte zufrieden auf das Lenkrad.

„Was und?"

„Wie war ich?" Er grinste stolz.

„Ja, Sie waren nicht schlecht. Ich fand's zwar zu dick aufgetragen, aber der Erfolg gibt Ihnen recht. Woher wussten Sie denn, wie die Tante hieß?"

„Stand auf der Website im Impressum. Sabine Tiponi Lehmann. Während Sie gestern Abend den amerikanischen Serienhelden bei der Verbrecherjagd zugesehen haben, habe ich mich intensiv auf das heutige Gespräch vorbereitet." Die Luft begann erneut zu knistern. „Natürlich hatten Sie sich nach den Blutverlusten vor der Lagerhalle diese Pause auch redlich verdient." Gerade noch die Kurve bekommen. Die Luft entspannte sich wieder.

Sie fuhren beide nach Hause, um sich umzuziehen und den Beutel in Ullas Tresor zu schließen.

„Ich hab jetzt Tigerklöten neben meinem Schmuck liegen?"

„Ja, aber nicht lange Ulla, versprochen. Und erzähl niemandem davon. Soweit ich weiß, darf man die noch nicht mal besitzen."

„Die armen Tiere. Und die hat ihm das einfach so verkauft?"

„Naja, was heißt einfach so. Er hat echtes Schauspieltalent. Daneben sieht Leonardo DiCaprio blass aus. Jedes Zucken, Blinzeln, Lächeln, alles saß auf den Punkt. Der könnte Nonnen die Pille verkaufen."

„Ich hoffe, du hast ihm das gesagt."

„Niemals! Und du bitte auch nicht, sonst wird er unerträglich."

„Wo ist er überhaupt hingegangen?"

„Er ist hinten raus und mit Willi unterwegs. Wahrscheinlich feiert er sich und geht Kuchen essen oder so. Und wie war es bei dir so?"

„Oh wunderbar, wir haben neue Rosen, die musst du dir anschauen. Roger war tatsächlich mit. Damit wollte er sich wohl wieder versöhnen. Er ist ein solcher Schatz. Wusstest du eigentlich, dass er vor ein paar Wochen schon wieder einen ziemlich bedeutenden Wettbewerb gewonnen hat? Bescheiden, wie er ist, hatte er das gar nicht erzählt, dabei ist das eine richtig große Geschichte. Ein neues Bankengebäude. Macht irgendwie seinen eigenen Strom über die Fassade und ist teilweise bewachsen.

Ich bin ja mehr für Fachwerk, aber für das, was es ist, sieht es ganz schick aus."

Plaudernd gingen die beiden in den Garten, wo die Kater auf den Liegestühlen lagen und Charles dabei beobachteten, wie er einen Kauknochen vergrub. Nicht, dass sie Interesse an solchen Sachen hätten, sie würden ihn ihm aber trotzdem wegnehmen. Weil sie es konnten.

38.

Hummeln summten, Amseln schimpften, eine Fehlzündung untermalte die sommerliche Trägheit.

„Die riecht ein bisschen komisch. Die letzte Biene war wohl inkontinent." Mathilda war von der neuen Errungenschaft nicht überzeugt.

„Das ist der Teerosenanteil. Fruchtig, sehr intensiv. Ja und schon etwas seltsam, ich geb dir recht."

„Meinst du, Charles hat vielleicht ...?"

„Niemals! Dann lass ich ihn ausstopfen, das weiß er! Aber für Willi lege ich nicht die Hand ins Feuer. Der kennt die Regeln noch nicht. Was macht der da eigentlich? Wo ist denn Sam?" Ulla war alarmiert an den Zaun zum Nachbarn herangetreten, in dessen Garten der Dobermann, mit schleifender Leine, einem Schmetterling nachjagte. Sie rief ihn zu sich und hob gemeinsam mit Mathilda den strampelnden Hund auf das eigene Grundstück.

„Da ist was passiert! Willi! Wo ist Sam?" Ulla hatte den Kopf des Dobermanns in beide Hände genommen und sah ihn eindringlich an.

„Das ist nicht Lassi! Los, lass uns suchen." Mathilda rannte schon durchs Haus und aus der Tür, den freudig bellenden Hund und Ulla hinter sich.

Nicht weit entfernt mündete die Straße in einen Feldweg, der an Wiesen und Koppeln entlangführte. Die bevorzugte Gassistrecke der gesamten Siedlung.

Mathilda lief den Weg hinauf, blieb keuchend an einer Kreuzung stehen und wartete, ob Willi eine Richtung vorgab.

Tat er nicht. Sie rannte nach links und deutete der weit hinter ihr laufenden Ulla an, dass sie nach rechts laufen sollte. Schweiß rann ihr über das Gesicht und sie musste immer wieder Fliegen abwehren. Willi trabte freudig neben ihr her, mit hängender Zunge, und offensichtlich begeistert, dass es eine zweite Gassirunde gab. Plötzlich hörte sie einen Schrei!

Ulla!

Sie drehte auf der Stelle um und spurtete, so schnell sie konnte, zurück. Immer wieder kam ihr Willi in die Quere und sie musste aufpassen, dass sie nicht über ihn stolperte. Langsam ging ihr die Luft aus. Für lange Strecken hatte sie genug Kondition, aber so einen Sprint konnte sie auf Dauer nicht durchhalten.

Wo war Ulla?

Endlich sah sie sie, am Boden kniend, neben Sam, der im Gras lag und sich nicht rührte. Sie telefonierte, forderte einen Krankenwagen an und sah Mathilda mit tränenverschleierten Augen an. „Er ist angefahren worden. Tilda, ich glaub, er ist tot."

Mathilda ließ sich neben den beiden auf die Knie fallen, schob Willi zur Seite und nahm Sams Hand. Sie war schweißnass, seine helle Hose war verdreckt, aber sie sah kein Blut. Trotzdem hatte er die Augen geschlossen, die Haut war weiß, fast grau und sah feucht aus, doch er atmete flach. Den Spuren auf seiner Kleidung nach zu urteilen, war er angefahren worden.

„Er ist nicht tot, er hat einen Schock." Mathilda sah alarmiert aus.

„Mehr nicht? Einfach nur einen Schreck?" Ulla war verstört.

„Schock, nicht Schreck. Das ist lebensgefährlich. Komm, halt mal seine Beine ein bisschen höher. Hoffentlich kommt der Krankenwagen bald!" Sie legte Ulla Sams Beine auf die Knie und öffnete dann sein Hemd.

Von Weitem konnten sie jetzt das Martinshorn hören. Mathilda sprang auf und winkte, damit die Sanitäter wussten, wo sie hinfahren mussten.

Ulla streichelte Sams Hand und stand erst auf, als er auf eine Bahre gehoben wurde.

Auch der eintreffende Notarzt vermutete einen Schock und war sehr besorgt, als er die Prellungen sah. „Ob er innere Verletzungen hat, werden wir nach dem Röntgen sehen. Haben Sie bemerkt, wer ihn angefahren hat? Das sollten Sie der Polizei melden, dann wird der Raser noch gefunden. Hier sind Splitter, wahrscheinlich vom Blinker oder so." Er hob ein paar orange Teile auf und gab sie Ulla.

Mathildas Handy meldete sich. „Oh nein. Aktion am Lagerhaus. Was mach ich denn jetzt?"

„Hinfahren." Ulla hatte sich wieder im Griff. „Ich begleite Sam ins Krankenhaus. Bring du den Hund zurück. Sieh zu, dass du diesmal vernünftig ausgestattet bist, und fahr hin. Hier kannst du im Moment nichts tun."

Mathilda nickte, drückte noch einmal Sams Hand und rannte dann mit Willi zum Haus.

Der Weg durch das Gebüsch bis zu ihrem Beobachtungsplatz war mit festen Schuhen und langen Hosen kein Problem mehr. Diesmal hatte sie sogar an Mückenspray gedacht, was den Aufenthalt beinah komfortabel machte. Sie hatte freie Sicht auf das Lagerhaus, den roten Wagen davor und das halb offene Tor. Mehrere Männer liefen geschäftig herum.

Ein besonders großes und breites Exemplar stand neben der Tür mit hinter dem Rücken verschränkten Händen und Sonnenbrille, obwohl es nicht sehr hell war, und beobachtete die Umgebung. Dunkle Wolken zogen auf und ein warmer Wind wirbelte Staub auf. Ein grauer Kastenwagen fuhr heran und parkte vor dem Tor.

Der Fahrer ging in die Lagerhalle und kam kurz darauf in Begleitung von Peterson wieder raus, der einen Stapel Papiere in der Hand hielt und mit ihm diskutierte. Dann gab er Anweisungen und der Wagen wurde mit mehreren Kisten beladen.

Es war das erste Mal, dass Mathilda ihn arbeiten sah. Er wirkte dabei souverän und konzentriert. Ganz anders, als sie ihn bisher erlebt hatte.

Sie fotografierte alles, was sie sah: die Mitarbeiter, das Fahrzeug, den Fahrer und die Kisten, soweit sie zu sehen waren, notierte zusätzlich das Nummernschild und protokollierte ihre Beobachtungen sorgfältig.

Kurz nachdem der Wagen das Gelände verlassen hatte, kam auch schon der nächste. Diesmal ein schmutziger Pick-up mit dem Auto-Kennzeichen einer weiter entfernten Stadt. Er enthielt nur eine große und offensichtlich schwere Kiste. Der Fahrer war laut und verhielt sich großspurig, fast als sei er betrunken. Peterson gab sich jetzt devot.

Anscheinend ein sehr guter Kunde, der viel Geld dort ließ. Und schon war der Spuk wieder vorbei. Der Inhaber des Lamborghinis stieg in sein Auto und fuhr davon. Mathilda bedauerte fast, dass sie nur dafür gekommen war und nicht mit ins Krankenhaus gefahren war. Aber Peterson stand noch unschlüssig vor dem Tor, als ob er auf etwas wartete und schaute immer wieder ins Lager und dann auf die Straße.

Mathilda checkte ihr Handy nach Nachrichten aus dem Krankenhaus, aber Ulla hatte noch nichts geschrieben. Dann packte sie eine Schachtel Kekse aus. Jetzt war sie schon mal hier, jetzt konnte sie auch bleiben, bis alle gingen. Im Moment gab es nichts zu fotografieren und sie hatte Hunger. Ein paar Krümel verteilte sie in den Spinnennetzen, aber die Bewohnerinnen kamen nur kurz und entfernten die Brocken dann. Waren heute wohl auf Diät.

Ein herannahendes Brummen kündigte den erwarteten Besucher an. Ein SUV fuhr auf den Hof, aus dem eine Frau ausstieg und auf Peterson zuging. Er trat einen Schritt zur Seite, woraufhin sie einen entzückten spitzen Schrei ausstießt. Sie bückte sich und hantierte direkt hinter der Tür an etwas. Peterson und der Türsteher wollten sie daran hindern, aber es war schon zu spät.

Ein kleines Fellbündel rannte quietschend zwischen all den Beinen hindurch über die Straße und genau auf Mathildas Versteck zu. Peterson, der Türsteher und der Rest der Mannschaft liefen fluchend hinterher. Das Knäuel zwängte sich durch die Brombeerranken, blieb schließlich hängen und sah sie jaulend aus übergroßen, hervorquellenden Augen an.

Ein junger Pekinese. Mathilda packte, so schnell es ging, ihre Sachen und rannte den Weg hinter den Büschen zurück zum Auto. Von dort kamen ihr zwei Männer entgegen, die den Welpen suchten und erstaunt waren, als sie sie sahen. Mathilda hatte ein Fernglas und die Kamera um den Hals hängen. Augenblicklich vergaßen die beiden den Hund und stellten sich ihr in den Weg.

„Ey, was machst du hier?"

„Vögel beobachten."

„Hier sind keine Vögel. Nur schräge Vögel." Der eine kicherte, weil er seinen Witz gut fand. Der andere stieß ihm den Ellenbogen in die Rippen.

„Lass mal die Fotos sehen." Er hielt die Hand ausgestreckt und kam auf sie zu. Blitzschnell drehte Mathilda ihm den Arm auf den Rücken, woraufhin er laut aufschrie und die anderen alarmierte, die herbeirannten.

Sie schlug mit dem schweren Fernglas um sich, traf Nasen, Lippen und Rippen, doch am Ende musste sie aufgeben. Es waren zu viele und der Türsteher war hart im Nehmen. Atemlos hing sie zwischen zwei Männern, als Peterson auf sie zutrat.

„Mathilda? Lasst sie los! Ich kenne sie! Das ist meine Freundin!"

„Ach, und warum hockt deine Freundin im Gebüsch und fotografiert uns?" Der Türsteher ließ nicht locker.

„Sie … ja ich weiß nicht. Warum hast du das gemacht?"

„Ich hab … ich wollte zu dir." Mit einem Augenaufschlag sah sie ihn, wie sie hoffte, verführerisch an.

Peterson strahlte und umarmte sie, was sie dulden musste, da sie immer noch im Schraubstockgriff feststeckte. „Lasst sie los, ihr habt es doch gehört!"

„Lass dir keinen Mist erzählen, die ist eine Detektivin, eine miese Schnüfflerin. Siehst du das nicht? Los, macht sie alle. Sie hat alles gesehen."

Eine Stimme kam von weiter hinten. „Hier ist eine Kamera installiert. Die steht hier schon länger."

Der Türsteher sah sie finster an. „Hast du dafür auch eine Erklärung? Ich hab gesagt, macht sie kalt! Wenn die auspackt, sind wir geliefert!"

Einer der Männer zog ein Springmesser aus der Jacke und kam einen Schritt auf sie zu.

„Ich weiß nicht, was Sie mit auspacken meinen. Herr Peterson interessiert sich schon länger für mich. Daher schau ich mir auch schon länger an, was er macht." Mathilda erkannte ihre eigene Stimme nicht. Ihr Atem ging stoßweise und ihr Herz klopfte wie nach einem Sprint. Kalter Schweiß brach auf ihrem Gesicht aus. Sie hatte Angst.

„Lass sie endlich los, Mike! Jetzt reicht's, ich erzähl das alles dem Boss! Dann bist du deinen Job los!" Peterson schob den mit dem Messer zur Seite und baute sich vor dem Türsteher auf. Der ließ Mathilda zwar nicht los, aber auch nicht umbringen, sondern zerrte sie zum Lagerhaus. Die anderen trugen ihre Sachen hinter ihr her, murrend, da sie auf eine Show gehofft hatten. Der Pekinese war schon wieder eingefangen und mitsamt Frauchen verschwunden.

„Geh nach Hause, Peterson. Morgen kannst du den Boss belabern. Bis dahin bleibt sie hier. Aber du weißt, was er mit ihr macht, wenn du ihn nicht überzeugst. Überleg's dir noch mal. Ich mach's schnell und schmerzlos."

Der Türsteher namens Mike zog sie durch das Tor. Mathilda bekam die aufsteigende Panik durch Atemübungen in den Griff und brauchte einen Moment, bis sich ihre Augen an das Dunkel gewöhnten. Es roch nach Staub und feuchtem Beton.

Der Raum hatte die Ausmaße einer kleinen Dorfkirche, wurde durch ein paar schmale Fenster direkt unter dem Dach nur spärlich beleuchtet und war halb gefüllt. Viele der hohen

Stahlregale waren leer, Kisten lagen im hinteren Teil auf Paletten am Boden oder übereinandergestapelt. Nur einige kleine Verpackungen waren einsortiert und mit Schildern versehen. Mathilda vermutete, dass die Halle früher einer anderen Firma gehört hatte, da die Einrichtung kaum genutzt wurde.

Mike warf sie wie einen Sack Kartoffeln auf den Boden, band ihre Hände mit Kabelbinder an einem kleinen Gabelstapler fest und ging durch eine Stahltür in das Büro nebenan, ohne sich noch einmal umzudrehen. „Peterson, ich sag dir eins. Wenn du sie losmachst, dreh ich dir persönlich deinen pickeligen Hals um. Kapiert?"

Peterson nickte und folgte ihm mit hängendem Kopf.

„Benjamin!" Mathilda legte alle Sehnsucht in ihre Stimme. Sie dachte an ihre erste große Liebe, Bruce, der eigentlich Bruno hieß, und der jedes Jahr nach Island flog, um dort für den Schutz der Wale zu demonstrieren, was den Isländern ziemlich egal war. Und sie verdrängte, dass der Idiot sie sitzen gelassen hatte für eine Fleischereifachverkäuferin aus Gelsenkirchen.

Peterson drehte sich zögernd um, kam wieder zu ihr und hockte sich vor sie. „Wolltest du wirklich zu mir? Warum hast du mich heimlich beobachtet?"

„Ich hab schlechte Erfahrungen mit Männern gemacht und will wissen, mit wem ich es zu tun hab, bevor ich noch einmal Nähe zulassen kann. Bitte lass mich hier raus." Sie sah ihn an, als ob er der Erlöser wäre. Der Türsteher war inzwischen weg. Doch Peterson schüttelte den Kopf.

„Ich sprech morgen früh mit meinem Chef, dann ist das ganz schnell geklärt. Bis dahin musst du es noch aushalten. Aber wenn du willst, bleibe ich heute Nacht hier bei dir und halt dich warm." Er robbte an sie heran und nahm sie in den Arm.

Schweiß und süßliches Rasierwasser, eine ungute Kombination, die schnell an Verwesung denken ließ, schlugen Mathilda entgegen. „Bitte komm nicht so nah, ich bin erkältet und könnte dich anstecken." Sie hustete.

„Das macht mir nichts. Hauptsache, wir können uns nah sein."

Sie war kurz davor zu verzweifeln. Als sich sein leicht geöffneter Mund auch noch ihrer Halsbeuge näherte und sie seinen feuchtwarmen Atem auf ihrer Haut spürte, dachte sie darüber nach, wie viel ihr ihre Freiheit wert war. Ob es nicht eine Option wäre abzuwarten, was der Chef sagte. Aber die Ankündigung des Türstehers, sie zu beseitigen, weil sie zuviel gesehen hatte, kam sicher nicht von ungefähr.

Sie rückte ein wenig zur Seite. „Bitte nicht hier. Ich hab Angst vor diesem Mike. Wollen wir nicht woanders hingehen?" Sie sah das Verlangen in seinen Augen und wusste, sie hatte ihn soweit. Er würde sie losschneiden, mit ihr das Lagerhaus verlassen und sich dann noch kurz wundern, wenn sie ihn stehen oder liegen ließ. Das kam ganz auf ihn an. Danach würde sie nach Hause fahren und sehr lang, sehr heiß duschen.

39.

Ein Schuss zerriss die Stille des Gewerbegebiets, dann ein zweiter.

Erschrocken drehte Peterson sich um und sah zum Tor. „Was ist das denn? Ich bin gleich zurück Baby, halt noch einen Moment durch!" Er rannte zu der Bürotür. Von draußen hörte sie laute Stimmen, wieder einen Schuss und dann einen Schrei.

„Her mit der Knarre oder ich mach dich fertig." Das war Mike.

„Warte!" Das war Peterson. „Das ist Mathildas Kollege. Aber ich glaube, der ist hinter ihr her. Mach mit dem, was du willst."

Mathilda sank stöhnend zurück. Sam.

„Der kommt ins Lager und du verschwindest. Ich will dich hier vor morgen nicht mehr sehen! Los! Verpiss dich endlich."

Mike schleifte den halb ohnmächtigen Sam herbei und zurrte ihn ebenfalls mit Kabelbindern an das Fahrzeug.

„Wenn ihr was versucht, knips ich euch aus. Ich hab die Faxen dicke." Dann ging er. Aus seiner Jacke hing eine Waffe, die verdächtig nach der aussah, die Sam bei Walther gefunden hatte.

Mathilda stieß Sam mit dem Fuß an. „Hey, alles ok? Sind Sie verletzt?"

Sam stöhnte leise, schüttelte den Kopf, dann öffnete er die Augen. „Frau Rosenbaum, Sie leben!" Schon waren die Augen wieder zu und er sank kraftlos zur Seite. Seine Haut sah immer noch blass und feucht aus.

„Warum sollte ich nicht leben? Was machen Sie hier? Sie gehören ins Krankenhaus!"

„Nein, ich war nicht ernsthaft verletzt. Ihr Sender, jemand hat ihn ausgeschaltet, das löst bei mir Alarm aus und Ulla hat mir gesagt, wo Sie hin wollten. Hab mir gedacht, dass Sie in Schwierigkeiten sind und wollte Sie retten." Er versuchte, sich ein bisschen gerader zu setzen.

„Haben Sie etwa geschossen?"

Sam nickte und lächelte stolz.

„Sie Idiot! Ich hatte Peterson fast so weit, dass er mich frei gelassen hätte, wenn Sie nicht gekommen wären."

Sam riss die Augen auf und hob den Kopf ruckartig an. „Beschimpfen Sie mich etwa? Mich, der sich in Lebensgefahr gebracht hat, um Sie zu retten?"

„Ich rette mich selbst. Schon vergessen? Für den robusten Außeneinsatz bin ich zuständig, Sie fürs Büro." Sie merkte, dass sie gerade zu weit ging. Sam hatte alle Ängste überwunden und war zu ihr geeilt, als er sie in Gefahr sah. „Ok, danke für den Versuch, aber allein wäre ich wirklich schon draußen. Na ja das konnten Sie nicht wissen. Hätte ja auch anders sein können. Hätte ja auch klappen können."

Sam sank wieder zurück. „Und jetzt? Schaffen Sie es, uns beide zu befreien? Ich müsste mal ins Bad."

„Ich tu, was ich kann. Wird aber ein bisschen dauern."

Der Kabelbinder war von ausgezeichneter Qualität und so zogen sich Mathildas Versuche, ihn durchzuscheuern hin. Eine Zeit lang sah Sam ihr dabei schweigend zu, dann räusperte er sich.

Mathilda unterbrach die schweißtreibende Aktion und sah auf. „Was ist?"

„Es tut mir leid. Kann ich helfen?"

Sie rieb weiter. „Braucht Ihnen nicht leidzutun. Probieren Sie es halt auch. Einer muss die Dinger irgendwie loswerden."

Sie rieben beide die Kabelbinder über den Boden, bis Mathildas Handgelenke bluteten und Sam vor Anstrengung keuchte.

„Stop. Wir machen eine Pause." Mathilda verlagerte ihr Gewicht und setzte sich etwas bequemer hin.

„Sagen Sie mal, warum haben Sie eigentlich vor allem so viel Angst? Haben Ihre Eltern Ihnen das eingeredet? So helikoptermäßig?" Sie sah ihn neugierig an.

„Oh Gott, nein, im Gegenteil. Die haben mich aufgezogen, als ob morgen der Krieg ausbrechen würde. Andere Väter sind mit ihren Kindern im Winter Schlitten fahren gegangen, meiner ist mit mir in den Schlosspark, als der Teich zugefroren war, zum Eisschwimmen. Er wollte mich abhärten, auf alles vorbereiten. Aus zwanzig Meter Höhe abseilen, in der Wüste wandern, im Wald eine Woche ohne Verpflegung überleben, Kaninchen schießen und ausnehmen." Es schüttelte ihn bei der Erinnerung daran.

„Und was wollten Sie?"

„Ich? Ich wollte tanzen lernen, ins Theater gehen, Golf spielen und lesen." Er lächelte und seufzte.

„Konnte Ihre Mutter Ihnen nicht helfen?"

„Meine Mutter war genauso. Der Einzige, bei dem ich zur Ruhe kam, war Onkel Walther. Er hatte verstanden, dass mir das alles nur Angst machte, und ich einfach anders war als meine Eltern."

Mathilda sah ihn einen Moment schweigend an. „Dann war das eine echte Heldentat, dass Sie hier hergekommen sind. Wow. Ich bewundere Sie. Ganz ehrlich."

„Und Sie? Wie sind Sie so eine Kämpferin geworden?" Er hatte sich beruhigt. Das Reden lenkte ihn ab.

„Bei uns waren alle Polizisten, Vater, Opa, später mein Bruder. Die haben die wildesten Geschichten erzählt. Was passieren kann und noch schlimmer, was bereits passiert ist. Sie haben es ja täglich gesehen. Am meisten haben mich die Fälle der Frauen erschüttert, die von ihren Männern geschlagen oder umgebracht worden sind. So würde ich nie werden, hatte ich mir geschworen und schon mit acht Jahren mit Kampfsport angefangen."

„Warum sind Sie nicht auch Polizistin geworden?"

„Niemals. Wissen Sie, was die alles unternehmen, um jemanden zu erwischen, der dann ein paar Stunden später wieder frei gelassen wird oder auf Bewährung raus kommt? Das hätte ich auf Dauer nicht ertragen. Ich bewundere jeden Polizisten, der nicht irgendwann zur Selbstjustiz greift."

„Und stattdessen wandten Sie sich dem Tierschutz zu."

„Ja, nach so vielen Geschichten, über das Schlechte im Menschen, wollte ich lieber für die Tiere da sein. Die sind immer unschuldig."

„Kann ich irgendwie verstehen. Aber seien Sie mir nicht böse, Frau Rosenbaum, wir sollten weitermachen. Ich muss wirklich dringend ein Bad besuchen."

Sie dachte einen Moment nach, dann sah sie sich Sams Lage genauer an. „Heben Sie die Arme mal etwas höher, die Kante in ihrem Rücken sieht rau und scharf aus." Sie schob ihr Knie unter seinen Ellenbogen und es dauerte nicht lange, bis er frei war. Gelenkiger, als sie es ihm zutraute, sprang er auf und lief in eine entfernte Ecke des Lagers. „Freude schöner Götterfunken, Tochter aus ..."

Mathilda konnte es nicht glauben. „Herr Schulz! Sie haben aber schon auf dem Schirm, dass wir in einer lebensgefährlichen Situation sind? Wenn Sie beten wollen, ok. Aber keine Hymnen. Das ist echt der falsche Zeitpunkt."

Sam sang weiter, dann hörte er mit einem Seufzen auf. „Ich wollte doch nur die Geräusche der Verrichtung meiner Notdurft übertönen. Sie haben ja Recht. Die Wahl war unangemessen. Wissen Sie, ob hier irgendwo ein Waschbecken ist?"

„Binden Sie mich los! Sie können sich später waschen. Und nur fürs Protokoll. Ich hör Sie lieber pinkeln als singen."

Sam drehte sich einmal um die eigene Achse. „Tja, was haben wir denn zum Schneiden?"

Mathilda versuchte, ruhig und freundlich zu bleiben. „Sie werden keine Schere und auch keine Zange finden. Suchen Sie einfach irgendwas mir einer scharfen Kante. Zerschlagen Sie einen der Pötte und nehmen eine Scherbe."

Sam sah sie entgeistert an. „Das sind Antiquitäten. Ich würde sagen Song-Zeit. Unbezahlbar und einzigartig!"

„Mir gehen die Antiquitäten am Hintern vorbei, mir sind Ihre Geräusche egal, wir müssen hier raus!"

Er nickte nur und rannte hektisch suchend an den Kisten vorbei und kam endlich mit einer Glasscherbe zurück, mit der er die Kabelbinder durchtrennte.

„Wie geht es weiter? Was schlagen Sie vor?" Er sah sie an und wartete auf Anweisungen.

„Wir sollten zusehen, dass wir hier raus kommen und das möglichst leise, damit Mike uns nicht gleich wieder einfängt." Sie dachte mehr laut nach, als zu antworten.

„Öhm, na ja, er ist jetzt bewaffnet. Das müssen wir unbedingt im Auge behalten. Und er wird nicht in die Luft schießen." Sam biss sich auf die Unterlippe.

„Haben Sie in die Luft geschossen?"

„Natürlich, ich wollte doch niemanden verletzten. Ich dachte mir, die fliehen dann."

Mathilda sagte nichts mehr und untersuchte systematisch den Raum. Erst das Tor, aber das war, wie erwartet, abgeschlossen und rührte sich keinen Millimeter. Schritt für Schritt lief sie an der Wand entlang bis zu den Kisten. Sam ging mit und betastete jede Ritze und jede Kleinigkeit am Boden. Gemeinsam öffneten sie einen mittelgroßen Kasten.

„Schauen Sie sich das an." Mathildas Stimme zitterte.

Gleich in der ersten Kiste lagen Nashornhörner, an deren stumpfen Enden noch Haut hing und Blut klebte. In anderen waren getrocknete Pflanzen, Gläser mit Pulver und Pillen, Kügelchen und Pasten. Eine enthielt Kistchen mit Akupunkturnadeln, eine weitere kleine braune Plättchen.

„Was ist das denn?"

Sam ließ die Plättchen durch die Hand rieseln.

„Hautschuppen vom Pangolin. Schuppentier. Stirbt gerade aus, weil irgendwelche Idioten lieber seine wirkungslosen Schuppen fressen, statt sich moderne Medikamente verschreiben zu lassen."

An ihrem Hals pulsierte eine Ader und ihre Stimme klang gepresst. „Die Mistkerle bring ich hinter Gitter. Sollte ich Sie jemals fragen, warum ich den Job mache, dann erinnern Sie mich an diesen Moment."

Es wurde nicht besser, als sie mehrere längliche Kisten öffneten, in denen Tigerfelle, -knochen und getrocknete Gliedmaßen lagen. In anderen waren Affenschädel, Schlangen in Alkohol und ein großer Stapel Raubkatzenfelle.

Langsam ging sie durch die Kistenreihen, hieb mit der Faust auf die Deckel und Tränen liefen über ihr Gesicht. Sie weinte um die Tiere, die einen grausamen und sinnlosen Tod starben, für nichts und wieder nichts, die aus Dummheit und Gier getötet worden waren. Mit einem Wutschrei warf sie eine der Vasen auf den Boden und trat auf den Scherben herum. Sam riss sie geistesgegenwärtig zurück.

Setzte sie vor den Gabelstapler, an den sie bis eben noch festgebunden waren, und legte schnell die Hände auf den Rücken.

Mike polterte durch die Stahltür. „Was ist denn hier los?"

Sam lächelte ihn entschuldigend an. „Dahinten ist was runtergefallen. Sind wohl die Ratten gewesen. Wir haben uns erschreckt."

Zum Glück sah der Türsteher sich nicht weiter um.

„Schnauze halten. Wenn ich euch noch mal hör, ist Ende. Kapiert? Was ist denn mit der los?" Er stieß die tränenüberströmte Mathilda mit der Schuhspitze an.

„Sie hatte einen Albtraum. Keine Sorge, ich beruhig sie schon wieder."

Mike ging brummend weder raus und Sam atmete geräuschvoll aus. „Frau Rosenbaum, ich trauere wirklich mit Ihnen um die Tiere, aber Sie dienen niemandem, wenn Sie uns noch einmal in Gefahr bringen. Würden Sie sich bitte ein wenig beherrschen."

Mathilda nickte und schniefte. „Ja, kommt nicht noch mal vor. Danke, dass Sie so schnell reagiert haben. Sie sind ganz schön mutig geworden."

„Wie sagt der Dalai Lama so schön? Öffne der Veränderung deine Arme, aber verliere dabei deine Werte nicht aus den Augen. Ich tu mein Bestes."

Sie standen auf und setzten ihre Erkundungstour fort. Inzwischen war es dämmrig geworden und sie konnten nicht mehr viel sehen. Plötzlich hörten Sie ein Geräusch draußen und eine Stimme.

„Halten Sie mal fest." Mathilda kletterte auf eines der Lagerregale und Sam sorgte dafür, dass es nicht umkippte. Sie kam fast bis an eines der Fenster. „Hallo?" Sie bemühte sich, leise nach oben in die Richtung der Öffnung zu rufen, um Mike nicht wieder aufzuscheuchen.

„Mathilda!" Eine Stimme kam von draußen. „Warst du das eben?"

„Roger?"

„Ja! Was ist los?"

„Wir sind hier drin gefangen! Wir kommen nicht raus! Vorne im Büro sitzt einer. Pass auf, der ist bewaffnet und verdammt gut beieinander."

„Ok, ich seh, was ich tun kann."

„Roger! Ruf die Polizei!"

Dann kam keine Antwort mehr. Mathilda kletterte wieder runter und setzte sich neben Sam auf eine der Kisten. Beide grinsten sich an und gaben sich High-Five. „Gleich sind wir draußen."

Sie wischte sich den Schweiß von der Stirn und ging zur Tür. Vorsichtig legte sie ein Ohr daran. Sam tat es ihr nach. Sie hörten einige Minuten nichts, doch dann plötzlich Rumpeln, Rufen und Schreie. Es klang wie eine heftige Schlägerei, dann wieder Stille.

„Roger? Roger, bist du da?" Sam rief etwas lauter. Keine Reaktion. „Ob ihm was passiert ist?"

Mathilda schüttelte den Kopf. „Glaub ich nicht. Er war ja gewarnt. Roger?" Sie drückte langsam die Klinke der Stahltür herunter. Abgeschlossen.

Ihre Euphorie war deutlich gedämpfter. Sam zog sie wieder zum Gabelstapler und ließ sich nieder.

„Ich probier mal was."

Mathilda setzte sich ebenfalls. „Mike! Mike kommen Sie doch bitte mal! MIKE!!!" Doch nichts geschah. Kein Mike, kein Roger.

„Ok, dann wissen wir wenigstens, dass wir nicht mehr so leise sein müssen." Sie stand wieder auf und sah hoch zu den Fenstern.

„Moment. Roger holt bestimmt Hilfe. Einen Schlosser, der die Türen öffnet oder die Polizei. Lassen Sie uns warten." Sam sah sie bittend an.

„Gut eine viertel Stunde, aber bis dahin könnten wir mal Licht anmachen." Sie tasteten sich eine Weile an den Wänden entlang, bis sie einen Schalter fanden, der die Neonröhren an der Decke aufflackern ließ.

Mathilda war zu nervös, um zu warten. Sie kletterte erneut eines der Regale hoch. „Wir müssen Kisten hier rauf bringen, dann können wir die Scheibe einschlagen und raus."

„Niemals, ich habe Höhenangst." Sam verschränkte die Arme vor der Brust. „Wozu auch. Gleich werden wir hier rausgeholt. Da! Schauen Sie! Roger, hallo!"

Er winkte zu einem der anderen Fenster hoch oben, an denen tatsächlich Roger erschienen war und runter schaute. Es war gekippt und er schob etwas durch den Spalt.

Mathilda und Sam sahen verständnislos dabei zu. „Was machst du denn da? Ist das ein Seil? Ein Schlauch? Willst du nicht lieber das Tor öffnen oder die Tür zum Büro?" Keine Antwort. Roger machte weiter.

„Der Typ, den du niedergeschlagen hast, hat einen Schlüssel!" Mathilda raufte sich die Haare. „Roger?"

Roger winkte ihr zu. „Alles ok. Kleinen Moment noch."

Mathilda kletterte runter zu Sam. „Irgendwie hab ich gerade ein ganz komisches Gefühl."

Sam nickte. „Ich auch. Hatte ich Ihnen erzählt, dass Roger gar kein Schulfreund von Onkel Walther sein kann? Die liegen mindestens sieben Jahre auseinander."

Mathildas Kopf ruckte herum. „Was? Nein! Das haben Sie nicht erzählt. Ist Ihnen das nicht vorher aufgefallen?"

„Leider nicht, und er kannte noch nicht einmal die Schule, auf die mein Onkel gegangen ist. Schon seltsam, oder?"

„Das ist alarmierend! Hat er sich denn nicht irgendwann mal verraten? Auch nicht beim Grillabend? Sie haben mit ihm gesprochen! Sie saßen ihm gegenüber."

„Kein bisschen. Er liebt Ulla wirklich und macht sich Sorgen um ihre Sicherheit. Da hat er nicht gelogen, das sind die Dinge, auf die ich automatisch achte. Sagen Sie mal, was läuft denn da aus dem Schlauch?"

Mathilda ging näher heran und schnupperte. „Das ist Benzin. Roger!!!"

Das Benzin lief über die Holzkisten. Von oben flog ein brennender Lappen durch das Fenster. Roger winkte und verschwand.

Mathilda sprintete zu den Kisten mit den Fellen, warf eins Sam zu, der mit offenem Mund da stand und weiterhin ungläubig das Fenster anstarrte.

Dann droschen sie mit den Pelzen auf das Feuer ein. Aber vergeblich, der Rauch ließ sie nicht nah genug herankommen.

Immer höher schlugen die Flammen. Mathilda hielt sich ihr Shirt vor das Gesicht und wich den Rauchschwaden aus. Sam warf ein Fell nach dem anderen auf das Feuer, um es zu ersticken, aber auch diese brannten und qualmten entsetzlich.

Sam ging würgend zu Boden. Er kroch auf allen vieren zum Tor, zog sich daran hoch und schlug mit einem hölzernen Kistendeckel dagegen.

Mathildas Haare waren bereits angekokelt und sie konnte kaum noch sehen. Sie gab die Löschversuche ebenfalls auf. „Wir müssen hier raus!", Sie schrie gegen das Prasseln des Feuers an.

Mit hängenden Armen und keuchend blieb Sam stehen. Dann rannte er zum Gabelstapler. Mathilda folgte ihm. Kein Schlüssel. Sie setzte sich hinter das Lenkrad, zog den Anlasser. Nichts! „Einen langen Nagel. Schnell!"

Sam lief zu den aufgebrochenen Kisten, fand einen und brachte ihn ihr. Hektisch versuchte sie, die Spitze umzubiegen, rutschte immer wieder ab und verletzte sich den Knöchel.

Sam legte ihr seine Hand auf den Arm. „Schauen Sie mich an. Ganz ruhig. Sie schaffen das. Biegen Sie jetzt langsam den Nagel um. Wir haben noch genug Zeit."

Mathilda nickte. Die Flammen kam näher, der Rauch nahm ihr den Atem und die Sicht.

Schließlich hatte sie Erfolg, steckte den Nagel in das Zündschloss und als sie erneut den Anlasser zog, sprang der Motor an. Sam trat zu Seite, sie bretterte in Richtung Feuer, drehte einmal auf der Stelle und preschte mit vollem Tempo gegen das Tor. Der Aufprall warf sie nach vorne. Ihr Kopf stieß gegen die Scheibe.

Das Tor gab ein Stück nach. Frische Luft zog hinein, die das Feuer noch mehr anfachte. Blut lief ihr von einer Platzwunde in die Augen. Sie wischte es hastig weg, drehte das Fahrzeug erneut, nahm Anlauf und donnerte wieder gegen die verbeulte Tür. Die gab endlich nach und ließ sie nach draußen. In der Ferne röhrte ein Martinshorn, hinter ihr schlugen die Flammen hoch auf. Sam sprang auf den Gabelstapler und untersuchte ihre Stirn. Dann ließ sie sich in einen schwarzen weichen Watteberg sinken.

40.

Jemand bearbeitete ihr Gesicht mit einem Waschlappen und dabei ging nicht eben vorsichtig vor. Eine Krankenschwester, die sehr an Princess Anne mit dem Oberlippenbart von D'Artagnan erinnerte, brachte den gesamten Pflegenotstand auf den Punkt, als sie aus Zeitmangel den Ruß mitsamt der obersten Hautschicht abschrubbte.

„Ich mach das schon." Jemand nahm ihr das Tuch aus der Hand und schob sie zur Seite.

„Ulla." Mathildas Stimme war nur ein Krächzen.

„Pst. Alles ok." Ulla tupfte sie vorsichtig ab. „Du hast eine Rauchvergiftung plus Gehirnerschütterung. Das kommt davon, wenn man durch geschlossene Türen fährt." Sie lächelte.

„Sam?"

„Dem geht's gut. Er wartet draußen."

„Roger?"

Ulla schüttelte nur den Kopf und ihre Augen füllten sich mit Tränen. „In Haft. Soll in der Hölle schmoren, der Sauhund." Ihre Stimme versagte.

Die Tür wurde geöffnet und Sam erschien mit einem Strauß Blumen. „Ach, da sind Sie ja wieder. Was macht der Kopf?"

„Tut weh. Was war da los?"

Sam und Ulla sahen sich an und Sam erzählte.

„Tja, Roger war unser gesuchter Mörder. Er war vermutlich das erste Erpressungsopfer von meinem Onkel. Vor ungefähr neun Jahren hat Walther ihn dabei fotografiert und gefilmt, wie er einen Teenager vor einer Disco nachts angefahren und liegengelassen hat. Sein Auftrag war, den Drogenhandel vor der Disco zu beobachten. Deshalb tauchte Roger auch nirgendwo in den Akten auf. Wenn Walther sich nicht um den Jungen gekümmert hätte, wäre er wohl tot. Roger hielt nicht mal an. Aber ab da zahlte er regelmäßig. Ansonsten wäre er ins Gefängnis gekommen, er war nämlich auch noch wegen Körperverletzung vorbestraft."

Ulla schnäuzte in ihr Taschentuch und redete weiter. „Er hatte auch Sam angefahren. Als letzte Warnung." Sie holte tief Luft, um ihre Fassung wieder zu erlangen. „Ich hab dir doch von dem gewonnenen Architektur-Wettbewerb erzählt. Dafür bekommt er so viel Geld, dass er sich von Deutschland und Walther endlich verabschieden wollte. Walther hatte Wind von der Sache bekommen und forderte seinen Anteil. Und da ist Roger mit ihm Golf spielen gegangen."

Sam nickte bedächtig. „Irgendwie nachvollziehbar. Dann hatte er Angst, dass wir den Film finden. Daher die Job-Angebote und die Drohungen. Er wollte einfach nur, dass wir aus dem Büro raus sind."

„Das Schwein." Ulla knetete das Taschentuch zu einem Klumpen. „Er hat mich benutzt, um mich über euch auszuhorchen. Ob ihr schon was ahnt, und ob ihr weitermacht oder euch andere Jobs sucht. Und ich dumme Kuh erzähl ihm auch noch alles haarklein."

Sam nahm Ulla in den Arm. „Das konntest du nicht wissen, das hat doch keiner geahnt."

Sie begann hemmungslos zu schluchzen. „Ich hab ihn gestern sogar zu euch geschickt, als Sam nicht zurückkam. Oh Gott, er hätte euch beinah in der Halle verbrannt."

Mathilda richtete sich mühsam auf und umarmte sie ebenfalls. „Hör auf, er war das Arschloch. Nimm nicht seine Schuld auf dich. Ok?" Ulla nickte.

„Und das Lager?"

„Komplett abgebrannt, aber in den Resten war genug zu finden, um den Laden zu schließen. Der Inhaber ist ebenfalls im Gefängnis. Wenn der wieder rauskommt, ist sein Lamborghini ein Oldtimer."

Zufrieden ließ Mathilda sich in die Kissen sinken.

Ein paar Tage später saßen die drei zusammen im Garten. Sam wohnte wieder mit Willi in Walthers Haus und hatte zum Besuch Eis mitgebracht. „Ich hab heute gehört, dass auch die Hintermänner in China festgenommen wurden." Er legte eine Zeitung auf den Tisch. Seit Tagen wurde über den Fall berichtet und Sam und Mathilda als Helden gefeiert. „Sie haben erreicht, was Sie wollten. Ein echter Erfolg!"

Mathilda lächelte glücklich. Fast glücklich.

Ihre Eltern waren aus dem Urlaub zurück und wussten jetzt von ihrem neuen Job. Bei ihrem Besuch im Krankenhaus hatten sie sich zuerst davon überzeugt, dass ihre Tochter keine ernsthaften Verletzungen davongetragen hatte. Dann war zum Glück eine Schwester zur Stelle gewesen und hatte die beiden vor die Tür befördert, als sie laut wurden. Ihr Bruder hatte sie angerufen und sich nach ihrer geistigen Gesundheit erkundigt. Seiner Meinung nach überließen gesunde Menschen solche Angelegenheiten den Profis.

Mathilda sah bedauernd in ihren bereits leeren Becher. „Haben Sie was mit dem verschwundenen Bild erreicht?"

Sam schüttelte den Kopf und reckte sich. „Nein, noch nicht. Das wird unser nächster großer Fall."

Wollen Sie wissen, wie es mit den Detektiven weiter geht? Dann senden Sie mir eine Email an „mail@becker-books.com" und ich halte Sie über „Lieblingsmörder" auf dem Laufenden.

Außerdem freue ich mich über eine Rezension im Internet beim Händler Ihres Vertrauens.

Danke!

„Wenn die erste Idee für ein Buch heranreift, ist es die Familie und sind es Freunde, die sich immer wieder nicht nur eine Zusammenfassung nach der anderen anhören, Versionen lesen und an der Gestaltung mitarbeiten.

Lieber Kurt, vielen Dank für Deine Anmerkungen und Anregungen bei den zahllosen Leseproben, Abschnitten und Cover.
Liebe Alli, vielen Dank für Deine zahlreichen Anmerkungen als Testleserin.
Liebe Doris, liebe Susanne, vielen Dank für Eure Hilfe bei der Korrektur der ersten Fassung.

Darüber hinaus möchte ich mich bei Stefan Waldscheidt für das deutliche Plottgutachten und bei Hans-Peter Roentgen für das fachmännische Lektorat bedanken."